L. R. Cerna y March

Unterlassung

Bibliografische Informationen der Deutschen Nationalbibliothek:
Die Deutschen Nationalbibliothek verzeichnet diese Publikation
In der Deutschen Nationalbibliografie; detaillierte bibliografische
Daten sind im Internet über http://dnb.dnb.de abrufbar.

© 2021 L. R. Cerna y March
Herstellung und Verlag:
BoD – Books on Demand, Norderstedt

ISBN 978-3-7534-2166-7

Inhaltsverzeichnis

Kapitel 1

Bruno Ehmer

Beerkamp war ein ziemlich gottverlassenes Dorf, das aber aus unerfindlichen Gründen schon seit 1320 Stadtrechte besaß und mitten in einer Hügellandschaft des Odenwalds auf etwa 450 Meter Höhe lag. Gisela holte Balthild auf dem Weg zum Realgymnasium in der Turmstraße routinemäßig ab und beide konkretisierten an einem sonnigen Frühlingsmorgen des Jahres 1988 ihre Pläne für die Zeit nach der Schule

- »Bleibt es dabei, dass wir uns als Arzthelferinnen ausbilden lassen?« fragte Gisela nach der Begrüßung und überreichte Balthild einen Apfel, während sie an ihrem Apfel genüsslich knabberte

- »Ja! es bleibt dabei. Meine Eltern sind damit einverstanden« sagte Balthild, nahm den Apfel und biss laut in ihm

- »Meine Eltern auch. Meine Erkundigungen haben folgendes ergeben: Für die Ausbildung als Arzthelferin müssen wir eine 2-jährige praktische Lehrzeit mit begleitendem Besuch einer Berufsschule absolvieren, damit wir zur Prüfung vor der Ärztekammer zugelassen werden« dozierte Gisela, während sie sich intermittierend dem Apfel zuwandte

-»Meine Erkundigungen haben das Gleiche ergeben... wir müssten nun entscheiden, ob wir nach Micheldorf oder ins Ausland nach Eberfluss gehen wollen« ergänzte Balthild, warf den übrig gebliebenen Apfelkern in den nächsten Mülleimer und leckte sich die Finger sauber

- »Micheldorf ist billiger und hat eine bessere Anbindung für uns« sagte Gisela und tat es ihr nach

- »Das Diplom aus Hessen oder Baden-Württemberg ist gleichwertig und wird auch im ganzen Bundesgebiet anerkannt« sagte Balthild und winkte den anderen Mitschülern, die aus allen Richtungen in den Haupteingang der Schule hineinströmten

- »Also, auf nach Micheldorf« beschloss Gisela, während sie sich im Klassenzimmer bequem machten und das Mathebuch für die erste Stunde aus ihren Ranzen gelangweilt herausholten

- »Wir können uns ein möbliertes Zimmer nehmen und am Wochenende nach Hause fahren« träumte Balthild laut

- »Genau das schwebte mir vor« pflichtete Gisela ihr bei, bevor die Stunde begann.

Die zwei Mädchen beendeten erfolgreich die Schule und fanden einen Ausbildungsplatz im begehrten Micheldorf. Die Suche nach einem passenden möblierten Doppelzimmer war auch erfolgreich und sie verbrachten dort eine schöne Zeit, die ihre Bindungen stärkte.

Nach dem Erwerb des Diploms trennten sich ihre Wege für eine Weile, aber sie hielten telefonisch und schriftlich den engen Kontakt zueinander aufrecht. Von Zeit zu Zeit trafen sie sich auch persönlich. Gisela fand eine Stelle in Micheldorf, wo sie blieb, bis sie Gustav Lehr, einen Tatzenheimer, kennen lernte, der dort an einem Fortbildungskurs seiner Firma teilnahm und den sie 1994 heiratete und zu dem sie dorthin zog

- »Servus Balthild, ich habe Neuigkeiten, Gustav hat mich gefragt, ob ich seine Frau werden möchte und ich glaube ich werde ihn heiraten« sagte Gisela am Telefon mit der hastigen Stimme eines erfolgreichen Jägers ohne das geringste schlechte Gewissen

- »Schön, ich freue mich für dich!« fügte Balthild hoch erfreut hinzu, während sie zu ihrem Entsetzen Schweißflecken auf ihrer neuen Bluse entdeckte, die sie gleich auszog und in die Waschmaschine zur bereit stehenden Feinwäscheladung steckte

- »Ich möchte gerne, dass du meine Trauzeugin wirst« ergänzte Gisela, die sich über die Nebengeräusche wunderte

- »Ehrensache, sage mir wann, damit ich entsprechend disponieren kann« antwortete Balthild, während sie mit dem Hörer jonglierte und ein Shirt aus dem Schrank holte

- »Wahrscheinlich im Februar 1994, aber ich gebe dir noch rechtzeitig Bescheid... was sind das für Nebengeräusche?«

- »Nichts... ich habe nur meine verschwitzte Bluse ausgezogen und ein frisches Shirt aus dem Schrank geholt und angezogen... und wo möchtet ihr heiraten?« sagte Balthild, die stolz auf ihre Leistung zurückblickte

- »Wohl in Tatzenheim, wo ich hinziehen werde, wenn alles geregelt ist« sagte Gisela, während sie versuchte, sich Balthilds Verrenkungen bei der Prozedur vorzustellen

- »Habt ihr schon eine Wohnung in Aussicht?« wollte Balthild wissen, als sie sich Wasser in ihren Humpen einschenkte

- »Gustav hat zwar eine Wohnung, aber er versucht, von seiner Firma eine geräumigere Dienstwohnung zu einem vernünftigen Preis zu kriegen« erwiderte Gisela, während Balthild einen lauten Schluck Wasser aus besagtem Humpen zu sich nahm und einen unüberhörbaren Seufzer der Zufriedenheit von sich gab

- »Schön. Ich meinerseits habe mich im Eberfluss einigermaßen eingelebt, mache beim Gemeindechor mit und habe eine neue Stelle bei einem angenehmen Internisten, Dr. Diehlmann, bei dem das Leben nicht so stressig ist, wie bei meiner ersten Stelle hier... du weißt, bei dem chaotischen Allgemeinmediziner, Dr. Albrecht« sagte sie und hörte, wie Gisela am anderen Ende der Leitung eine Sprudelflasche mit viel Zischen öffnete

- »Ja, ich weiß noch, wie du mir die Ohren voll gejammert hast und wie er euch alle auf Trab hielt« fasste Gisela Balthilds Abeitserlebnis mit Dr. Albrecht zusammen

- »Nicht für Ungut. Jetzt habe ich Ruhe und werde das Leben langsam angehen« gab Balthild unumwunden und herausfordernd zu, um ihre Gefühlswelt in der falschen Offenheit sorgfältig zu verstecken

- »Wie waren deine Exerzitien für Berufstätigen letzte Woche?« wechselte Gisela geschickt das Thema, denn sie wusste, dass Balthild sich seit Tagen auf diese Auszeit vom 30. August bis 3. September gefreut hatte

- »Es war eine gepflegte Betrachtung der religiösen Wahrheiten in der befristeten Einsamkeit der kirchlichen Räume mitten in der Stadt. Es waren Kurzexerzitien in der Gruppe, die es einem ermöglichen Gebets- und Übungsweisen kennen zu lernen. Der Austausch in der Gruppe war beabsichtigt und die Sitzungen endeten jedes Mal mit einer Eucharistiefeier. Die Exerzitien fanden an fünf aufeinander folgenden Tagen, Montag bis Freitag, von 18 bis 20 Uhr mit anschließendem Gedankenaustausch im Gemeindehaus bis 22 Uhr statt« sagte Balthild in dem Bewusstsein, dass Gisela mit ihrer Frage auch daran gedacht hatte, dass die Exerzitien kirchenrechtlich vorgeschriebene Meditationsübungen bei bestimmten Gelegenheiten und in bestimmten Abständen für Geistliche und Laien sind, die den Teilnehmern Möglichkeiten eröffnet, neue Kontakte zu knüpfen

- »Also, konntest du dein eigenes religiöses Leben fördern« fasste sie Balthilds Geschwafel diplomatisch zusammen, damit sie mehr aus ihrem unbedenklichen und sentimentalen Tagebuch erzählte, das zu ihrem derzeit etwas überspannten Naturell passte

- »Nicht nur das, ich konnte auch ein bisschen Buße tun und habe neue und nette Bekanntschaften gemacht« verriet sie kryptisch, als ginge es darin um das Schicksal der gesamten Menschheit und gönnte sich einen weiteren Schluck Wasser aus ihrem Stammhumpen

- »Hmm, ist da was im Busch?« fragte Gisela neugierig und nahm sich eine Dattel aus einer halboffenen Schachtel auf dem Tisch

- »Es ist noch zu früh, ich warte in Ruhe ab und lasse die Sachen sich von alleine entwickeln« sagte Balthild in Gedanken und sie verabschiedeten sich.

Die Auszeit hatte Balthild eigenartige Momente und viel Abwechselung gebracht. Der Exerzitienleiter, ein erfahrener Mönch aus dem Kloster Altburg, hatte schon bei der ersten Sitzung alle 6 Minuten abwechselnde Paarbildungen beim Gebet vorgeschlagen und dies war eine sehr gute Idee, um den Umgang unter den Teilnehmern zu lockern. So hatte Balthild gleich am ersten Abend Gelegenheit gehabt, 10 verschiedene Gebetspartner auszuprobieren, fünf Männer und fünf Frauen.

Das erste Gebet mit Heiko Rack hatte bei ihr einen bleibenden Eindruck hinterlassen, gerade weil ihr die Führung zufiel

- »Sage, dass du Buße tun möchtest und bitte darum, dass ich dir dabei helfe« las Balthild aus dem Handzettel mit der einen Hälfte der Teilnehmern inbrünstig vor, rückte dabei in der Reihe eine Position weiter, bis sie eine günstige Position vis-à-vis dem nächsten Partner einnahm

- »Confiteor... Confiteor... Confiteor...« sagte Heiko Rack im demütigen Dialog mit seiner nächsten Partnerin, Balthild Tuchert, die beim bloßen Anblick Blut und Saft im seinem Körper in kochenden Strömen fließen ließ

- »Miseratur tui... Miseratur tui... Miseratur tui...« antwortete Balthild jeweils und sie schlugen sich dabei jedes Mal dreimal auf der Brust

- »Indulgentiam« schreien alle Teilnehmer nach jedem Schlag leise und mit vor Reue verzerrtem Gesicht und wünschte sich dabei alle Leiden dieser Welt fort, fort und fort, für immer fort

- »Absolve Domine« sagte anschließend der Exerzitienleiter und sie gaben sich noch einmal drei Schläge an besagter Stelle, die bei allen etwas rot angelaufen war, und die eine mollige Wärme ausstrahlte

- »Mein Gott, mein Herz brennt wie Feuer« dachte Balthild und vermied den direkten Blickkontakt mit Heiko Rack und war froh, dass wieder Partnerwechsel angesagt war. Nach zwei weiteren Partnerwechseln befassten sie sich mit Bibeltexten und der üblichen Gewissenserforschung in der Stille.

Nach der Sitzung gingen sie alle ins Gemeindehaus, wo sie sich bequem machten, ihre mitgebrachte Brote aßen und sich fleißig austauschten. Es war eine homogene und

11

diskussionsfreudige, manchmal sogar diskussionswütige Gruppe und um 22 Uhr gingen die Teilnehmer planmäßig nach Hause.

Am Dienstag befassten sie sich nach der abwechselnden Paarbildung beim Gebet mit dem Thema Sünde, was in dem abschließenden Gedankenaustausch im Gemeindehaus für lebhafte Diskussionen aus verschiedenen Standpunkten sorgte, denn es gab mindestens so viele Meinungen wie Teilnehmer plus eins.

Am Mittwoch kamen nach der abwechselnden Paarbildung beim Gebet wieder Bibeltexte dran und am anschließenden Beisammensein unterhielt sich Balthild zum ersten Mal ausgiebig mit Heiko, als sie mehr als zufällig Platz nebeneinander nahmen

- »Ich bin die Balthild und Sie sind?« sprach Balthild Heiko direkt an, nachdem sie sich auf dem Stuhl bequem gemacht hatte und aus ihrer Tasche ihren Proviant herausholte

- »Ich heiße Heiko und freue mich Ihre Bekanntschaft zu machen« sagte Heiko und holte seinerseits seine belegte Brote aus einer etwas in die Jahre gekommene Aktentasche

- »Ich habe Sie hier in der Kirche noch nie gesehen« sagte Balthild und biss mit Appetit in ihr Brot, dem sie in jenem Moment ihre volle Aufmerksamkeit schenkte

- »Ich komme von auswärts extra zu den Exerzitien« gab Heiko zu Protokoll und bemühte sich dabei einfach natürlich und lässig beim Verzehr seines Brotes zu wirken

- »Von auswärts…?« hakte Balthild nach, ohne zu selbstbewusst und neugierig wirken zu wollen, sie wollte ihm einfach wissen lassen, dass sie sich in der Gruppe wohl fühlte

- »Ich komme aus Tatzenheim und habe mir diese Woche Urlaub genommen, weil ich an den Exerzitien teilnehmen wollte und dies war der nächste Ort und der günstigste Termin für mich, wie ich in meiner Pfarrei erfahren hatte« erklärte Heiko, wie er auf die Ortschaft Eberfluss gekommen war, die eigentlich etwas abseits von seinem Wohnort lag

- »Und so sind Sie in Eberfluss gelandet…« resümierte Balthild und dachte sich beim gründlichen Kauen ihren Teil und nahm sich anschließend viel Zeit, bis sie ihre Trinkflasche aus der Tasche herausholte und einen Schluck trank

- »Ganz genau. Sie wohnen also hier...« setzte Heiko vorsichtig an und nahm zur Kenntnis, dass sie nicht viel mit Make-up anfangen konnte oder wollte, ein bisschen hatte sie doch verwendet, aber nicht zu viel, genau richtig...

- »Richtig, ich wohne und arbeite hier« sagte Balthild und war froh, dass sie sich während der Exerzitien vorgenommen hatte, sich nicht viel Make-up ins Gesicht zu klatschen

- »Und ich wohne und arbeite in Tatzenheim« sagte Heiko und dachte, dass sie vornehm reserviert wirkte, auch mit ihren Haaren, Nägeln und Kleidung, sie ergab für ihn ein einstimmiges Bild

- »Fahren Sie direkt nach den Exerzitien zurück nach Hause?« fragte Balthild beiläufig, bevor sie sich ganz konzentriert mit ihrem Brot weiter beschäftigte

- »Nein, ich bleibe bis Sonntagnachmittag hier und erkunde weiter die Stadt... zusammen mit den anderen auswärtigen Teilnehmern, die mich schon dazu eingeladen haben« sagte Heiko und war angetan von der Tatsache, dass Balthild offensichtlich wert auf ihr Aussehen legte und dass sie sich um sich selbst kümmerte, ohne sich selbst untreu zu bleiben

- »Schön für Sie und Ihre Gruppe, denn es ist fürs Wochenende trockenes Wetter vorhergesagt worden. Ich meinerseits muss am Samstagvormittag dringend meine Wocheneinkäufe erledigen, denn durch die Exerzitien wurde meine Einkaufsroutine etwas durcheinander gebracht und in meiner Küche ist ziemlich Ebbe« überlegte Balthild laut, nachdem sie einen Schluck aus ihrer Schorleflasche genommen und sich die Lippen mit einen Papiertaschentuch abgetupft hatte

- »Nach unserem Stadtbummel werden wir im Kurhaus einkehren und weitere heimische Teilnehmer treffen...« mischte sich Bruno charmant in das Gespräch ein, der links von Balthild saß und offensichtlich alles mitgekriegt hatte

13

- »Die wohl mit den Einkäufen fertig sind« unterstrich Balthild mit einem Wohlfühl-Lächeln nach links zu Bruno und nach rechts zu Heiko

- »Ganz recht, wir würden uns alle freuen, Sie dort zu treffen, falls Sie nichts besseres vorhaben...« sagte Bruno und Heiko im Chor und prosteten ihr mit ihren Flaschen zu

- »Ich überlege es mir mal, aber vorab vielen Dank für die Einladung« sagte Balthild und nach einem anregenden Gespräch in der Runde verabschiedeten sich die Teilnehmer planmäßig

Am Donnerstag war nach der abwechselnden Paarbildung beim Gebet das Thema die Auferstehung, was in dem abschließenden Gedankenaustausch im Gemeindehaus die üblichen lebhaften Diskussionen auslöste. Alle Teilnehmer waren dabei sehr engagiert und es gab keine ruhige Ecke, wo man sich dem Trubel hätten entziehen können.

Am Freitag wurde nach der abwechselnden Paarbildung beim Gebet die Schöpfung behandelt, was in dem abschließenden Gedankenaustausch im Gemeindehaus für lebhafte Diskussionen aus verschiedenen Standpunkten sorgte. Diesmal war Heiko besser vorbereitet und fand eine Möglichkeit, sich mit Balthild im Gang zu unterhalten, während sich die anderen im Saal die Köpfe heiß redeten

- »Mein Gott, waren wir gestern streitsüchtig« sagte Balthild, als sie auf dem Weg von der Toilette zum Saal Heiko traf, der sie gut abgepasst hatte

- »Es hat aber unheimlich viel Spaß gemacht« ergänzte Heiko, der ihr sofort nachgeeilt war und die ganze Zeit im Gang auf sie gewartet hatte und so tat, als sei er gerade aus dem Saal gekommen

- »Ja, in der Tat... wann treffen wir uns morgen im Kurhaus? fragte Balthild und rückte ihr Kleid diskret zurecht, während Heiko mit gestohlenem Blick ihre vom Kleid geschmeichelte Figur bewunderte

- »Ab 17 Uhr wurde mir gesagt« sagte Heiko geschäftsmäßig und bemühte sich, seine Erregung zu verbergen

- »Also, dann bis morgen« sagte Balthild und verschwand in den Saal, während Heiko zur Toilette ging, wo er sich lange die Hände wusch, da er nur für das kurze Gespräch ihr nachgegangen war.

Danach wurde wie üblich weiter lebhaft über die 7 Tage der Schöpfung diskutiert, die wohl keine Tage von 24 Stunden waren, bis es 22 Uhr wurde und alle Teilnehmer nach Hause gingen.

Nach den Einkäufen und dem Mittagessen am folgenden Tag verbrachte Balthild viel Zeit, damit, eine passende Garderobe auszusuchen, bis sie etwas fand, was ihr schmeichelte und sie süß aussehen ließ und worin sie sich wohl fühlte und in ihren Augen nicht aufdringlich wirkte. Sie entschied sich nach langem Ringen für ihr grünes Kleid, das sie vor drei Wochen als Sonderangebot bei Jedermann ergattert hatte, und eine leichte Übergangsjacke, da dieser Tag im September sonnig, warm und trocken war. Um 16:45 verließ sie ihre Wohnung und entschied sich für den längeren Weg über die Altstadt, wo viele Geschäfte waren, die zum Schaufensterbummel einluden. Am Rathaus entschied sie sich, den Weg durch die Unterführung zu nehmen, die direkt von den Parkplätzen zum Kurhaus führte, wo sie um 17:05 Uhr ankam. Der Weg zum Restaurant führte im Erdgeschoss rechts von der zur Zeit geschlossenen Multifunktionshalle über eine großzügig angelegte Empfangshalle zum Eingang des Restaurants und einen breiten Korridor mit Garderobe an der Küche und Theke vorbei zum großen Saal und Terrasse, die auch über einen direkten Zugang durch die Parkanlage verfügte und zur Zeit von Wespen unsicher gemacht wurde. Auf der Terrasse wurde wespenbedingt kein Essen serviert und die Getränke würden nur mit Bierdeckeln zugedeckt zu Tisch getragen. Die Terrasse war deshalb nur von hartgesottenen Sonnenanbetern bevölkert. Die Gruppe hatte schon im Jägerzimmer Platz genommen und war nicht zu überhören. Die Wände des Jägerzimmers waren naturgemäß mit unzähligen Jagdtrophäen mit der zugehörigen Patina bis unter die Decke dekoriert. Balthild drehte brav ihre Ehrenrunde, begrüßte alle Teilnehmer und nahm sich die Zeit, mit jedem ein kurzes Gespräch zu führen, bevor sie zwischen Bruno und Heiko Platz nahm, die ihr schon anfangs gedeutet hatten, dass sie für sie einen Platz reserviert hatten

- »Ein schönes Kleid haben Sie an« sagte Bruno mit einem gewissen lasziven Blick in den Augen, den er sofort verbarg, was Balthild dazu veranlasste, sich um die eigene Achse naiv zu drehen, bevor sie elegant Platz nahm und sich nach Bruno und Heiko mit übertriebener Höflichkeit aus vergangenen Jahrhunderten vorbeugte und dabei eine angenehme und gut riechende Fahne aus ihrem Körper und Haar herausströmte, die Brunos und Heikos olfaktorische Wahrnehmungen anregte

- »Von einer frischen grünen Farbe, die Ihnen ausgezeichnet steht« pflichtete Heiko bei und überlegte fieberhaft, wie er Bruno aus dem Rennen um Balthilds Gunst ausbooten könnte

- »Genug Süßholz geraspelt, ich finde Sie beide sympathisch, aber wir kennen uns noch zu wenig. Ich heiße Balthild Tuchert, bin Arzthelferin und wohne und arbeite hier im Eberfluss« sagte Balthild und hoffte endlich mehr von den beiden Kandidaten in Erfahrung zu bringen

- »Ich heiße Heiko Rack, wohne und arbeite im Tatzenheim als Verwaltungsangestellter beim Gericht und hoffe, demnächst verbeamtet zu werden« gab Heiko einen kurzen Steckbrief seiner Person, der von Bruno und Balthild genau und sofort aus unterschiedlichen Blickwinkeln zur Kenntnis genommen wurde

- »Und ich heiße Bruno Ehmer, wohne und arbeite im Lusthafen als Berufsfahrer bei einer großen Firma« gab Bruno einfach natürlich und lässig zu Protokoll.

Bei diesem Treffen lachten sie viel, sahen glücklich aus und versprühten positive Energie. Das ließ Balthild offen wirken und es fiel Bruno und Heiko leicht sie abwechselnd anzusprechen. Die Konversation war flüssig und jeder erzählte aus einer vornehmen Zurückhaltung, was sie mochten oder gerne machten, so dass sie herausfinden konnten, wo gemeinsame Interessen zu finden wären. Sie vermieden aber den Eindruck zu erwecken, sie wurden sich gegenseitig aufdringlich ausfragen. Das Abendessen verlief harmonisch und als Bruno den Tisch Richtung Toilette verließ, nutzte Heiko die Gelegenheit

- »Ich fahre am Sonntagnachmittag, also am 5., zurück nach Hause... hätten Sie Lust mit mir einen Spaziergang Sonntagvormittag zu machen?«

- »Dies ist ein verlockender Vorschlag, den ich geneigt bin, anzunehmen« überlegte Balthild laut, was sie schon längst beschlossen hatte, denn sie hatte schon auf etwas in dieser Richtung gehofft

- »Dann sagen Sie einfach: Ja!« drängte Heiko sie sanft und versuchte dabei, ruhig zu wirken, was nicht einfach bei seiner inneren Erregung war

- »Ja!« war Balthilds schlichte Antwort, die leise aber unüberhörbar für Heiko war und die bei ihm ein mittleres Beben in seiner Gefühlsabteilung verursachte

- »Treffpunkt?« setzte Heiko sofort nach, der von Balthild fasziniert war und sich bei Kräften bemühte, dies nicht offen zu zeigen

- »Hier vor dem Kurhaus um 10 Uhr« schlug Balthild vor, während sie sich die Haare mit einer lässigen Handbewegung in Ordnung brachte

- »Einverstanden« sagte Heiko und sie wechselten schnell das Thema, denn sie wollten nicht von Bruno in konspirativer Zwietracht erwischt zu werden, wenn er von der Toilette zurückkam. So erzählten sie sich harmlose Witze, bis Bruno zurückkam. Etwas später war Balthild an der Reihe und die zwei Männer wechselten harmlose Höfflichkeiten, bis sie zurückkam. Heiko bestellte ein zweites Bier und Bruno erneut eine große Apfelsaftschorle. Dann verschwand Heiko und Bruno nutzte seinerseits die Gelegenheit für einen Vorstoß

- »Ich muss heute noch nach Lusthafen zurück, denn ich habe morgen früh ab 5 Uhr Bereitschaftsdienst«

- »Sie armer!« sagte Balthild und ihre Augen glänzten ein bisschen, fast unmerklich, voller positiver Energie, was Bruno leichter machte, sein Anliegen sachgerecht vorzutragen

17

- »Danke für das Mitgefühl... ich würde mich aber glücklich schätzen, wenn Sie mit mir nächstes Wochenende, am 11. und 12. September, etwas unternehmen würden« sagte Bruno ganz mutig

- »Kein Bereitschaftsdienst?« fragte Balthild lässig, in der Absicht ihn zu ermuntern, in seinem Vorhaben nicht locker zu lassen

- »Ganz recht! Dieser Sonntag ließ es sich nicht vermeiden, da wir zur Zeit krankheitsbedingt eine knappe Personaldecke in der Abteilung haben, dafür habe ich das nächste Wochenende frei« erläuterte Bruno die Situation in seiner Firma und schaute sie verstohlen an

- »Samstagnachmittag würde ich vorschlagen« wagte Balthild in direkter Zurückhaltung zu formulieren, bevor sie einen Schluck Wasser zu sich nahm

- »Einverstanden! für alle Fälle haben Sie hier meine Telefonnummer« sagte Bruno und übergab ihr eine seiner Visitenkarten mit seiner privaten Nummer auf der Rückseite, die er mit einer beiläufigen Bewegung aus seiner rechten Rocktasche herausholte

- »Und ich gebe Ihnen für Notfälle die Nummer von meiner Arbeitsstelle« sagte Balthild, nachdem sie geschwind seine Visitenkarte in ihre Handtaschen einsteckte und ihm eine Visitenkarte der Praxis übergab

- »Uhrzeit und Treffpunkt?« fragte Bruno, während er ihre Visitenkarte in seine Tasche verschwinden ließ, dabei stellte er zu seiner Zufriedenheit fest, dass Heiko erst dann am anderen Ende des Saals zu sehen war

- »15 Uhr hier vor dem Kurhaus« sagte Balthild, die seinem Blick verfogte und Heiko aus der Ferne kommen sah

- »Ausgezeichnet, jetzt muss ich mich von der Gruppe verabschieden« sagte Bruno, als Heiko wieder zurückkam und Brunos letzten Teilsatz mitkriegte

- »Sie wollen uns schon verlassen?« fragte Heiko scheinheilig, schüttelte ihm die Hand zum Abschied und nahm wieder Platz

-»Die Pflicht ruft« merkte Bruno kurz an

- »Er hat morgen früh ab 5 Uhr Bereitschaftsdienst« bedauerte Balthild ihn aufrichtig, trank einen Schluck Wasser und tupfte sich die Lippen mit der Serviette

- »Schade! Es hat mich trotzdem gefreut, Ihre Bekanntschaft zu machen« floskelte Heiko mit versteckter Freude aus seinem Platz

- »Mich auch, leben Sie wohl« sagte Bruno, verabschiedete sich anschließend von der Gruppe und fuhr dann nach Lusthafen zurück. Heiko und Balthild unterhielten sich noch eine Weile mit der Gruppe und als sie ausgetrunken hatte, sagte sie

- »Ich glaube ich werde mich auch verabschieden... bis Morgen dann!« gab ihm die Hand und stand züchtig auf

- »Bis Morgen, kommen Sie gut heim« sagte Heiko und er sah voller Sehnsucht wie sie ihre Abschiedsrunde drehte, bevor sie das Lokal verließ.

Balthild konnte es noch nicht fassen, dass die Exerzitien, die eine gepflegte Betrachtung der religiösen Wahrheiten in der befristeten Einsamkeit der kirchlichen Räume mitten in der Stadt waren, ihr ganz nebenbei zwei aussichtsreiche Verehrer gebracht hatten und so levitierte sie den Weg nach Hause und hatte süße Träume. Sie hatte zwar neue Gebets- und Übungsweisen in der Dynamik einer Gruppe kennen gelernt, aber hierdurch auch die Möglichkeit, Bruno und Heiko näher kennen zu lernen. Es war aufregend und stimulierend zugleich. Morgen würde sie Heiko treffen und sie hatte sich vorgenommen, zurückhaltend zu sein und nicht gleich alle Karten auf den Tisch legen. Ein kleiner Flirt sollte sein Interesse und den Wunsch wecken, sie wieder zu sehen.

Am nächsten Morgen wachte Balthild schon um 7 Uhr ganz ausgeruht auf. Sie entschied sich für Milchkaffee, ein gekochtes Ei, Toast und Butter, was sie mit gesundem Appetit aß, bevor sie den Toilettengang erledigte und eine Dusche nahm. Dann hatte sie noch Zeit, die zwei Hosen zu bügeln, die sie am Vortag nicht mehr geschafft hatte und ging zeitig aus dem Haus, so dass sie Punkt 10 Uhr vor dem Kurhaus ankam, wo Heiko schon auf sie wartete

- »Guten Morgen, haben sie gut geschlafen?« begrüßte sie Heiko warmherzig, als sie sich gegenseitig die Hand reichten

- »Danke der Nachfrage, ich war müde und habe sehr gut geschlafen. Wie haben Sie geschlafen?« antwortete Balthild und schob die erwartete Gegenfrage nach, als ihre Hand wieder frei war

- »Auch sehr gut. Ich schlage vor, da wir schönes Wetter haben, dass wir auf der anderen Seite des Flusses wandern und unterwegs einkehren. Ich habe Zeit bis 17 Uhr« wollte Heiko ihr mit seinen Ortskenntnissen imponieren

- »Gute Idee, dieser Vorschlag ist aber nicht auf ihrem eigenen Mist gewachsen oder?« fragte Balthild, denn sie wusste, dass Heiko zum ersten Mal im Eberfluss war

- »Gut kombiniert… ich habe meine Wirtin in der Pension gefragt und sie hat diese Tour vorgeschlagen« antwortete Heiko, als sie sich auf den Weg Richtung Brücke machten

- »Wir können Wanderweg 4 nehmen und oben auf dem Berg im Talblick einkehren« schlug Balthild spontan vor, kurz bevor sie die Brücke über einen Treppenweg erreichten

- »Wie lange brauchen wir bis dahin?« fragte Heiko und öffnete dabei den Reißverschluss seiner Jacke etwa 10 cm

- »Für den Weg dahin brauchen wir etwas mehr als eine Stunde, wenn wir gemächlich laufen« erklärte Balthild und blieb am Aussichtspunkt der Brücke stehen und genoss dabei die schöne Rundumsicht

- »Einverstanden« ergänzte Heiko und machte es ihr nach.

Sie setzen ihren weg automatisch fort und nach der Brücke folgten sie der Beschilderung zunächst durch die am Südhang des Rebbergs gelegenen Parzellen bis Ende der ersten Anhöhe, wo ein kleiner Wald anfing. Dann kam eine Lichtung mit zum Verweilen einladenden Sitzbänken mit einem schönen Ausblick übers Tal, wo sie eine ganze Weile blieben und sich kurzweilig über dies und jenes unterhielten, bis sie auf die Uhr schaute

- »Mein Gott, wie die Zeit vergeht. Es ist schon 20 vor zwölf. Es ist besser wir setzen die Tour vor, damit wir nicht zu spät zum Talblick kommen und noch einen angenehmen Platz kriegen« sagte Balthild und sie liefen weiter, bis sie das Lokal noch vor 12 Uhr erreichten.

Sie haben einen Fenstertisch noch erwischt und als sie bestellten, wurde das Lokal ganz schnell voll und es gab keinen einzigen freien Platz mehr. Das Mittagessen war solide Hausmannskost für hungrige Ausflügler und der Geräuschpegel war entsprechend hoch. Sie ließen die Ruhe der Unruhe über sich ergehen und versuchten vorauszusagen, welchen frivolen Streich die anwesenden Kinder zum Verdruss ihrer geplagten Eltern als nächsten anstellen würden. Störenfriede waren Friedensstifter und umgekehrt. Hierbei gab es erste Hinweise darauf, dass Heiko eigentlich ein humorloser Mensch war, aber Balthild übersah sie. Nach einer neunzigminütiger Mittagspause verließen sie das Lokal und kehrte nach Eberfluss zurück. Sie wanderten dann zeitlos durch die Stadt, bis sie an der Kirche vorbeikamen, wo sie die Exerzitien gemacht hatten

- »Erstatten wir der Kirche einen kurzen Besuch?« fragte Heiko beiläufig, als sie um eine Ecke abbogen und die Kirche vor sich sahen

- »Warum nicht?« sagte Balthild und dachte dabei an das erste Gebet mit Heiko, das bei ihr einen bleibenden Eindruck hinterlassen hatte, gerade weil ihr die Führung zufiel

- »Darf ich die Führung beim Gebet übernehmen?« fragte Heiko vorsichtig, als sie am Seitenaltar Platz nahmen

- »Ich überlasse ihnen die Führung gerne« sagte Balthild und beugte demütig den Kopf nach vorne, der leicht rot angelaufen war, während Heiko den Handzettel aus seiner Tasche zog

- »Sage, dass du Buße tun möchtest und bitte darum, dass ich dir dabei helfe« las Heiko aus besagtem Handzettel inbrünstig vor, während sie sich seitlich anschauten

- »Confiteor… Confiteor… Confiteor…« sagte Balthild im demütigen Dialog mit ihrem Partner, der bei bloßer Nähe Blut und Saft im seinem Körper in kochenden Strömen fließen ließ

- »Miseratur tui… Miseratur tui… Miseratur tui…« antwortete Heiko jeweils und sie schlugen sich dabei jedes Mal dreimal auf der Brust

- »Indulgentiam« schreien beide nach jedem Schlag leise und mit vor Reue verzerrtem Gesicht und wünschte sich dabei alle Liebe dieser Welt

- »Absolve Domine« sagte anschließend Heiko und sie gaben sich noch einmal drei Schläge an besagter Stelle, die bei Balthild etwas rot angelaufen war, und die die übliche mollige Wärme ausstrahlte

- »Mein Gott, mein Herz brennt wie Feuer« dachte Balthild und vermied den direkten Blickkontakt mit Heiko, während sie einkehrten

- »Sehen wir uns wieder?« fragte Heiko, als sie die Kirche nach der Einkehr mit bedächtigen Schritten verließen

- »Übernächstes Wochenende, am 18. September hätte ich Zeit« überlegte Balthild kurz, was sie schon im Voraus geplant hatte und versuchte dabei natürlich und lässig zu wirken

- »Samstag 15 Uhr wäre mir recht… wir könnten einen Spaziergang machen und anschließend zusammen zu Abend essen« schlug Heiko vor, nachdem er mit Erleichterung vernommen hatte, dass sie sich offen aus der Deckung mit ihrer umwerfenden Natürlichkeit heraus zeigte

- »Einverstanden« war Balthilds knappe Antwort, die durch ihre positive Körpersprache bei Heiko unbekannte Sehnsüchte weckte

- »Ich habe die kurze Zeit mit Ihnen genossen und freue mich auf das Wiedersehen« wagte Heiko anzumerken, als er die Autotür aufschloss und einstieg

- »Ich auch, kommen Sie gut heim… hier haben Sie für den Notfall die Nummer meiner Arbeitsstelle« verabschiedete Balthild ihn und übergab ihm die Visitenkarte der Praxis, bevor er losfuhr und sie sich auf den Weg nach Hause machte.

Ihr erstes Rendezvous mit Heiko verlief erwartungsgemäß. Er hatte keine Anstalten gemacht, sie zu bedrängen, da sie ihm keinen Anlass gegeben hatte. Sie war jetzt gespannt auf die Begegnung mit Bruno am nächsten Wochenende.

Die Woche verging ganz normal und am Donnerstag rief Bruno sie in der Praxis an. Sie bestätigte ihm den Termin für Samstag. 15 Uhr vor dem Kurhaus. Als sie sich trafen, entschieden sie, auf der Seite des Flusses zu bleiben und fuhren den Berg über eine schmale Straße mit Ausweichstellen für den Gegenverkehr und mit vielen Kurven hoch. Nach einer knappen Viertelstunde Fahrt erreichten sie eine offene Ebene und die Ortschaft Wanderlust, einen Vorort von Eberfluss mit normalbreiten Straßen und Wanderparkplätzen, wo sie das Auto abstellten. An der Wandertafel entschieden sie sich für den leichten Rundweg 4 und machten einen ausgedehnten Spaziergang, Nach 45 Minuten kamen sie zu einer Wegkreuzung und nahmen den Weg zur Ortschaft, wo sie in einer der dortigen Gaststätten nicht weit vom Parkplatz einkehrten. Sie führten lebhafte und intensive Gespräche über Gott und die Welt und die Zeit verging dabei wie im Fluge

- »Mein Gott, es ist schon 20 Uhr« sagte Balthild, als sie endlich die Uhr über der Theke wahrnahm, die mit ihrem klaren Gesicht eigentlich nicht zu übersehen war

- »Sie haben recht, wie die Zeit manchmal vergeht, ich fahre Sie zum Kurhaus zurück« sagte Bruno und winkte der Bedienung, die sofort verstand, was Bruno mit einem Kurzzeichen zu verstehen gab und die Rechnung brachte

- »Das wäre nett von Ihnen und vielen Dank fürs Essen« sagte Balthild, als Bruno die Rechnung bezahlte und sie ohne Hektik aufstanden, um das Lokal zu verlassen

- »Auf dem Rückweg können Sie sich überlegen, ob Sie morgen mit mir unsere Gespräche beim Mittagessen fortsetzen wollen« sagte Bruno, als sie im Auto saßen und abfuhren, dabei wechselten sie geschickt das Thema und bevor sie sich umsahen, hatten sie die schmale Straße mit den vielen Kurven hinter sich gelassen und waren vor dem Kurhaus angekommen

23

- »Gilt die Einladung für Morgen noch?« fragte Balthild, als sie die Beifahrertür aufmachte, um das Auto zu verlassen, was ihr erlaubte, nicht zu ihm zu schauen

- »Dumme Frage, natürlich!« erwiderte Bruno, der sein Glück nicht fassen konnte und dabei unbeobachtet Balthilds Hinterteil bewunderte, als sie aus dem Auto ausstieg und ihm zwangsweise den Rücken zukehrte

- »Also abgemacht, Morgen um 11 Uhr am selben Ort« sagte Balthild, die voller Genugtuung seinen Blick verspürte, bevor sie sich umdrehte und ihn lässig anschaute

- »Dann bis Morgen... gute Nacht!« sagte Bruno, der dabei vergeblich versuchte, ganz harmlos auszusehen und genauso lässig wie sie zu wirken

- »Gute Heimfahrt« sagte Balthild mit einem schalkhaften Blick in ihren Augen, als sie ihn abfahren sah, bevor sie sich auf den Weg nach Hause machte.

Die Nacht brachte beiden angenehme Träume und am nächsten Morgen dursteten beide nach dem anstehenden Wiedersehen. Es war eine zauberhafte Zwischenwelt betörender Zuneigung, die vor dem Kurhaus um 11 Uhr des folgenden Tages ihren ersten Höhepunkt erreichte, als sie sich trafen

- »Guten Morgen schöne Frau, ich hoffe Sie haben so gut wie ich geschlafen« begrüßte er sie in bester Sonntagsstimmung vor dem Kurhaus

- »Gleichfalls schöner Mann, wollen wir uns duzen?« fragte sie ohne Umschweife, elegant, liebevoll und verführerisch gleichzeitig

- »Lieb und gern, ich bin der Bruno« erwiderte er, auf einem unter seinen Füßen plötzlich auftauchenden Luftkissen der Begeisterung, das ihn in die unrealistische Welt seiner wildesten Phantasien eintauchen ließ

- »Und ich bin die Balthild« sagte sie mit der unwiderstehlichen Kraft des Ozeans in ihrer sanften Stimme, die jedes Erlebnis mit ihr noch schöner machte

- »Laufen wir durch den Park?« fragte Bruno rhetorisch, als sie schon durch die Parkanlage bis zum Springbrunnen liefen

24

und er dabei vom perfekten Duft ihres Körpers betört und verwöhnt wurde.

In diesem Trancezustand erzählte er ihr alles über sich, dass nach dem Tode seiner Eltern sein älterer Bruder und er zusammen im geerbten Elternhaus wohnten, dass er in seinem Berufsleben sehr oft für den Vorstand seiner Firma zu allen Tageszeiten fahren musste, dass sein Freundeskreis überschaubar war und Balthild hörte die ganze Zeit geduldig und interessiert zu. Als sie sich auf den Weg zum Kurhaus machten, hakte sie sich bei ihm ganz natürlich ein und so gingen sie ins Kurhausrestaurant hinein, wo sie bis 15 Uhr verblieben

- »Ich glaube, der Kellner möchte uns loswerden« sagte Bruno konspirativ und mit leiser Stimme zu Balthild, als er merkte, dass das Lokal sich merklich gelichtet hatte und dass der Kellner etwas unruhig um die noch besetzten Tische hin- und herging

- »Es stimmt, das Lokal macht um 15 Uhr für zwei Stunden zu. Wir können ein bisschen laufen, anschließend ins Café gehen oder lang laufen und bei mir Abendbrot haben« antwortete Balthild genauso konspirativ wie eine Frau, mit der jedes Erlebnis noch viel schöner ist

- »Wenn ich die Wahl habe, möchte ich lang laufen« wagte Bruno euphemistisch in der Gewissheit anzufügen, dass diese die von Balthild gewünschte Wahl war

- »Wusste ich doch!« lächelte Balthild ihn wohlwollend an und drückte dabei sanft seine rechte mit ihrer linken Hand.

Auf Brunos Handzeichen war der Kellner mit der Rechnung sofort zu Stelle. Bruno zahlte und sie verließen das Lokal. Sie machten einen ausgedehnten Stadtbummel und diesmal erzählte Balthild ohne Aufforderung von sich, bis die Füße sie nicht mehr tragen konnten

- »Ich brauche jetzt dringend eine Pause, damit sich meine Füße etwas erholen können« unterbrach Bruno Balthilds Redefluss, der die ganze Zeit Brunos volle Konzentration auf sich zog

25

- »Halte durch, wir sind fast am Ziel. Meine Hütte ist nur einen Block weiter« sagte Balthild und zeigte mit dem Finger zu einem Mehrfamilienwohnhaus etwa 120 Meter von ihnen entfernt auf der linken Straßenseite, was Bruno eine erkennbare Erleichterung brachte

- »Das rote Gebäude da vorne?« fragte Bruno zur Sicherheit und zeigte auf ein rotes Objekt, vierstöckig und mit Flachdach

- »Sehr gut kombiniert, der Kandidat hat zehn Punkte!« stichelte Balthild, zelebrierte gebührend ihre Äußerung und lachte sich dabei kaputt

- »Mensch! Bist du nicht müde?« fragte Bruno mit leidvoller Stimme und bewunderte ihre Ausdauer und positive Energie

- »Natürlich bin ich auch müde und möchte die Füße hochlegen« sagte Balthild, während sie in ihrer Handtasche wie eine Weltmeisterin wühlte, bis sie ihren Hausschlüssel fand, den sie triumphierend und mit einem verführerischen Siegeslächeln aus der Tasche hervorzauberte

- »Wenn dies eine Einladung ist, nehme ich sie dankend an« sagte Bruno vieldeutig und trottelte hinter ihr her, nachdem sie die Haustür aufgeschlossen hatte

- »Zweiter Stock, ich gehe vor« sagte Balthild in den letzten Zügen und half sich damenhaft mit dem Geländer hoch und es gab eine leichte Schulterberührung im Gedränge, die keinen störte

- »Ladies first« sagte Bruno und gab ihr den Vortritt bereitwillig, da er ihre Rückansicht ungestört genießen wollte und zog sich auch am Geländer langsam und mit letzter Kraft hoch

- »Für einen müden Krieger sind deine Augen aber noch putzmunter« sagte Balthild, ohne zu ihm hinunterzuschauen, denn dafür brauchte eine Frau keine divinatorischen Fähigkeiten

- »Erwischt! Darf ich aber trotzdem deine Rückansicht weiter bewundern?« gab Bruno unumwunden zu und erwartete keine Antwort auf seine rhetorische Frage, während er ihre Rückansicht weiterhin genoss

26

- »Wir sind da! Tritt ein und fühle dich wie zuhause!« sagte Balthild, nachdem sie die Wohnung aufgeschlossen und er die Wohnungstür hinter sich zugemacht hatte

- »Vielen Dank, ich werde mir Mühe geben« sagte Bruno, sie legte ihre Jacken ab, zogen die Schuhe aus und Bruno wollte in Socken durch die Wohnung laufen, als Balthild befahl

- »Probiere die Filzpantoffeln meines Vaters an, wenn du Glück hast, passen sie dir« und zeigte auf die rechte untere Ecke eines Schuhschranks unter der Garderobe

- »Wenn er Schuhgröße 43 hat, passen sie mir« sagte Bruno, beugte sich vor, holte die Filzpantoffeln aus der Ecke heraus, die er kritisch beäugte und wollte sie anprobieren

- »Dein Glück, er hat tatsächlich Schuhgröße 43« sagte Balthild, glücklich, dass sie mit ihrer Vermutung in Sachen Schuhgröße richtig gelegen hatte

- »Die passen wie angegossen, danke!« klärte Bruno sie dankbar auf, behielt die weichen und mollig warmen Pantoffeln an und folgte ihr durch den Flur ins Wohnzimmer, wo sie Platz auf zwei 08/15 Sesseln nahmen. Ein Couchtisch stand dazwischen, sie nahm sich zwei Kissen aus dem Sofa mit einer lässigen Stretchbewegung und warf ihm zwei weitere Kissen zu, die sie auf dem Tisch strategisch günstig legten, bevor sie die Füße darauf taten und in erholsamer Stille beharrten

- »Tee oder Kaffee?« fragte Balthild nach langen Minuten der Erholung in der raumfüllenden Stille des Wohnzimmers

- »Tee wäre mir sehr recht« sagte Bruno und nahm an, dass die Küche sich direkt neben dem hinteren Teil des Wohnzimmers, dem Wohnungseingang gegenüber, befand

- »Mir auch… jetzt muss ich nur noch aufstehen und in die Küche gehen« klagte Balthild, ließ sich von Bruno sanft hochziehen und eilte in die Küche, bevor Bruno auf dumme Gedanken kommen konnte

- »Ich gehe mit und helfe dir« sagte Bruno, eilte ihr nach und fand seine Annahme bezüglich Lage der Küche bestätigt

- »Lieb von dir« sagte Balthild, füllte den Wasserkocher auf, schaltete ihn an, holte eine Glaskanne, Tee und einen Teebeutel aus einem Schrank heraus und zeigte auf einen anderen Schrank in Brunos Nähe, während sie den Tee mit einem entsprechenden Messlöffel in den Beutel einfüllte

- »Teetassen oder Humpen?« fragte Bruno, nachdem er den Schrankinhalt zur Kenntnis genommen hatte und erleichtert war, dass Balthild kein klassisches Tee-Ei für die Teezubereitung benutzte, das in allen möglichen Formen, Farben und Ausführungen in vielen Haushalten herumgeistert

- »Humpen sind praktischer für zwei müde Krieger« entschied Balthild, als sie Schokokekse ohne Zucker in eine Glasschale servierte, was Bruno dazu verleitete, ganz lausbübisch einen klauen zu wollen, was umgehend mit einem blitzschnellen Klaps auf seine vorwitzige Hand bestraft wurde

- »Ischt ja gut, behalte deine blöden Kekse!« sagte Bruno beleidigt und beide lachten herzhaft, dann wurde der Wasserkocher fertig und sie goss das Wasser in die vorbereitete Kanne ein

- »Drei oder vier Minuten?« fragte Balthild fachmännisch und überreichte der nicht ernsthaft beleidigten Leberwurst einen Keks zur Versöhnung, was sie noch mehr zum Lachen brachte

- »Drei!« sagte Bruno und nahm sofort den angebotenen Keks auf dem Weg ins Wohnzimmer dankbar an, den er sofort in den Mund steckte, um vollendete Taten zu schaffen, nachdem Balthild den Timer auf drei Minuten gestellt hatte

- »Wollen wir etwas Musik hören?« fragte Balthild, als sie im Wohnzimmer waren und sie sich nicht entscheiden konnte, ob sie Platz nehmen oder stehen bleiben sollten

- »Ich brauche keine Musik, wenn ich mit dir bin« sagte Bruno und rückte ihr wagemutig auf die Pelle so dass der Wärmeaustausch zwischen beiden Körper ohne direkten Körperkontakt für jeden spürbar wurde

- »Benimm dich« mahnte Balthild, gab ihm einen kurzen Kuss auf die Lippen und suchte elegant aber vergeblich das Weite, denn die Luft im Raum war voller Erwartungen

- »Weesch noch?« wagte Bruno zum ersten Mal auf Pfälzisch zu fragen und er war sich sicher, dass sie nicht wusste, wie der Satz weiter gehen würde, denn um ihren Kopf schwirrten laute Fragezeichen, während ihre Augen flackerten

- »Alle Hesse sin Verbrescher, denn sie klaue Aschebescher; klaue sie keine Aschebescher, sin sie schlimme Messerstescher« bemühte sich Bruno mit hessischen Akzent seinen Satz beim Abwehren Balthilds heftiger Angriffe würdevoll zu beenden

- »Horschemol! Uffgeblose Pälzer! Aale Kamelle!« wiederholte Balthild ständig, während sie undamenhaft Bruno mit Faustschlägen stark aber nicht ernsthaft zusetzte, bis sie plötzlich aufhörte und ihre Körper ganz nah kamen, während sich ihre Lippen unweigerlich trafen und sich in langen und durstigen Zügen satt küssten, was abrupt vom nervigen Timer unterbrochen wurde

- »Tee ist fertig« sagte Bruno lächelnd und sie eilten in die Küche, um dem Störenfriede das Maul zu stopfen, den Teebeutel zu entsorgen und den Tee in die Humpen zu servieren, dann kehrten sie mit ihren Humpen ins Wohnzimmer zurück, setzten sie sich auf dem Sofa nebeneinander und tranken schweigsam in aller Stille ihren Tee, dann standen sie gleichzeitig auf

- »Bin sehr erregt und fühle mich trotzdem wohl in deiner Nähe« sagte Balthild nach einer Ewigkeit mit direktem Körperkontakt und sie spürte, wie ein Feuer um ihre Wangen stoßweise fuhr, das ihr eine zauberhaft betörende Welt brachte, die sie verwöhnte und in unbekannte Gefilde entführte

- »Ich auch und kann immer noch nicht fassen, wie deine Wärme mich überwältigte« sagte Bruno mit trockenem Hals und feuchtem Unterleib, aus dem für Balthild ein betörender Hormonenduft stieg, der sich mit ihrem in voller Harmonie vermischte

- »Gib mir bitte etwas Zeit« bat Balthild und massierte sanft Brunos mit ihrem Unterleib, was bei ihm ein Feuer der Leidenschaft entbrannte, das er still und mit Genuss über sich ergehen ließ, während alle Vögel der Stadt scheinbar die Flucht ergriffen hatten, denn die Stille des göttlichen Moments war himmlisch. Die Erde stand still

- »Wir geben uns Zeit, denn wir wollen nichts übereilen« sagte Bruno sanft und ließ sie ihn weiter massieren, bis sie den Ekstasepunkt gemeinsam und angezogen erreichten und überschritten

- »Ich mag dich so zu massieren und zu fühlen, wie dein Unterleib vor Freude erzittert, was mich gleichzeitig durchzittert und wie alles danach still und schweigsam ist« sagte Balthild, als sie wieder Platz nahmen, um sich von den vorangehenden Anstrengungen zu erholen

- »In der Tat, es war alles still und schweigsam, aber mit aktivem Leben erfüllt, ich fülle Licht in mir, das aus mir heraus scheint« ergänzte Bruno und umarmte sie sanft aus der halbliegenden Position mit den Füßen auf den Kissen auf dem Couchtisch

- »Ich wende mich zu deinem Licht und die Schatten fallen weit weg hinter mir« sagte Balthild und legte ihren Kopf auf Brunos Brust für eine halbe Ewigkeit, die sie in aller Stille genossen

- »Wann wollen wir essen?« fragte Bruno aus der Tiefe seiner geistigen Wanderung durchs Paradies ohne Sündenbaum

- »Wir können um sieben zu Abend essen« sagte Balthild nach einem faulen Blick auf die Wanduhr, die sechs Uhr zwanzig zeigte und die ihr signalisierte, dass sie noch eine halbe Stunde miteinander gekuschelt faulenzen konnten, denn das Essen konnte schnell in zehn Minuten aufgetischt werden

- »Ist mir recht, denn ich wollte um neun zurückfahren« sagte Bruno und umarmte sie sanft, während sie wie eine Klette an seinem Körper für die verbliebene halbe Stunden klebte, was beide halbschlafend in vollen Zügen genossen

- »So, aufstehen Faulpelz« sagte Balthild und küsste ihn sanft auf die Lippen, während seine rechte Hand ihr zwischen den Beinen fuhr, als sie aufstand, was ihr Gänsehaut verursachte

- »Sage mir womit ich helfen kann« fragte Bruno willig zu helfen trotz der schwachen Hand, die jetzt schlapp in der Luft hing

- »Wenn deine Hand sich beruhigt hat, kannst du den Küchentisch decken« sagte Balthild und eilte aus dem Wohnzimmer in die Küche gefolgt vom Schoßhund Bruno, der ihr den Rücken mit seinem Körper wärmte, bevor er den Tisch mit dem darauf gestellten Geschirr wunschgemäß deckte

- »Wo sind die Gläser? Hast du am Sonntag, dem 19. schon was vor?« fragte Bruno, als er fertig wurde und zu ihr hingebungsvoll hinschaute

- »Hängeschrank, zweite Tür links von dir. Noch habe ich nichts vor, warum?« antwortete Balthild, während sie den Nudelsalat umrührte und ihn dann mitten auf dem Tisch stellte, bevor sie das Brot aus dem Ofen holte, das sie mit einem Brotmesser in mundgerechten Stücken schnitt, welche sie in den Brotkorb liebevoll legte

- »Ich könnte dann vorbeikommen und von dir erfahren, wie es mit uns steht...« formulierte Bruno vorsichtig seinen Vorschlag

- »Einverstanden. Was möchtest du zum Essen trinken?« antwortete Balthild und schob direkt ihre Frage in Sachen Getränke nach

- »Apfelschorle... ich könnte um 12 Uhr hier sein« antwortete Bruno kurz und bündig

- »Apfelsaft und Sprudel sind im Kühlschrank, schenke uns ein... schön Sonntag 12 Uhr hier« antwortete Balthild

- »Sonntag, 19. September, 12 Uhr hier bei dir« bekräftigte Bruno und machte sich an Gläser und Getränke, die er auffüllte und ordentlich rechts vorm jeweiligen Teller stellte

- »Jetzt aber essen wir!« beschloss Balthild einstimmig, als sie sah, dass der Tisch fertig gedeckt war und forderte ihn mit der Hand auf, am gedeckten Tisch Platz zu nehmen

- »Was haben wir heute Abend auf dem Speiseplan?« fragte Bruno rhetorisch, während er sie lustvoll anstarrte

- »Nudelsalat mit Weißbrot aus dem Ofen, mich gibt es heute nicht« gab die resolute Balthild zum Protokoll

- »Wann gibt es dich?« fragte Bruno mit höchster Erwartung

- »Benimm dich!« sagte Balthild, bevor sie mit Appetit eine erste Gabel Nudelsalat in ihrem Mund einführte, den sie mit einem Stück Weisbrot putzte, bevor dieses auch in ihrem Mund verschwand

- »Lecker!« sagte Bruno vieldeutig und machte es ihr nach.

Sie verbrachten eine ganze Stunde in der Küche und nachdem sie die Küche klar gemacht hatten, gingen sie wieder ins Wohnzimmer, wo sie die restliche Zeit mit Schmusen verbrachten. Dann verabschiedet sich Bruno bis zum nächsten Sonntag. Als Bruno weg war, klingelte das Telefon. Gisela war am anderen Ende und sie tauschten alle Neuigkeiten aus.

Die Woche verlief ohne besondere Vorkommnisse und am Samstag traf sich Balthild mit Heiko vereinbarungsgemäß um 15 Uhr vor dem Kurhaus. Das Treffen verlief gesittet, wie erwartet, und das entscheidende Gespräch fand nach dem Abendessen statt

- »Wie sieht ihr Terminkalender für dieses Jahr aus?« fragte Heiko nach langem Zögern, als sie beim Espresso waren

- »Überfüllt, denn ich habe zusätzlich unvorhergesehene Familienangelegenheiten zu regeln, die mich ziemlich in Anspruch nehmen werden« erwiderte Balthild ohne lange zu zögern oder Details zu nennen… wahrheitsgemäß aber mit voller Absicht, Heiko in die Irre zu führen, was ihr spielend gelangte, denn Heiko konnte nicht wissen, dass sein Gegenspieler das Spiel bereits gewonnen hatte

- »Das tut mir aber Leid für Sie… wenn Sie Hilfe brauchen sollten, Anruf genügt! Sie haben ja meine Nummer« sagte Heiko mit Bedauern und aufrichtig, ohne zu ahnen, wie ironisch sein Hilfeangebot in diesem Zusammenhang tatsächlich war

- »Lieb von Ihnen, aber ich fürchte, ich muss diese Angelegenheiten alleine durchstehen« sagte Balthild wie ein aufrichtiger Politiker, der seine Schwiegermutter zum zweiten Male in kurzer Zeit verkauft und sich dabei nichts anmerken lässt

- »Darf ich Sie vielleicht im Januar anrufen?« setzte Heiko flehend an und betete inständig, dass sie sein Ansinnen positiv bescheiden würde

- »Januar wäre ausgezeichnet!« sagte Balthild ganz sanft und Heiko akzeptierte dies ohne Murren, denn er hatte ja keine Wahl, aber doch ein Fünkchen Hoffnung.

Danach unterhielten sie sich über Gott und die Welt, verließen das Lokal und machten einen Spaziergang durch die Stadt, bis sie zu seinem Auto kamen, wo sie sich freundlich und warmherzig wie das sich gehört verabschiedeten.

Balthild verbrachte eine unruhige Nacht wegen des schlechten Gewissens Heiko gegenüber, die aber trotzdem voller Erwartungen für den folgenden Sonntag war.

Sie stand früh auf, frühstückte eine Kleinigkeit, machte sich fertig und fing voller Hingabe mit der Zubereitung des Mittagessens zeitig an. Die Küche wurde kräftig durchgelüftet. Sie wollte bei Bruno einen guten Eindruck ohne Bratengeruch machen und hoffte, der Kalbsbraten würde zart sein. Beim Rind wusste man es nie, aber Kalb ist in der Regel zart, auch wenn das Fleisch Halbfleisch ist, weil sie immer auf die Hälfte schrumpft. Ihre Speisekarte sah vor, Feldsalat als Vorspeise, Kalbsbraten mit Kartoffeln und Paprika, Vanille-Eis mit Spekulatius als Nachtisch, dann Espresso zum Schluss.

Der Kalbsbraten war um 11:45 fertig. sie holte ihn aus der Pfanne und ließ ihn ruhen, bis Bruno kurz vor 12 kam. Die Soße wollte sie vor dem servieren frisch zubereiten. Es klingelte bei ihr, sie machte unten auf und ließ die Wohnungstür einen Spalt offen, damit Bruno nicht nochmals klingeln musste

- »Tag schöne Frau!« rief Bruno, als er die Wohnung betrat und gerade ablegen wollte

- »Tag schöner Mann« sagte sie, als sie in den Flur kam und ihm beim Ablegen half, bevor sie sich leidenschaftlich küssten, dann tauschte er Schuhe gegen Pantoffeln um und folgte ihr in die Küche

- »Es riecht appetitlich und ich habe Kohldampf« sagte Bruno beim Aufstöbern in den Pfannen und Töpfen, die gerade im Gebrauch waren

- »Alles erledigt?« fragte Balthild und übergab ihm die Salatteller, auf welche sie das Dressing zuvor gerade gegossen hatte, zeigte Richtung Wohnzimmer, wo der eigentliche Esstisch war und wo sie Platz nahmen

- »Ja alles erledigt, ich auch« antwortete Bruno mit Verspätung und sie aßen die Vorspeise

- »Du armer Mann, fühlst du dich noch kräftig genug, um nach dem Essen eine kleine Verdauungsrunde zu drehen, bevor wir uns ausruhen?« fragte Balthild, während sie ganz unschuldig auf die Decke starrte

- »Bei einer solchen Aussicht werde ich gerne meine letzten Kraftreserven mobilisieren« sagte Bruno und starrte wie sie unschuldig auf die Decke, was sie unweigerlich zum Lachen brachte und Bruno ansteckte

- »Meinst du wegen der Verdauungsrunde?« hakte Balthild penetrant nach, als sie den Lachanfall überstanden hatten, während sie mit ihrem Fuß sein Bein streichelte, der sich schmiegsam und wärmer als sein Bein anfühlte

- »Ich verweigere die Aussage« antwortete Bruno stur und mit der eigentümlichen Wonne der spontanen Vieldeutigkeit seiner Aussage

- »Spaßverderber!« sagte Balthild, nahm ihren Teller, stand auf und ging in die Küche wie auf einem Catwalk, was Bruno ohne seinen entflohenen Verstand unheimlich anmachte

- »Leckeres Dressing, selber zubereitet?« fragte Bruno mit sturem Blick auf Balthilds Hintern, nahm auch seinen Teller und ging ihr in die Küche nach, wo sie die Teller sofort ausspülten und im entsprechenden Schrank weglegten

- »Selbstverständlich! Könntest du dich um das Fleisch kümmern?« sagte sie, übergab ihm das Tranchierbesteck und zeige auf die Schüssel mit dem zugedeckten Braten auf dem Küchentisch, was er sofort verstand

- »Aye, aye Sir!« antwortete er und machte sich an die Arbeit, während Balthild Kartoffeln und Paprika in passenden Schüsseln servierte, die sie warm stellte

- »Fleisch ist fertig« sagte Bruno, übergab die Schüssel mit dem Fleisch und spülte das Tranchierbesteck im Becken anschließend aus, was Balthild sehr gefiel

- »Sehr gut!« sagte Balthild, nahm die Schüssel entgegen, leerte den ausgelaufenen Fleischsaft in die Pfanne, wo das Fleisch gebraten worden war, stellte die Fleischschüssel warm und zauberte in wenigen Sekunden eine einfache Soße mit etwas Milch, Salz und Pfeffer, die sie dann getrennt in eine warme Sauciere servierte; dann trugen sie das Essen auf, das sie mit gesundem Appetit aßen

- »Wenn Liebe durch den Magen geht...« wollte Bruno sein träges Gehirn nach der leckeren Mahlzeit mit tiefgründigen philosophischen Betrachtungen in Gang setzen, als er jäh unterbrochen wurde

- »Keine dummen Sprüche! Jetzt spülen wir ab« erklärte Balthild resolut und zeigte auf das benutzte Geschirr auf dem Tisch

- »Aye, aye Sir!« kuschte Bruno ganz brav und half fleißig beim Abspülen, was sie ziemlich zügig wie ein eingespieltes Team erledigten.

Danach servierte Balthild liebevoll das Eis mit Mandelspekulatius in zwei netten Porzellanschüsselchen mit Goldrand, was sie stehenden Fußes in der Küche zwischen Küsschen restlos vertilgten. Dem Espresso ereilte das gleiche Schicksal in der Küche, die sie anschließend klarmachten, bevor sie eine kleine Runde durch die nähere Umgebung machten.

Als sie zurückkamen, gingen sie direkt und ohne Worte ins Schlafzimmer, wo sie bis 19 Uhr verweilten. Sie haben ihr Benehmen nicht bereut, ganz im Gegenteil, sie haben es unendlich genossen. Sie waren zwei Raubtiere, die sich gegenseitig zerfleischten, ohne sich zu zerfleischen, die zu einer göttlichen Einheit in der Vereinigung wurden. Dann zogen sie sich wieder an und gingen ins Wohnzimmer, als das Telefon klingelte

- »Servus Balthild, bist du alleine?« fragte Gisela vorsichtig am Telefon, was Bruno in der plötzlichen Stille des Raums sofort und deutlich mitbekam

- »Nein, Bruno ist noch hier« murmelte Balthild in die Muschel mit der Verlegenheit eines rundum zufriedenen Menschen, dem der Anruf eigentlich ungelegen kam

- »Entschuldige, soll ich später nochmals anrufen?« bot Gisela sofort mit dem Unterton eines schlechten Gewissens an

- »Musst du nicht, wir sind schon angezogen... Servus... Gisela, richtig?« sprach Bruno aus der Ferne in die Muschel, bevor Balthild etwas dagegen unternehmen konnte

- »Ganz recht! Seid ihr brav gewesen?« setzte die neugierige Gisela sofort nach, die bis ans Ende ihres Lebens eine ausführliche Antwort auf ihre Frage wünschte

- »Drei Mal darfst du raten!« sagte Bruno herausfordernd, der mit seiner kryptischen Äußerung alles und nichts verriet, doch der Phantasie absichtlich Tür und Tor öffnete

- »Der Kerl ist unmöglich... du kennst Gisela überhaupt nicht und duzest sie schon!« wandte Balthild mehr pro forma ein, denn ihr gefiel Brunos Art

- »Macht nicht, Bruno gefällt mir!« meldete sich Gisela postwendend

- »Der gehört mir ganz allein« fiel ihr Balthild kategorisch wie eine blutrünstige Hyäne ins Wort, die bereit ist, mit allen Mitteln ihre Beute zu verteidigen

- »Weiber! Dein Schicksal ist wohl schon besiegelt« klang eine amüsierte Stimme aus der Ferne, die wohl Gustav gehörte

- »Servus Gustav, ich bin der Bruno, ein Leidensgenosse« sagte Bruno laut lachend

- »Angenehm! Ave Cäsar!« erwiderte Gustav, bevor Balthild die Wohnzimmertür hinter sich zuschlagend im Flur verschwand, wo sie das Gespräch ungestört zu Ende führen konnte.

Nach dem naturgemäß kurzen Gespräch, kam Balthild ins Wohnzimmer und holte Bruno in die Küche, wo sie Abendbrot servierte, das sie bedächtig zu sich nahmen

- »Ich habe die nächsten zwei Wochenenden frei und würde sie gerne mit dir verbringen« unterbrach Bruno das unterhaltsame Schweigen, als sie die Küche klarmachten

- »Du bist mir jederzeit willkommen« sagte Balthild bescheiden und glücklich über die Perspektive, die ihr gerade eröffnet worden war

- »Ich dachte, wir könnten das nächste Wochenende ab Freitagabend, 24. September, hier bei dir verbringen und übernächstes Wochenende zu mir gehen, dann lernst du meinen Bruder und Freundin kennen« sagte Bruno mit zarter Stimme und gab ihr einen kleinen Kuss auf die Lippen

- »Acht Gott!« seufzte Balthild ängstlich

- »Keine Angst, er wird ein lockeres Treffen... wir könnten auch Gisela und Gustav am Samstag, 2. Oktober zum Kaffee einladen, denn soweit ich verstanden habe, sind sie an den Wochenenden meistens im Tatzenheim bei Gustav, also bei mir um die Ecke... überlege es dir mal« versuchte Bruno ihr die Angst zu nehmen

- »Ich muss es noch mit Gisela und Gustav besprechen... ich gebe dir nächstes Wochenende Bescheid« sagte Balthild, als sie ins Wohnzimmer gingen, wo sie die restliche Zeit bis 21 Uhr verbrachten. Dann fuhr Bruno nach Hause.

Diese Woche gab es einen regen Telefonkontakt zwischen Gisela und Balthild, bis das Treffen bei Bruno am übernächsten Samstag unter Dach und Fach war. Am Donnerstag rief Bruno an, um Bescheid zu geben, dass er am Freitag etwa um 18 Uhr bei ihr sein würde.

Sie verbrachten ein himmlisches Wochenende miteinander und stimmten alles fürs folgende Wochenende fein ab. Balthild wollte am Freitag, 1. Oktober um etwa 18 Uhr zu Bruno kommen und würde Lusthafen am Sonntagabend verlassen.

Das Treffen mit Gisela und Gustav wurde bei einem Telefonat am Samstagabend einstimmig koordiniert

- »Servus Gisela« sagte Balthild kurz

- »Servus Balthild« erwiderte Gisela auch kurz

- »Bruno möchte dich sprechen, ich verbinde« sagte Balthild und übergab den Hörer an den ungeduldigen Bruno

- »Servus Gisela, ihr kommt sicher am 2. Oktober?« wollte Bruno sich vergewissern, auch wenn das Treffen schon ausgemachte Sache war

- »Um nichts auf der Welt lasse ich mir die Gelegenheit entgehen, dich persönlich kennen zu lernen und bedanke mich recht herzlich für die Einladung« sagte die gut erzogene Gisela vieldeutig

- »Mein Gott, habe ich so einen schlechten Ruf bei euch?« erwiderte Bruno lausbübisch mit der Absicht, sie aus der Reserve zu locken

- »Im Gegenteil, im Gegenteil... ich freue mich schon auf unser Treffen, jetzt gebe ich dir die lästige Fliege an meiner Seite« sagte Gisela und übergab den Hörer an Gustav

- »Servus Bruno, auch ich bedanke mich für die nette Einladung und freue mich sehr auf das Treffen mit dir und Anhang« sprach Gustav mit einer herzhaften Lache auf den Lippen

- »Nicht zu danken, Balthild hat schon so viel von euch erzählt, dass das Treffen nur eine konsequente Folge ist« sagte Bruno und trank diskret einen Schluck Wasser aus seinem Glas

- »Wann sollen wir kommen?« fragte Gustav und machte es Bruno mit dem Wasser trinken nach

- »Ab 15 Uhr und ich hoffe, ihr bleibt bis nach dem Abendessen« spezifizierte Bruno seine Einladung mit Nachdruck

- »Open end?« wollte Gustav genau wissen

- »Open end!« antwortete Bruno und übergab den Hörer an Balthild, die sich anschließend eine ganze Weile mit Gisela unterhielt, bevor Balthild und Bruno sich zurückzogen und eine himmlische restliche Zeit miteinander verbrachten.

Am Freitag fuhr Balthild nach Lusthafen, ein Industriestandort mit vielen Fabrikanlagen , Abgasen und Gestank und traf planmäßig um 18 Uhr bei Bruno ein, ein allein stehendes, dreistöckiges Haus mit Doppelgarage aus den siebziger Jahren mit Satteldach, das dank Brunos Wegbeschreibung leicht zu finden war. Sie fuhr dann in die Einfahrt ein und parkte vor der Garage, wie Bruno es befohlen hatte, stieg aus dem Auto mit Tasche aus und wurde sofort vom Haushund Bello, Brunos Bruder Hektor und Hektors Freundin Wilhelmine Rust so stürmisch begrüßt, dass Bruno fast zu kurz kam und Mühe hatte, sie ins Schlafzimmer zu führen, wo sie ihre Reisetasche in aller Eile auspackte, bevor sie nach unten gingen, wo Umtrunksgläser mit Prosecco und das Abendessen schon auf sie warteten

- »Zur Feier des Tages trinkt sogar Bruno ein Glas Prosecco« unterstrich Wilhelmine die Tatsache, dass Bruno tatsächlich ein Glas mit Prosecco in der Hand hielt, was sehr ungewöhnlich für einen Berufsfahrer war, als sie noch um den Tisch herumstanden

- »Herzlich willkommen in unsere bescheidene Hütte« sagte Hektor und hob sein Glas, was alle gerne nachmachten, während Bello freudig aber dezent bellte und fleißig mit dem Schwanz wedelte

- »Fühle dich wie zu Hause« sagte Bruno und umarmte sie von der Seite, bevor sie gemeinsam einen Schluck tranken, was Bello sehr begrüßte

- »Danke, ihr seid so lieb zu mir, ich hoffe ich enttäusche euch nicht« sagte Balthild und gab jedem bis auf Bello einen Wangenkuss, Bello kriegte aber auch seine Streicheleinheiten am Hals, die er sichtlich bei geschlossenen Augen genoss, was Balthild ausnutzte, um die Hausumrisse zur Kenntnis zu nehmen: Hauseingang, Treppenhaus mit schmalem Flur, Tür zum Erdgeschoss, noch ein kleiner Flur mit Zugang rechts zum Fernseh- und Esszimmer, wo sie sich alle versammelt hatten, dann Zugang zum eigentlichen Wohnzimmer, dem Eingang gegenüber eine geräumige Wohnküche und auf der linken Seite zwei weitere

Türen zu einem Badezimmer und einer getrennten Toilette mit Doppelnullschild an der geschlossenen Tür

- »Mitnichten! Du bist so patent wie Bruno dich beschrieben hat« sagte Hektor kategorisch und klopfte herzhaft und laut auf Brunos Schulter, während Wilhelmine nickend zustimmte und zwei Schüssel zum gedeckten Tisch trug

- »Was hast denn alles über mich erzählt?« wollte Balthild von Bruno wissen und schubste ihn sanft an der zu ihr offenen Flanke, als sie im Kreis standen

- »Nur die Wahrheit! Jetzt zum Programm: Morgenmittag essen wir nur eine Kleinigkeit, denn am Nachmittag gibt es Kaffee und Kuchen und das Abendessen wird üppig ausfallen. Sonntag ist Kirche um 10, dann Mittagessen, später essen wir den Rest vom Kuchen und am Abend gibt es nur Abendbrot« sagte Bruno, während er alle mit der Hand aufforderte, Platz zu nehmen

- »Es klingt gut und wie kann ich mich einbringen?« merkte Balthild an, als sie den ihr zugewiesenen Platz einnahm

- »Das wird sich schon von alleine ergeben, denn nach Brunos Schilderung bist du eine gute Köchin und universal einsetzbar. Jetzt lasst euch aber das Essen schmecken!« sagte Wilhelmine und griff zur Tat, während die anderen sich gegenseitig einen guten Appetit wünschten und ihr nacheiferten

- »Wir teilen uns immer die Arbeit spontan« sagte Hektor nach seinem ersten Biss und von da an war es eine ausgelassen Gesellschaft, die viel gelacht und geredet hat.

Nach dem Essen wurde die Tafel aufgehoben und die Küche klargemacht, alles ohne viele Worte und im richtigen Teamwork. Nach einem letzten Absacker gingen sie ins Bett und Bello schob Wache in seinem Korb zwischen Hektors und Brunos Schlafzimmer.

Am nächsten Morgen zeigte Bruno Balthild das oberste Geschoss, das genauso angelegt war wie das darunter liegende Stockwerk, zwei Schlafzimmer, Bad und getrennte Toilette, dann wurde ausgiebig gefrühstückt und dabei viel geredet. Anschließend gingen sie eine kurze Stunde am Fluss spazieren.

Das Mittagessen brauchte ja nur aufgewärmt zu werden und zwischendurch wurden die Kartoffeln und das Gemüse für das Abendessen zubereitet und sicher abgestellt. Der Hauptgang, Fisch, wurde auf einem Blech vorbereitet und sollte erst nach dem Kaffee in den Ofen geschoben werden. Danach zogen sie sich paarweise für eine Stunde ins Schlafzimmer, wo sie natürlich auch etwas ruhten, bevor sie mit den Vorbereitungen für den Kaffee begannen. Sie wurden kurz vor 15 Uhr fertig und sie schauten sich zufrieden an, während sie sich im Wohnzimmer kurz erholten und auf den Besuch warteten, der pünktlich um 15 Uhr ankam. Bruno und Balthild machten auf, begrüßten den Besuch, während Wilhelmine und Hektor im Wohnzimmer warteten

- »Gruß dich Gisela, Gustav, Gisela Lobinger und Gustav Lehr und dieser ist mein Bruno Ehmer und in seinem Haus herrscht Duz-Zwang!« begrüßte Balthild die beiden, küsste sie warmherzig auf die Wange und hielt dabei Bruno wie eine Trophäe am Arm fest

- »Grüß dich Balthild« erwiderten Gisela und Gustav im Chor und beantworteten die Wangenküsse genauso warmherzig

- »Ich freue mich, dich persönlich kennen zu lernen« sagte Gustav zu Bruno und umarmte ihn warmherzig, nachdem Balthild ihn freigelassen hatte

- »Und ich mich erst… euch endlich persönlich kennen zu lernen, ist für mich eine große Freude, tretet ein und fühlt euch wie zu Hause… mein Bruder und seine Freundin Wilhelmine warte im Wohnzimmer« sagte Bruno zu Gustav und Gisela, als er den Weg ins Wohnzimmer freimachte, damit sie eintraten

- »Ein Vögelein hat uns gezwitschert, dass du und Hektor ab und an Prosecco gerne trinkt« sagte Gisela und übergab Bruno zwei Flasche Prosecco auf dem Weg ins Wohnzimmer

- »Frechheit! Man könnte meinen, wir seien süchtig! Vielen Dank! Hektor wird sich mit mir freuen« sagte Bruno und nahm dankend die Flaschen an

- »Anonyme Alkoholiker lassen grüßen!« rief Hektor aus dem Wohnzimmer mit einem unverkennbar schalkhaften Ton in der Stimme auf

- »Dies sind Wilhelmine Rust und Hektor« sagte dann Balthild zu Gisela und Gustav, als sie im Wohnzimmer waren

- »Ich bin Gustav Lehr... Danke für die Einladung« sagte Gustav zu den beiden und umarmte sie warmherzig dabei

- »Und ich bin Gisela Lobinger... ich bedanke mich auch für die Einladung« sagte Gisela und küsste die beide auf die Wange, während Bello hin und her zwischen den vielen Beinen lief und freundlich bellte.

Das Haus glich dann einem Jahrmarkt und Bello nutzte die Gelegenheit und holte sich fleißig von jedem seine Streicheleinheiten. Es gab dann reichlich Kaffee und Kuchen. Dann wurde das gebrauchte Geschirr in die Küche gebracht und der Geschirrspüler beladen und eingeschaltet, bevor der Fisch, zwei ganze Lachse im Kräutermantel, von allen bewundert wurde, den Bruno und Hektor in den Ofen schoben, dann stellten sie den Timer auf 90 Minuten ein und die Anwesenden mit zufriedenen Gesichtern aufforderten, anschließend einen ausgedehnten Spaziergang zum Fluss zu machen, den sie alle nach dem vielen Kuchen genossen.

Nach dem Spaziergang gab es einen Kräuterlikör zum Aufwärmen und Wilhelmine und Balthild kümmerten sich um das Essen, während die anderen sich fleißig unterhielten. Der Fisch mit den Kartoffeln und den Gemüsevariationen hat allen gut geschmeckt und jeder gab seinen kulinarischen Senf dazu. Am Ende gab es eine Gegeneinladung

- »Hast du kommendes oder übernächstes Wochenende frei?« fragte Gustav Bruno nach kurzer Blickverständigung mit Gisela

- »Nächstes Wochenende habe ich Bereitschaft, aber übernächstes Wochenende, 16. und 17. Oktober habe ich dienstfrei« antwortete Bruno willig und ohne zu zögern

- »Wie ist es mit euch?« wandte sich Gustav an Wilhelmine und Hektor mit seiner Frage

- »Wir können« antworteten Hektor und Wilhelmine unisono

- »Also abgemacht! Übernächstes Wochenende treffen wir uns bei mir« sagte dann Gustav unter dem wohlwollenden Blick Giselas

- »Samstag 15 Uhr so wie heute wäre uns sehr recht!« präzisierte Gisela sofort

- »Abgemacht!« sagten alle im Chor und die ausgelassene Unterhaltung ging weiter, bis die beiden sich um 23 Uhr verabschiedeten.

Das Schlachtfeld wurde anschließend von den vier geräumt, als wären sie ein seit Jahren gut eingespieltes Team, und um Mitternacht zogen sie sich und Bello restlos zufrieden zurück.

Am nächsten Tag gingen sie alles gemächlich an. Es gab ja keine Eile und alles klappte wie am Schnürchen. Sie gingen zur Kirche und auf dem Rückweg erklärte Bruno ihr, dass er das nächste Wochenende bei ihr verbringen wollte

- »Wie du schon mitgekriegt hast, habe ich nächstes Wochenende, 9. und 10. Oktober, Bereitschaft. Darf ich trotzdem zu dir kommen?« fragte Bruno artig, was Balthild schmeichelte, als sie an einer Kreuzung kamen und darauf warteten, dass die Fußgängerampel auf grün sprang

- »Ich bitte darum, wenn es möglich ist!« antwortete Balthild vertrauensvoll und zog ihn sanft am Arm, um ihn darauf aufmerksam zu machen, das die Ampel auf grün gewechselt hatte

- »Dann darf ich deine Telefonnummer für die Bereitschaft angeben?« fragte Bruno weiter artig nach, als sie die Straße überquerten und einen Bogen um eine Pfütze am Straßenrand machten

- »Gerne! Jetzt erklärst du mir bitte, wie das läuft« sagte Balthild und ließ sich gerne alle Einzelheiten der Bereitschaft erklären, was Bruno ihr ausführlich während des restlichen Rückwegs erklärte, auch dass er sie als Kontaktadresse für den Notfall neben seinem Bruder in der Abteilung angeben würde. Dann waren sie schon zuhause zurück und bereiteten alle zusammen das Mittagessen zu. Es gab leckere Pasta mit

Fleischsoße ohne Nachtisch, denn die Kuchenreste wollten am Nachmittag nach der Siesta gegessen werden. Am Abend gab es nur das angekündigte Abendbrot, bevor Balthild nach Eberfluss zurückfuhr. Es war ein gelungenes Wochenende, Hektor und Wilhelmine waren umwerfend nett und sehr umgänglich und das Treffen mit Gisela und Gustav war ein voller Erfolg und der Gegenbesuch war ja dann auch unter Dach und Fach.

Am Montag trug Bruno Balthild in der Firma als zweite Kontaktadresse für den Notfall ein und benachrichtigte routinemäßig die Sicherheitsabteilung. Am Abend rief Gisela erwartungsgemäß an und sie tauschten sich ausgiebig aus. Gisela war von Bruno sehr angetan und freute sich auf das nächste Treffen. Balthild ihrerseits brannte darauf, Gustavs Wohnung kennen zu lernen, auch wenn sie wusste, dass er wahrscheinlich eine größere Werkwohnung von seiner Firma in absehbarer Zeit bekommen würde.

Am Donnerstag, 7. Oktober, gab Bruno telefonisch Bescheid, dass er am Freitag wahrscheinlich erst um 19 Uhr ankommen würde, was auch zutraf. Nach seiner Ankunft besprachen sie beim Abendbrot das Programm fürs nächste Wochenende

- »Ich komme nächsten Freitag, 15. Oktober, um etwa 18 Uhr, wenn dies für dich in Ordnung ist« sagte Balthild und freute sich, dass Bruno das einfache Abendbrot mit gesundem Appetit aß, was sie ungemein stimulierte

- »Ist mir sehr recht! Hektor und Wilhelmine freuen sich schon auf deinen Besuch und das Treffen mit Gustav und Gisela am Samstag« sagte Bruno und freute sich schon auf den Nachtisch im Schlafzimmer nach einer halben Stunde Verdauungspause im Wohnzimmer.

Abgesehen von zwei kurzen Einsätzen verbrachten sie ein ruhiges Wochenende und genossen in vollen Zügen die erfüllende Zweisamkeit in Balthilds Wohnung.

Am Freitag, 15. Oktober, schaffte Balthild es, vor 18 Uhr bei Bruno anzukommen. Bello wartete schon auf sie vor den Garagen, begrüßte sie stürmisch und scheuchte die Leute aus dem

Haus, die sie wie immer warmherzig begrüßten, bevor sie wieder ins Haus gingen. Sie ging ins Schlafzimmer, packte aus und dachte, dass dies mit der hellgrauen Schleiflack-Einrichtung wohl das Elternschlafzimmer gewesen sein musste. Auf Hektors hellbeige Schlafzimmer hatte sie bis dahin nur einen flüchtigen Blick werfen können. Unten warteten schon alle im Fernseh- und Esszimmer am Tisch auf Balthild und sie fingen sofort mit dem Abendessen bei lebhafter Unterhaltung an. Diesmal konnte Balthild das Zimmer genau im Augenschein nehmen: Der Esstisch war in der rechten Ecke des Zimmers mit einer Eckbankgarnitur an beiden Wänden mit drei Sitzplätzen, einem Platz an der Stirnseite und zwei an der Seite, an dieser Längsseite gab es noch einen Stuhl und die freien Seiten waren mit 4 Stühlen bestückt, einem an der anderen Stirnseite und 3 an der freizugänglichen Längsseite, es war ein Eichentisch mit insgesamt 8 passenden Sitzplätzen. Hektor saß auf der Bankstirnseite an der Wand, Bruno auf der Stirnseite gegenüber, Balthild auf der Bank und Wilhelmine ihr gegenüber, da sie als diensthabender Küchenchef oft aufstehen musste. Die andere Hälfte des Zimmers war von einem Breitbandfernseher, einem Ruhesessel und einen passenden Wohnschrank belegt.

An dem Abend gab es Ente mit Makronen, roter Beete und Kartoffelklößchen mit einer leckeren Soße. Nach dem Essen machten sie die Küche klar und blieben im anderen Wohnzimmer bis 23 Uhr. Das Zimmer war von einer grauen Wohlstandspolstergruppe mit Marmorcouchtisch und passendem Wohnschrank beherrscht, die Balthild beim ersten Besuch nicht so sehr aufgefallen war.

Nach einer himmlischen Nacht waren Balthild und Bruno vor Wilhelmine und Hektor aufgestanden und bereiteten das Frühstück, als die Nachzügler kamen. Sie servierten das Frühstück auf der Eckbankgarnitur in der gemütlichen Wohnküche. Danach machten sie sich fertig und gingen zum Wochenmarkt, wo sie ein paar Einkäufe erledigten, sie fanden auch eine schöne blühende Pflanze für Gustav.

45

Mittags gab es nur eine Kraftbrühe mit Brot. Anschließend ruhten sie eine Stunde, bevor sie sich fertig machten und zu Gustav in der Tatzenheimer Oststadt mit Hektors Auto fuhren. Die Wohnung war in einem zweckdienlichen Bau und wirkte ausgewogen. Nach der herzlichen Begrüßung wurde die Wohnung besichtigt und die Gans im Backofen durchs Fenster bewundert, die lecker roch. Dann versammelte man sich im Wohnzimmer, wo Kaffee und Kuchen serviert wurden. Nach dem Kaffee wurde das Geschirr in den Geschirrspüler gesteckt, der dann sein Programm alleine abspulte, während die Gruppe einen langen Spaziergang zum Park machte, der half, Platz im Magen für das Abendessen zu schaffen.

Nach dem Spaziergang gab es einen Kräuterlikör und viel Unterhaltung, bis das Essen serviert wurde. Gustav und Gisela hatten im Arbeitzimmer einen Tisch fürs Büffet aufgestellt. Gegessen wurde im Wohnzimmer. Es war ein lebhaftes und kurzweiliges Beisammensein und die Zeit verging wie im Fluge. Beim Abschied verabredeten sie, sich zwischen Weihnachten und Neujahr wieder zu treffen.

Nach einer erneut himmlischen Nacht wurden Balthild und Bruno von Wilhelmine und Hektor mit einem leckeren Pancake-Frühstück geweckt. Um 10 gingen sie zur Kirche und nach dem Mittagessen zogen sie sich bis 16 Uhr zurück. Dann tranken sie Kaffee, hatten Abendbrot und anschließend fuhr Balthild voll erfüllt wieder nach Eberfluss zurück.

Ab dann waren die Wochenenden fester Bestandteil im Leben der beiden, die ihnen ermöglichten, in die zauberhafte Welt der harmonischen Zweisamkeit einzutauchen. Sie fochten still und unbeweglich jedes Wochenende vor Ende der Zweisamkeit einen heftigen Kampf gegen sich selbst beim Abschiednehmen aus, bis der Partner verschwand. Sie verbrachten ihre Wochenenden abwechselnd in Lusthafen oder Eberfluss. Beim Kaffeekranz, mal mit, mal ohne Kuchen besprachen sie sonntags, was für die jeweils kommende Woche noch anstand. So am 28. November in Lusthafen

- »Wie ist es mit nächstem Wochenende? Kommst du zu mir oder soll ich zu dir kommen?« fragte Balthild, als sie am Tisch Platz genommen hatten und Wilhelmine mit dem Einschenken anfing

- »Nächste Woche werde ich sehr beschäftigt sein. Ich komme zu dir, rufe dich aber morgen an, sobald ich meinen Einsatzplan erfahre« antwortete Bruno und hielt seine Tasse hoch, um Wilhelmine das Einschenken zu erleichtern

- »Was steht an?« fragte Balthild und nahm sich etwas Milch und schenkte Bruno auch etwas Milch in seiner Tasse liebevoll ein

- »Ich muss zwei Vorständler an zwei Terminen zu auswärtigen Konferenzen fahren« sagte Bruno, bedankte sich bei ihr mit einem Lächeln und trank einen ersten Schluck Kaffee

- »Solche Termine sind in der Regel mit Übernachtungen verbunden« ergänzte Wilhelmine allwissend, denn sie kannte Brunos Einsätze aus der Vergangenheit

- »Also richte dich darauf ein, dass das nächste Wochenende kurz ausfallen wird« pflichtete Hektor ihr bei und holte sich gierig den Zucker und die Milch

- »Bruno könnte noch bis Samstag schaffen müssen« spezifizierte Wilhelmine, als sie sich selbst Kaffee einschenkte und bei Hektor mit einem resoluten Blick, die Herausgabe des Zuckers und der Milch forderte, der sich dumm stellte und sofort einen Faustschlag in die Rippe bekam

- »Hauptsache, wir sehen uns« sagte Balthild und amüsierte sich über das Spielchen, das Wilhelmine und Hektor miteinander trieben

- »Ich sage ja, Balthild ist eine patente Frau« sagte Bruno stolz und drückte sanft ihre Hand, was sie wie ein kleines Mädchen erröten ließ.

Nach dem Kaffee machten sie einen Spaziergang beim Nieselregen und anschließend gab es Abendbrot und langen, sehr langen Abschied…

Am Montagabend, 29. November, meldete sich Bruno telefonisch, um Bescheid zu geben

- »Dienstag bis Mittwoch habe ich eine Dienstfahrt mit Übernachtung unterwegs. Dann Freitag bis Samstag wieder eine Dienstfahrt mit Übernachtung. Ich denke, ich werde wahrscheinlich erst am Samstagnachmittag bei dir sein, wenn unterwegs keine Staus gibt und alles glatt läuft« war Brunos knappe Zusammenfassung seines Einsatzplans für diese Woche

- »Kein Problem, nimm dir die Zeit und fahre vorsichtig« sagte Balthild voller Sehnsucht nach seiner Körperwärme, die sie so anzog

- »Ich bin immer umsichtig« erwiderte Bruno und sie verabschiedeten sich voller Hoffnung und Zuversicht in die Zukunft, die für beide so nah schien.

Am Dienstag besprach Bruno mit der Sicherheitsabteilung die Route und holte anschließend um 7 Uhr in der Früh das Vorstandsmitglied mit seinem persönlichen Referenten in dessen Büro ab. Die Reise sollte nach Berlin mit Übernachtung in Dresden gehen. Der erste Teil der Strecke über die A6/E50 bis Nürnberg ging zügig voran, auch wenn sie wie üblich stark befahren war. Bei Nürnberg wechselten sie auf die A9/E51, die noch stärker befahren war, bis der Verkehr zum Erliegen kam. Bruno hatte dann mehr als ausreichenden Abstand zum Vordermann gehalten, auch wenn er wusste, dass dies eine Einladung für Unbelehrbare war, die die Spur ständig wechselten. Der Stau endete acht Autos nach Brunos Auto und sie machten sich auf einen längeren Aufenthalt im Stau gefasst, als plötzlich ein 17-Tonner um 9:32 Uhr ungebremst auf den Stau mit voller Wucht auffuhr. Der Lastwagen brach nach dem ersten Aufprall nach links aus, kippte um und schleuderte die fünf Autos am Stauende auf die Gegenfahrbahn, wo es unheimlich krachte, dann herrschte für einen Augenblick große Stille und in Brunos Auto auch Erleichterung, dass sie unverletzt waren, bis ein zweiter Lastwagen, ein Lasttankzug, in die Unfallstelle hineinfuhr, mit voller Wucht in die stehenden Autos prallte und demolierte weitere zehn Autos, auch Brunos Auto wurde hierbei komplett zerstört. Bruno und seine kostbare Fracht hatten keine Überlebenschance und waren auf der Stelle tot. Die Autobahn glich einem riesen Trümmerhaufen an der Unfallstelle und war zeitweise zwischen den Anschlussstellen Hof-West und Münchberg-Nord in beiden Richtungen voll gesperrt. Nach Aufnahme des Unfalls und Bergung der Opfer wurde die Unfallstelle geräumt und freigegeben. Die Bilanz dieses Unfalls war: 30 Tote, 25 größtenteils Schwerverletzte und 36 zerstörte Autos. Dem Polizeibericht zufolge, wies der Fahrer des 17-Tonners einen Alkoholrestspiegel von über 2 Promille aus. Der Fahrer des zweiten Unfalllastwagens war wohl während der Fahrt eingeschlafen. Beide Fahrer konnten aus ihren Führerhäusern mit Hilfe der Rettungsschere nur noch tot geborgen werden.

Kapitel 2

Heiko Rack

Am Nachmittag des 30. November 1993 rief Brunos Abteilungsleiter, Werner Schneider-Fricke, Balthild in der Praxis an und überbrachte ihr die traurige Nachricht

- »Ich muss Ihnen, Frau Tuchert, im Namen unserer ganzen Abteilung eine traurige Nachricht überbringen: Unser Mitarbeiter Bruno Ehmer ist heute Morgen bei einem Verkehrsunfall auf der A9 zwischen Nürnberg und Hof im Dienst ums Leben gekommen…« teilte Brunos Abteilungsleiter einfühlsam mit

- »Mein Gott, nein! Wie ist das passiert?« erwiderte Balthild durch die Nachricht am Boden zerstört und sich der Tragweite des Ereignisses noch nicht ganz bewusst

- »Die Polizei teilte uns mit, dass er im Stau stand, als zwei Lastwagen ziemlich hintereinander auf den Stau ungebremst aufgefahren sind…« führte Herr Schneider-Fricke sachlich aus

- »Wie schrecklich!« schluchzte Balthild in die Muschel und schloss die Augen, als eine Schmerzwelle durch ihren Körper schoss, die sie für Sekunden lahm legte

- »Herr Ehmer hatte Sie als Lebenspartnerin bei uns eingetragen und da es sich hierbei um einen Arbeitsunfall handelt, er war ja schuldlos in dem tragischen Unfall während der Arbeitszeit verwickelt, werden wir uns um alle Formalitäten kümmern… Ich habe zuvor die Krankenkasse informiert und meine Sekretärin telefoniert gerade mit einem Beerdigungsinstitut… Wie gesagt, wir kümmern uns um alle Formalitäten! Die Krankenkasse wird sich mit Ihnen heute noch in Verbindung setzen und für Sie einen Termin bei einem Psychotherapeut oder Psychiater in Ihrer Nähe sofort vereinbaren, der direkt mit der Krankenkasse abrechnet...« führte der Abteilungsleiter geschäftsmäßig weiter aus, während Balthild die Sprechmuschel mit der Hand zudeckte, damit der Abteilungsleiter nicht mitkriegte, wie sie bitter weinte

- »Das ist sehr nett Herr Schneider-Fricke und ich nehme das Angebot dankend an...« sagte Balthild, während sie weiter bitter weinte und vergeblich nach Fassung rang und sie sich nur noch aus dieser Welt hinauf, herab oder sonst zu Bruno wegwünschte

- »Es könnte sein, dass die Krankenkasse sich erst am Abend bei Ihnen meldet, daher habe ich auch Ihre private Telefonnummer durchgegeben, ich hoffe, dies war in Ihrem Sinne« ergänzte Herr Schneider-Fricke und gab ihr dabei die Möglichkeit, etwas von der verlorenen Fassung wieder zu gewinnen

- »Das war sehr umsichtig von Ihnen und ganz in meinem Sinne. Oh Gott! Haben Sie seinen Bruder schon informiert?« erwiderte Balthild immer noch in ihrer tiefen Verwirrung nach Fassung wie ein Matrose ringend, der im Sturm ohne Rettungsring über Bord geworfen worden ist

- »Ja, gerade bevor ich Sie angerufen habe« antwortete Herr Schneider-Fricke, der mit seiner Art Balthild half, die gefährlichen Klippen des Schmerzes zu umschiffen

- »Ich muss zunächst den Schock verarbeiten und seinen Bruder Hektor anrufen« überlegte Balthild laut und erleichtert, dass sie wieder einen klaren Verstand hatte

- »Ich wünsche Ihnen viel Kraft in dieser schweren Stunde und möchte Sie nicht weiter stören, aber wir bleiben in Verbindung« sagte Herr Schneider-Fricke und verabschiedete sich dem Anlass entsprechend.

In der Praxis breitete sich die Neuigkeit wie ein Lauffeuer aus und Balthild wurde von Herrn Dr. Diehlmann sofort nach Hause geschickt. Dort angekommen rief sie anschließend Hektor an, der noch am Arbeitsplatz war. Sie tauschten sich aus und koordinierten die Vorgehensweise unter sich

- »Schrecklich! Ich kann es immer noch nicht fassen!« sagte Balthild, die sich in der Witwenrolle grotesk vorkam

- »Ich auch nicht« erwiderte Hektor mit Zombiestimme zwischen seinen ernsthaften Geheullauten, die nicht aufhören wollten, um seinen geliebten Bruder, mit dem er von Kindesbeinen an durch dick und dünn gegangen war

- »Weißt du, wie es weiter geht?« wollte Balthild wissen, als sie wieder in der Lage war, normal in dieser anormalen Zeit zu artikulieren

- »Die zuständige Gerichtsmedizin hat versprochen, die Leichen schnellstens freizugeben. Brunos Firma kümmert sich um die Beerdigung« fasste Hektor seinen Kenntnisstand unter weiteren Seelenschmerzen zusammen

- »So hat sich Herr Schneider-Fricke mir gegenüber bereits geäußert« betonte Balthild mit gefasster Stimme aus der in ihrem Kopf herrschenden Leere heraus

- »Die Trauerzeremonie wird in etwa zehn Tagen für alle drei Mitarbeiter zentral im Lusthafener Hauptfriedhof abgehalten werden« führte Hektor weiter aus, der um die verlorene Zukunft seines Bruders trauerte

- »Und wie ist es mit der Beisetzung?« fragte Balthild unter tiefen Seufzern, die ihr keine erkennbare Erleichterung brachten

- »Die Beisetzung wird anschließend getrennt stattfinden« klärte Hektor sie auf, auch wenn er wusste, dass seine Formulierung für Balthild nicht sofort verständlich sein konnte

- »Wie getrennt?« hakte Balthild sofort nach, da sie sich diesen Vorgang beim besten Willen nicht direkt vorstellen konnte und sich ziemlich verloren vorkam

- »Bruno wird in Lusthafen beigesetzt, die anderen zwei in ihren jeweiligen Wohnorten« sagte Hektor nach einer mittleren Überlegungspause, die ihm half, Fassung wieder zu gewinnen

- »Jetzt was anders, kannst du auch für mich einen Totenschein besorgen« fragte Balthild, die von der Praxis wusste, dass die Hinterbliebenen und Partner nicht immer daran dachten, Totenscheine direkt zu besorgen, und die über diesen Gedankengang langsam die Fassung gewann

- »Ich hatte vor, zwanzig zu bestellen und trete dir drei gerne ab« sagte Hektor, der dankbar für die verwaltungstechnische Ablenkung war, die half Abstand zum Geschehen kurzfristig zu gewinnen

- »Lieb von dir, auch wenn ich nicht weiß, ob ich irgendwelche brauchen werde« erklärte Balthild ihr vorsichtiges Begehren, auch wenn Hektor keine Begründung erwartete

- »Jetzt ist es leicht dran zu kommen und ich bestelle zwanzig Stück. Reicht es dir, wenn ich dir deine drei Exemplare bei der Beerdigung aushändige?« fügte Hektor wieder auf seiner Normalebene hinzu und machte eine kurze Notiz auf seinem Merkzettel

- »Vollkommen, vielen Dank... Gehen wir anschließend ins Café?« versuchte Balthild mit ihrer Frage logisch in der momentanen Unlogik des Lebens zu wirken

- »Möglicherweise kann ich was anderes arrangieren. Ich gebe dir noch Bescheid« sagte Hektor und sie verabschiedeten sich unter tiefem Schmerz.

Dann telefonierte sie mit Gisela, die ihr ihre Hilfe anbot, um das schlimme Erlebnis zu verarbeiten. Um 18 Uhr meldete sich die Krankenkasse bei Balthild zuhause und teilte ihr die Adresse eines Psychotherapeuten und einen ersten Termin mit. Balthilds Weltbild war erschüttert und sie fühlte sich hilflos und dem Geschehen völlig ausgeliefert. Ihr Leben war plötzlich stark beeinträchtigt und sie litt die ganze Nacht unter Brunos Verlust.

Am darauf folgenden Tag, Mittwoch, nahm sie den ersten Termin bei Frau Dr. Inach um 13:30 Uhr wahr. Die Zeit war für sie während der Mittagspause günstig gewählt. Sie hatte aber trotzdem in der Praxis vorsorglich Bescheid gegeben. Frau Dr. Inach, eine vertrauenserweckende Person, stellte zunächst eine Diagnose und dann entschied sie zusammen mit ihr, welche Therapie für Balthild am geeigneten erschien

- »Sie leiden unter einem Trauma« sagte Frau Dr. Inach zu Balthild und erklärte ihr die Therapie ausführlich und wie Balthild lernen sollte, nach diesem konkreten Erlebnis in den folgenden Sitzungen, ihr Leben in die Hand zu nehmen und nach vorne zu blicken

- »Alles schön und gut, aber geht das einfach so, wie Sie vorgetragen haben?« fragte Balthild und dachte dabei auf die gängige Formulierung in der Praxis vor einem chirurgischen Eingriff, die besagt, dass es bei Operationen keine Erfolgsgarantie gibt

- »Es gibt keine Garantie für den Erfolg« sagte Frau Dr. Inach trocken, aber verständnisvoll ihrer Patientin gegenüber, was half, das vorhandene Vertrauen weiter aufzubauen

- »Ich verstehe!« sagte Balthild und fühlte sich bei Frau Dr. Inach geborgen, denn sie konnte offensichtlich bei jedem Patienten den Eindruck erwecken, es gäbe auf dieser Welt nur einen Patienten für sie, den gegenwärtigen

- »Um Ihnen nicht zu schaden, muss ich mich langsam an das Erlebnis herantasten« erklärte Frau Dr. Inach das weitere Vorgehen

- »Zeit ist für mich im Moment Schmerz« sagte Balthild und verzog Ihr Gesicht, um den Schmerz plastisch zum Ausdruck zu bringen

- »Ein zu schnelles Vorgehen ist nicht ratsam und ich möchte es bei Ihnen unter allen Umständen vermeiden« erklärte Frau Dr. Inach radikal und sie begann mit der eigentlichen Sitzung, was Balthild merklich eine kontrollierte Erleichterung brachte.

Am Freitag, 3. Dezember, erhielt sie vom Beerdigungsinstitut die Benachrichtigung mit den Daten für die Trauerfeier am 10. Dezember 1993 und Brunos anschließende Beerdigung. Am Freitagabend erfuhr sie von Hektor, dass er im Gemeindehaus Kaffee und Kuchen für später organisiert hatte. So konnte sie am Wochenende Gisela anrufen und ihr das mitteilen

- »Die Trauerzeremonie im Lusthafener Zentralfriedhof beginnt am nächsten Freitag, 10. Dezember, um 11 Uhr und anschließend ist dort Brunos Beerdigung, danach gibt es Kaffee und Kuchen im Gemeindehaus« sagte Balthild nach einer warmen Begrüßung von der mitfühlenden Gisela

- »Gustav und ich werden dabei sein, er sitzt gerade neben mir und kriegt alles mit« beeilte sich Gisela zu unterstreichen

- »Das ist aber lieb von euch!« sagte Balthild ziemlich gerührt vom unterstützenden Beistand ihrer besten Freundin

- »Das ist doch selbstverständlich! Gustav hat angeboten, dass du bei uns in Tatzenheim nach der Beerdigung übers Wochenende bleiben kannst« ergänzte Gisela

- »Danke, ich ziehe aber vor, direkt nach Eberfluss zu fahren und dort das Wochenende alleine zu verbringen. Ich verspreche, ich mache keine Dummheiten, ich halte mich an meiner Therapie« sagte Balthild ganz brav

- »Großes Indianer Ehrenwort?« fragte Gisela scherzhaft, wie sie es in der Schule bei ernsthaften Vorhaben zu tun pflegte

- »Großes Indianer Ehrenwort!« antwortete Balthild auch scherzhaft und vergaß für eine kurze Sekunde den tiefen Schmerz

- »Dann sehen wir uns am Freitag« sagte Gisela und Gustavs Stimme wiederholte den Satz aus dem Hintergrund, bevor sie beide gleichzeitig auflegten.

Der Gedenkgottesdienst und die Beisetzung der Verunglückten fanden wie geplant statt. Brunos Firma wickelte die Zeremonie in einem würdigen Rahmen ab. Die Kollegen von Brunos Abteilung waren zahlreich erschienen und korrekt in Schwarz gekleidet. Man sah ihnen an, dass ihnen Brunos Schicksal sehr nah ging, denn es hätte jeden von ihnen erwischen können. Das wussten Sie ganz genau. Gisela und Gustav waren auch anwesend und halfen Balthild, die schwere Stunde zu überstehen. Das verunglückte Vorstandsmitglied und sein persönlicher Referent wurden nach der Trauerzeremonie zu ihren jeweiligen Wohnorten gebracht und dort beerdigt. Der Vorstand war fast vollständig bis auf die vorgeschriebene Notbesatzung erschienen. Sie hatten alle die üblichen Trauergesichter aufgesetzt, die in diesem Kreis für Beerdigungsfälle unter

Gleichen vorgesehen war. Bruno war der einzige von den drei Verunglückten, der im Lusthafen beigesetzt wurde. Hektor, Wilhelmine, Balthild, Gisela, Gustav, Brunos enger Freundeskreis und der Abteilungsleiter und die Kollegen von Brunos Abteilung gaben ihm das letzte Geleit. Brunos Abteilungsleiter hielt eine kurze und prägnante Rede vor dem Grab ab, bevor Hektor seine bewegende Rede mit der vornehmen Leidenschaft eines Bruders vortrug. Reden konnte er. Nach der Beisetzung, luden Hektor und Wilhelmine zum Leichenschmaus im Gemeindehaus der Pfarrei ein. Hektor, Wilhelmine und Balthild empfingen die Trauergäste im Gemeindehaus. Bei dieser Gelegenheit übergab Hektor ihr diskret den Umschlag mit den versprochenen Exemplaren des Totenscheins. Die Unterhaltung war vom schmerzhaften Verlust geprägt und nur langsam legte sich das Eis der Schmerzen. Nach einer Stunde entschloss sich Balthild den Saal zu verlassen und sprach zu Hektor und Wilhelmine

- »Derzeit unterziehe ich mich einer Therapie zur Überwindung des Traumas, die mir von Brunos Firma angeboten wurde...« fing Balthild an, als Wilhelmine sie unterbrach

- »Tatsache? Das ist aber großartig!« sagte Wilhelmine mit ungläubigem Ton

- »Doch, die machen dies bei Arbeitsunfällen nicht nur bei Ehepartnern, sondern auch bei Verlobten und Bruno hatte Balthild als Lebenspartnerin in der Abteilung angegeben« klärte Hektor sie auf, ohne zu sagen, dass er dieses Wissen von Brunos Abteilungsleiter beim dritten Telefonat hatte

- »...und ihr werdet verstehen, wenn ich mich bei euch rar machen werde, denn sonst kann ich Brunos Verlust nicht überwinden...« setzte Balthild fort, erleichtert, dass die Rabengruppe der Vorständler nicht mehr da war

- »Klar!« sagten Hektor und Wilhelmine mit tiefem Schmerz und vollem Verständnis im Chor, denn sie fühlten genauso wie Balthild

- »...ihr seid für mich mit Brunos Erinnerung untrennbar verbunden... all die schönen Momente, die wir zusammen verbrachten...« sagte Balthild, als sie sich von Hektor und

56

Wilhelmine unter offenen Tränen verabschiedete, die keinen störten, denn jeder war zu sehr mit sich selbst beschäftigt

- »Das verstehen wir vollkommen und wünschen dir Kraft« sagte Hektor mit belegter Stimme und Wilhelmine nickte stumm zustimmend.

Dann ging jeder seinen Weg. Gisela hatte ihr zwar nochmals angeboten, bei ihr und Gustav übers Wochenende zu bleiben, was sie wieder dankend abgelehnt hatte, denn sie wollte an diesem Wochenende alleine sein. Sie wollte auf keinen Fall von jemandem gesehen zu werden. Sie hatte ja einen Therapieplan, der für sie in ihrem deprimierten Zustand voller Brunos Farben gut war und an dem sie sich halten wollte. Sie sah minutenlang hintereinander mehrere polychrome Farbenwellen an diesem Wochenende, die ihr Frieden brachten. Sie war an diesem Wochenende nicht mehr sie selbst gewesen, was ihr ein erhabenes Gefühl brachte.

Am Dienstag, 14. Dezember, erhielt Balthild überraschend Post von einer Mayori Versicherung mit Sitz in Luxemburg. Im Schreiben wurde ihr mitgeteilt, dass sie von Brunos Risikoversicherung Nummer soundso die Begünstigte sei. Sie schlugen ein Treffen im Luxemburg vor Weihnachten zwecks Auszahlung und Beratung vor. Zum Treffen sollte sie ihren Reisepass oder Personalausweis und eine Sterbeurkunde von Bruno mitbringen. Die Auszahlungssumme betrug 100.000 Mark. Balthild dachte, dies sei ein Irrtum und rief am selben Tag um 14 Uhr dort an

- »Gnädige Frau, ich kann Ihnen versichern, dass unser Schreiben kein Irrtum ist. Ihr Lebenspartner hat vor etwa einem Monat eine bestehende Risikoversicherung mit sofortiger Wirkung auf sie umgeschrieben. Ich möchte am Telefon keine weiteren Einzelheiten besprechen, deshalb schlage ich vor, dass wir uns hier treffen« erklärte ein Herr Forgeron von der Mayori Versicherung nach Klärung den Formalien

- »Ich könnte am 17 Dezember zu Ihnen kommen« sagte Balthild, der schon im Vorfeld von Herrn Dr. Diehlmann angeboten worden war, sich bei Bedarf kurzfristig einen oder zwei Tage Urlaub zu nehmen

- »Das wäre dieser Freitag. Ausgezeichnet, wäre Ihnen 10 Uhr recht?« erwiderte Herr Forgeron und Balthild sagte sofort zu.

In der Praxis gab sie sofort Bescheid und ihr wurde der Urlaubstag sofort bestätigt. Balthild überlegte anschließend, was besser wäre, am Vorabend hinfahren, im Hotel übernachten und frisch zum Termin erscheinen oder am Freitag um 4 Uhr losfahren und gehetzt zum Termin kommen. Sie entschied sich fürs Übernachten im Hotel. Das Zimmer im Hotel Verde reservierte sie von zuhause aus. Am Donnerstag fuhr sie um 17 Uhr ab und erreichte das Hotel vor 23 Uhr. Sie konnte am nächsten Tag das Auto auf dem Hotelparklatz stehen lassen, natürlich gegen Gebühr, da die Versicherung von da aus bequem zu Fuß zu erreichen war. Das Versicherungsgebäude war von außen unscheinbar und unauffällig, wie alle Häuser der Straße, aber drinnen wimmelte es nur so von Hochsicherheit und modernster Technik. Im Gebäude waren die Versicherung und eine Schwesterbank untergebracht. So nahm sie den Termin gut erholt wahr und nach der Legitimation erklärten ihr Herr Forgeron, von der Versicherung, und Herr Masau, von der Bank, eine ganze Stunde alle Optionen ganz genau

- »In der Zusammenfassung kann man sagen, Ihnen stehen zunächst zwei Optionen offen: Auszahlung oder Investition. Bei der Auszahlung können Sie wählen zwischen Barauszahlung, Scheck oder Überweisung« fasste Herr Masau die erste Option zusammen, während er dies auf einer Flipchart mit einem dicken Filzstift schrieb

- »Eine Investition wäre mir wahrscheinlich lieber« sagte Balthild und schaute dabei auf die ihr eingangs ausgehändigte Informationsmappe

- »Da haben wir verschiedene Portefeuilles und Fondsanteile, wie vorhin erläutert« ergänzte Herr Forgeron aus der rechten Seite des Teakholztisches

- »Fondsanteile sind mir lieber« erklärte Balthild und schaute abwechselnd zur Flipchart und Informationsmappe

- »Sie sind sicherer und daher ein gute Wahl für Sie« sekundierte Herr Masau sofort Balthilds Entscheidung, was Balthild mehr Sicherheit gab

- »Nichtsdestotrotz gilt es zu betonen, dass alle unsere Modelle so ausgelegt sind, dass dem Anleger auch im ersten Jahr keine Kosten entstehen« betonte Herr Forgeron den Pluspunkt seines Investitionsmodells

- »Das sagten Sie schon... kriege ich das schriftlich?« wollte Balthild zur Sicherheit wissen, auch wenn sie den besten Eindruck von der Versicherung und der Bank hatte

- »Selbstverständlich! Boni werden jeweils im Januar gutgeschrieben. Depot- und Kontogebühren werden aber erst im Februar abgerechnet. Das ist im Vertrag schon so vermerkt« bemühte sich Herr Masau zu betonen und schrieb dies auch auf der Flipchart

- »Wenn ich mich recht erinnere, empfahlen Sie die Eröffnung eines Girokontos für die Abwicklung der Boni und Gebühren« sagte Balthild, nachdem sie in ihren Notizen geschaut hatte, da ihr dieser Punkt enorm wichtig war

- »Genau. Wir empfehlen ein Referenz-Girokonto, weil dies den Vorteil hat, dass alle Transaktionen zu Ihrer Sicherheit automatisch über dieses Konto laufen« erklärte Herr Forgeron weiter und wies Herrn Masau ›R-Konto‹ auf der Flipchart zu schrieben, was er prompt tat

- »Das will heißen, wenn ein unbefugter sich Zugang zu Ihrem Depot verschaffen sollte, kann er das Depot nicht so ohne Weiteres ausplündern, da mögliche Auszahlungen nur über das Referenz-Girokonto laufen« erklärte Herr Masau mit einfachen Worten die in der Konstruktion eingebaute Sicherheit für die Kunden

- »Das klingt gut. Wie ist es mit der Eröffnung des Referenz-Girokontos?« wollte Balthild wissen, da sie befürchtete hier zur Kasse gebeten zu werden

- »Das ist Ihre einzige große Ausgabe heute: Sie geben mir eine Mark und wir eröffnen Ihr Konto in meiner Bank« sagte Herr Masau mit verlogenem Gesicht und alle lächelten über seine nicht ganz ernste Formulierung bezüglich der großen Ausgabe von einer Mark

- »Und es gibt keine versteckte Kosten oder sonstige Gebühren für mich« fragte Balthild nochmals, als sie ihm die Mark aushändigte, weil sie sicher gehen wollte, dass sie nicht, Gott weiß, was nachträglich zahlen musste

- »Unsere Strategie ist so ausgelegt, dass, egal wann das Konto/Depot eröffnet wird, die Wertpapiere sofort renditefähig sind. Auch für das erste Rumpfjahr. Diese Rendite wird im Januar auf dem Referenz-Girokonto gutgeschrieben und sie fällt immer höher als alle Gebühren aus, die wir im Februar vom genannten Konto abbuchen« klärte sie Herr Masau in aller Ruhe nochmals auf, was ihr, dem Mädchen vom Lande, wieder Sicherheit gab

- »In diesem Fall bin ich mit Ihren Vorschlägen einverstanden« sagte Balthild und packte langsam ihre Unterlagen in ihrem Rucksack

- »Schön. Die Papiere werden bis 13 Uhr ausgestellt sein. In der Zwischenzeit laden wir Sie zu Mittagsessen in unserer Kantine« sagte Herr Forgeron, der eine auf dem Tisch diskret untergebrachte Klingel betätigte, damit ein Bediensteter kam und sich um die Unterlagen kümmerte. Dann wurde sie durch das Gebäude auf dem Weg zur Kantine geführt.

Die Kantine war die Untertreibung des Jahrhunderts und das Essen war exzellent. Nach dem Essen unterschrieb sie die Dokumente, nahm ihre Ausfertigungen, verabschiedete sich von den Herren, ging zum Hotel, stieg ins Auto und fuhr nach Hause zurück. Dies blieb dann ihr Geheimnis, das sie am Wochenende alleine auskostete.

Balthilds Therapie wurde kontinuierlich nach Plan durchgeführt und die anfangs im Kopf auftretenden Erinnerungslücken, Schreckhaftigkeiten, Schlafstörungen und Konzentrationsschwierigkeiten legten sich nach kurzer Zeit wieder. Sie erfuhr die totale Kontrolle nach dem totalen

Kontrollverlust. Nach der sechsten Sitzung war sie nicht mehr traumatisiert und eine posttraumatische Belastungsstörung wurde erfolgreich vermieden.

Frau Dr. Inach wandte bei der Traumatherapie eine Mischung aus Verhaltenstherapie und tiefenpsychologischem Verfahren an, die bei Balthild bestens ankam. Sie wurde merklich entlastet und emotional stabilisiert, da Balthild sich von Anfang an bei ihr wohlfühlte und ihr vertraute. Sie konnte mit ihrer Hilfe das Gefühl von alt und grau in ihr erfolgreich abschütteln.

Mittlerweile war es schon Mitte Januar geworden und der Anruf Heikos kam unerwartet

- »Hier Heiko Rack, guten Tag Frau Tuchert…« meldete sich Heiko vorsichtig, bangend um eine abrupte Absage

- »Guten Tag Herr Rack, nett dass Sie sich melden« unterbrach ihn Balthild mit frischer Stimme aus dem anderen Ende der Leitung

- »Ich hatte es versprochen…« erwiderte der humorlose Heiko in bester Beamtenmanier mit dem verletzten Gesichtausdruck eines persönlich in seiner Ehre Angegriffenen, den Balthild glücklicherweise durchs Telefon nicht sehen konnte

- »Und nicht vergessen!« ergänzte Balthild mit einem natürlichen Lächeln auf den Lippen, das Heikos Ohr betörte

- »Ich würde Sie gerne wieder sehen« wagte Heiko einen ersten mutigen Vorstoß der Verzweiflung, der komplett zu Heikos Charakter passte

- »Machen Sie einen Vorschlag« erwiderte Balthild postwendend, was Heiko überraschte und ihm mehr Mut in seiner Verzweiflung und Unsicherheit gab

- »Heute haben wir Dienstag, den 18. Januar 1994… wie wäre es mit diesem oder nächstem Samstag?« wagte Heiko nach der kurzen Überlegung die Betörende mutig aus der Ferne in seiner egoistischen Sicht zu fragen

- »Dieser Samstag wäre für mich in Ordnung« sagte Balthild glücklich über die Tatsache, dass sich ihr ein solider Ersatz nach Zuwendung lechzend freihaus anbot

- »Vor dem Kurhaus um 14 Uhr? Winterspaziergang und Abendessen?« wagte Heiko einen weiteren mutigen Vorstoß in seiner ihn befreienden Leidenschaftslosigkeit

- »Abgemacht, ich freue mich darauf« sagte Balthild und sie verabschiedeten sich voller farbloser Farben ohne Wellen.

Das erste Treffen verlief erwartungsgemäß und sie trafen sich ab dann regelmäßig jeden zweiten Samstag in Eberfluss vor dem Kurhaus. Heiko zeigte sich jedes Mal von seiner besten Seite und gewann langsam ihr Vertrauen. Eigenartig war für Balthild nur die Tatsache, dass Heiko beim jeden Treffen darauf bestand, in die Kirche zu gehen und das Gebet, das sie in den Exerzitien gelernt hatten, gemeinsam zu beten. Das Feuer, das sie beim ersten Gebet mit Heiko verspürt hatte, hat sich nie wiederholt. Sie dachte, dies sei nur eine harmlose Marotte von ihm und lernte das Gebet auswendig, um ihm eine Freude zu machen.

Der Zufall wollte es, dass es nach dem eingeschlagenen Rhythmus am 9. April kein Treffen mit Heiko geplant war. So konnte Balthild ohne eine Erklärung abzugeben, zu Giselas Hochzeit am Freitag, 8. April, standesamtlich, und am Samstag, 9. April, kirchlich, nach Tatzenheim fahren und dort bis Sonntag verbleiben. Gustav hatte ab 1. April eine größere Wohnung im selben Gebäude von seiner Firma gekriegt, die sie beide aber schon am 25. März inoffiziell bezogen hatten, so dass der Umzug zeitig vor der Hochzeit beendet worden war. Am Sonntag, 3. April, besprachen Balthild und Gisela telefonisch das Hochzeitsprogramm, das beide schon auswendig kannten

- »Das Programm hat sich nicht geändert. Die standesamtlich Hochzeit findet im Rathaus um 10 Uhr statt« gab Gisela stolz wie ein Marktschreier bekannt, was schon längst im Stein gemeißelt war

- »Also komme ich um 9:30 Uhr direkt zum Standesamt und wir treffen uns dort« schlug Balthild darauf spontan vor, was sie vor Wochen schon vereinbart hatten

- »Sehr gut! Danach gibt es Essen im Anker im kleinen Kreis« fuhr Gisela fort und schnalzte laut mit der Zunge, was Balthild nachmachte und sich wie ein Echo in der Leitung anhörte

- »Und wann ist die kirchliche Hochzeit?« stellte Balthild die in der Audienz mit Spannung erwartete Frage

- »Am Samstag, 9. April, um 11 Uhr in unserer Pfarrei« antwortete Gisela mit der gleichen Begeisterung wie beim ersten Mal

- »Dann gibt es großes Essen, Kaffee und Abendessen im Hotel Rendezvous, wenn ich dich richtig verstanden habe« überlegte Balthild aus der Tiefe ihrer flachen Gedanken laut, aber mit leiser und lasziven Stimme

- »Ganz recht! Dann essen wir die Reste vom Vortag am Sonntagmittag auf, die das Hotel für uns transportbereit in Einwegbehältern eingepackt haben wird und die wir nach dem Abendessen mitnehmen werden« fasste Gisela das letzte Vorhaben zusammen

- »Bei euch in gemütlicher Runde« betonte Balthild und dachte dabei an Wilhelm Buschs vortreffliche Schilderung des Aufgewärmten

- »Bist du sicher, dass du Heiko zu unserer Hochzeit nicht mitbringen willst?« hakte Gisela nach, auch wenn sie wusste, dass Balthilds Entschluss feststand

- »100 pro! Brunos Erinnerung ist noch zu frisch und ich möchte in diesem Zusammenhang keine Erklärungen abgeben, was Heiko nicht weiß, macht ihn nicht heiß!« erklärte Balthild kategorisch und mit klarer Stimme

- »Wir verstehen voll und ganz!« sekundierte Gisela und sie verabschiedeten sich unter Vorfreude auf das bevorstehende Großereignis.

Die Hochzeit verlief planmäßig und sowohl der Standesbeamte als auch der Pfarrer sprachen ein paar persönliche und feinwitzige Worte, die bei allen Anwesenden gut ankamen. Der Wirt vom Anker hatte am Freitag nach dem Standesamt ein leichtes Viergängemenü für sieben Personen: Gustavs und Giselas Eltern, das Brautpaar und Balthild, liebevoll zubereitet. Dann zogen alle ab und Balthild machte einen ausgedehnten Spaziergang vom Anker zum Hotel. Sie kaufte sich unterwegs ein Sandwich, das sie in ihrem gemütlichen Hotelzimmer als

Abendessen vertilgte, bevor sie ins Bett ging. Die kirchliche Hochzeit am Samstag fand natürlich in einem würdigen Rahmen statt, der nicht übertrieben wirkte. Die Kirche war voll mit Gästen, die kräftig mitgesungen haben. Es war eine fröhliche Gesellschaft, die bis 23 Uhr aushielt. Dann wurde die Tafel ausgehoben und der enge Kreis, Gustavs und Giselas Eltern, das Brautpaar und Gisela, transportierte die Reste in Gustavs Wohnung, wo sie sachgemäß gelagert wurden. Man entschied sich nach kurzer Beratung für einen Brunch am nächsten Morgen

- »Meine Herren, Reste sind reichlich vorhanden und gut verpackt« stellte Gustavs Vater fest, als sie die Kartons in die Küche trugen

- »Es sind locker zwei Mahlzeiten für uns alle« verkündete Giselas Mutter nach einem von einer erfahrenen Hausfrau prüfenden Blick auf die fein säuberlich auf dem Küchentisch aufgestapelten und beschrifteten Kartons

- »In der Tat, die Hotelküche hat gute Arbeit geleistet, was machen wir am dümmsten?« fragte Gustavs Mutter etwas hilflos in die Gegend blickend

- »Essen, was denn sonst?« antwortete Giselas Vater knapp, aber wenig hilfreich in seiner materialistischen Überlegung

- »Wir könnten morgen Brunch ab 10 Uhr machen« sagte Gustav und alle nickten zustimmend ohne viel zu überlegen, denn der Vorschlag hatte Hand und Fuß

- »Gute Idee, ich komme um 9:30 Uhr und helfe euch mit den Vorbereitungen« sagte Balthild resolut und schaute Gisela direkt an

- »Ich bin dabei« gab Giselas Mutter zu Protokoll und schaute dabei ihrem Mann herausfordernd an, der ganz harmlos in die Gegend guckte

- »Ich auch« beschloss auch Gustavs Mutter und schaute ihren Sohn wohlwollend an, um das Grinsen zu verstecken, das Giselas Mutter Blick zu ihrem Mann bei ihr verursacht hatte

- »Ich nehme euch beim Wort, die Herren der Schöpfung können später um 10 Uhr kommen, wenn alles fertig ist, denn sonst stehen sie uns nur im Wege« sagte Gisela und da kein Widerspruch erfolgte, zogen alle zufrieden von dannen.

Am nächsten Morgen checkte Balthild kurz nach 9 Uhr im Hotel aus und fuhr mit Gepäck zu Gustavs Wohnung, wo Gisela sie schon erwartete. Die neue Wohnung hatte viereinhalb Zimmer und war sehr geräumig. Gisela zeigte ihr die Wohnung im Schnellgang und dann bereiteten sie alles für die große Schlacht vor. Kurz nach 9:30 Uhr kamen die Mütter und um 10 Uhr standen die Väter auf der Matte. Es gab einen langen Abschluss in geselliger Runde, den Balthild um 20 Uhr verließ, da sie am nächsten Morgen normal arbeiten musste. Die Straßen waren zum Glück frei und Balthild konnte vor 22 Uhr in ihrem Bett einschlafen.

Am folgenden Samstag, 16. April, traf sie Heiko wieder und sie spulten ihr Programm wie immer ab. Es war eine eigenartige Beziehung zwischen den beiden und es hat lange gedauert, bis Heiko sich ein Herz nahm und sie küsste, was sie als gut erzogenes Mädchen vom Lande entsprechend züchtig beantwortete, als sie sich verabschiedeten

- »Wir könnten uns nächsten Samstag wieder sehen« sagte Balthild ohne direkte Anrede, nachdem ihre Lippen von Heikos Lippen gelassen hatten

- »Das würde mich glücklich machen« antwortete Heiko, der sein Glück in diesem Augenblick nicht fassen konnte

- »Dann abgemacht! Wir treffen uns wie immer und Abendessen gibt es bei mir« führte Balthild aus und gewann Abstand zu Heiko, der die Autotür aufschloss

- »Ich bringe eine Flasche Prosecco, wenn es recht ist« sagte Heiko beim Einsteigen, ließ den Motor an und kurbelte das Fenster etwas hinunter, damit sie seinen Satz mithören konnte

- »Es ist mir recht! Gute Heimfahrt Heiko« sagte Balthild und winkte höflich, während Heiko den ersten Gang einlegte und die Handbremse löste

- »Bis Samstag Balthild« antwortet Heiko und fuhr los, ohne viel auf den Verkehr zu achten, der zu der Zeit zu seinem Glück spärlich floss.

Am Samstag, 23. April, trafen sie sich wie verabredet vor dem Kurhaus

- »Doppeltes Glück für mich: Ich bin bei Ihnen zum Essen eingeladen und habe diese Woche meine Ernennungsurkunde erhalten« sagte Heiko stolz und wedelte in der Luft mit einer Kopie seiner Ernennungsurkunde, als sie sich vor dem Kurhaus trafen, während er die Prosecco-Flasche in einem Beutel trug, die stoisch die heftigen Bewegungen über sich ergehen ließ

- »Nach unserem ersten Kuss wäre es angebracht, dass wir uns duzen, meinst du nicht?« begrüßte ihn Balthild, als sie ihren üblichen Spaziergang durch die Stadt begannen

- »Lieb und gern! Habe mich eben nicht getraut, dies vorzuschlagen« sagte Heiko und fühlte sich sehr geschmeichelt, als Balthild sich ganz natürlich bei ihm einhakte

- »Wer sich nicht daran hält, zahlt 5 Mark in die Ausflugskasse« sagte Balthild mit ernster Stimme in der Hoffnung, er würde den Spaß verstehen und darüber lachen

- »Ausflugskasse? Wir haben doch keine Ausflugskasse!« erwiderte Heiko ganz ernst, was Balthild innerlich zur Verzweiflung brachte, da sie diese Reaktion nie im Leben erwartet hatte

- »Sei nicht so verbohrt, natürlich haben wir ab jetzt eine Ausflugskasse, die ich verwalte« erklärte Balthild und zwickte ihn unbrav am Arm

- »Wenn du meinst…« sagte Heiko, der langsam verstand, wie Balthilds Äußerung zu verstehen war, auch wenn er keinen Sinn für solche Späße hatte.

An der Kirche angekommen machten sie ihr obligates Gebet und gingen unter unmerklicher Führung Balthilds zu ihrer Wohnung, die von Heiko beim kurzen Rundgang begutachtet wurde. Sie verweilten in der Küche, als sie das Abendessen im Ofen aufwärmte, das schon fertig dort wartete. Sie trug es dann mit seiner Hilfe zu Tisch ins Wohnzimmer, wo sie es gemütlich aßen. Heiko blieb bis 22 Uhr.

Ab dann trafen sie sich fast jeden Samstag und irgendwann blieb Heiko über Nacht bei ihr. Sex haben sie aber erst viel später in der Hochzeitsnacht miteinander gehabt. Bei dieser ersten Übernachtung stellte Balthild mit Entsetzen fest, dass Heiko wie ein Weltmeister schnarchte. Um schlafen zu können, musste sie sich Stöpseln in die Ohren stecken, die sie von einer Werbesendung aus der Praxis vor einiger Zeit mitgenommen hatte. Sie entschloss sich das Thema am nächsten Morgen direkt anzusprechen

- »Heiko, weißt du, dass du schnarchst?« fragte Balthild vorsichtig am Frühstückstisch, da sie nicht wusste, wie Heiko dies aufnehmen würde

- »Nein, das wusste ich nicht. Ich habe tief geschlafen. Habe ich dich sehr gestört?« sagte Heiko unschuldig schuldig und mit einem sehr schlechten Gewissen ob seines Schnarchens

- »Ehrlich gesagt, ja! Ich konnte nicht schlafen. Daher suchte und glücklicherweise fand ich ein Paar Ohrenstöpseln, die mir den Schlaf retteten« sagte Balthild und zeigte ihm die Nachtruheretter mit einem süßen Lächeln auf den Lippen

- »Das tut mir sehr Leid« bedauerte Heiko aufrichtig und küsste ihre Hand mit den Ohrenstöpseln in Erwartung ihrer göttlichen Vergebung

- »Jetzt weiß ich es und bin für deine nächste Übernachtung bei mir gewappnet, aber... sollten wir irgendwann zusammenwohnen, muss ich auf getrennte Schlafzimmer bestehen« sagte Balthild ganz naiv und frisch von der Leber weg

- »Habe dafür volles Verständnis und deinen Wunsch mit Freude registriert und vorgemerkt« sagte Heiko unglücklich über sein Schnarchen, aber umso glücklicher über den Umstand, dass Balthild bei ihrer Beschwerde nicht ausgeschlossen hatte, dass sie möglicherweise zusammenwohnen könnten. Seine Wohnung hatte schließlich 3 Schlafzimmer. Balthild könnte zu gegebener Zeit problemlos sein Jugendzimmer haben, dachte er.

Gisela erkundigte sich bei jeder Gelegenheit über Balthilds neue Eroberung, die gut für sie war, denn Balthild hatte nach dem schmerzhaften Leidensweg einen neuen Mann gefunden, dies war die gute Nachricht. Die schlechte Nachricht war, dass Heiko leider das Gegenteil von Bruno war. Ein Mann, der in keinem üblichen Zeitraster passte und der ihr aber finanzielle Sicherheit als Beamter gab.

Im Mai hat Gisela ihre neue Stelle bei Dr. Mey, einem Internisten, in Tatzenheim planmäßig angetreten und im August hat sie über ihren Arbeitgeber von einer zum Verkauf angebotenen Wohnung im Tatzenheimer Viertel Handelsstadt aus dem Kreis seiner Verwandtschaft erfahren. Gustav konnte über einen günstigen Kredit seiner Firma den Erwerb finanzieren und im September zogen sie in die neue Wohnung überglücklich um. Zur Einweihung wurde Balthild für Samstag, 10. September, eingeladen, die allein zum Kaffee mit der Nachricht kam, dass Heiko ihr einen Heiratsantrag gemacht habe

- »Als erstes machen wir einen Rundgang durch die Wohnung« sagte Gisela nach der warmherzigen Begrüßung mit leuchtenden Augen

- »Schaue sie dir an! Sie kann es immer noch nicht fassen, dass es solche Wohnungen in Tatzenheim zu bezahlbaren Preisen gibt« stichelte Gustav an Giselas Hinterseite ganz nah mit seinem Körper, als sie Balthild den Rucksack abnahm und diesen an einem Garderobenhaken hängte

- »Ruhe dahinten!« befahl Gisela und sie starteten den Rundgang durch die 5 Zimmer, Küche, Bad, WC und Loggia

- »Die Wohnung ist wirklich ein Juwel! Ich gratuliere euch und freue mich für euch« sagte Balthild neidlos und verteilte großzügig Küsschen unter den Anwesenden

- »Haben wir es nicht gut gemacht?!« sagte Hinterbänkler Gustav mit stolzgeschwellter Brust, als sie den Rundgang beendet hatten und Platz im Wohnzimmer nahmen, wo die liebevoll gedeckte Kaffeetafel schon auf sie wartete

- »Ischt ja gut, Gustav! Ischt ja gut! Braver Hund!« zackte ihn Balthild, während Gisela Kaffee eingoss und sich dabei köstlich amüsierte

- »Mit mir kann man es ja machen!« sagte Gustav und hielt demonstrativ und herausfordernd seinen Teller vor der Kuchenplatte

- »Der Mann ist unmöglich!« sagte Balthild und gab ihm ein Stück vom gedeckten Apfelkuchen, den er mit Giselas Teller tauschte, bevor sie etwas sagen konnte

- »Er ist nicht nur unmöglich, sondern liebt es, uns zum Narren zu halten!« sagte Gisela halbscherzend, als sie Platz nahm und ihm einen fliegenden Kuss übersendete, während Balthild Kuchen auf die noch leeren Teller verteilte

- »Aber jetzt erzähle von dir... Wie geht es dir? Was gibt's neues?« fragte Gustav und goss sich etwas Milch in den Kaffee, bevor er ganz vornehm an seinem Milchkaffee nippte

- »Heiko hat mir letztes Wochenende einen Heiratsantrag gemacht« sagte sie fast beiläufig, als sie sich eine erste Gabel von gedeckten Apfelkuchen einverleibte

- »Was?« sagte Gisela und Gustav unisono unter heftigem Keuchen, so dass sie schnell einen kräftigen Schluck Kaffee zu sich nahmen, um den Hustenanfall zu beruhigen

- »Ja, Heiko hat mir einen Heiratsantrag gemacht und ich habe bereits zugestimmt, nachdem wir unsere Zukunftspläne ausführlich ausdiskutiert hatten« sagte Balthild und dachte dabei an den mühseligen Prozess, den sie mit Heiko bei dieser Besprechung durchmachen musste: keine direkte Meinung vertreten, sondern ihn stets in dem Glauben lassen, dass er alle Fäden in der Hand hält und dass er derjenige ist, der die letzte Entscheidung trifft

- »Und wie sehen eure Pläne aus?« wollte Gisela wissen und aß weiter von ihrem Kuchen, während Gustav in Gedanken seine Tasse von oben anstarrte

- »Wir werden voraussichtlich in der zweiten Novemberhälfte in Beerkamp heiraten; ich gebe euch Bescheid, wenn der Termin feststeht« verkündete Balthild, lächelte sie beide fröhlich an und machte sich wieder an ihren Kuchen heran

- »Nicht in Tatzenheim?« hakte Gisela sofort nach, während die Zahnräder ihres Gehirns auf Hochtouren liefen

- »Richtig! Meine Mutter möchte sich das nicht nehmen lassen und da Heiko keine Verwandtschaft in Tatzenheim hat, werden wir doch in Beerkamp heiraten, daher muss ich euch Morgen früh nach dem Frühstück verlassen und zu meinen Eltern zum Zwecke der Hochzeitsvorbereitung fahren…« erläuterte Balthild, als sie jedoch von Gisela unterbrochen wurde

- »Hat er nicht nur einen Onkel, der in Norddeutschland mit seiner Familie wohnt…« sinnierte Gisela in Erwartung einer Bestätigung ihrer Kenntnisse über Heikos spärlicher Verwandtschaft

- »Genau, der Bruder seiner Mutter« bestätigte Balthild und streckte ihr dabei provozierend die Zunge aus, was Gisela postwendend in gleicher Weise beantwortete

- »Und wie geht es weiter?« wollte Gustav aus der Tiefe seiner auf rationalen Vorstellungen beruhenden Gedanken wissen, ohne auf das vorangehende übliche Spielchen der zwei Damen einzugehen

- »Ich behalte zunächst meine Stelle in Eberfluss und halte gleichzeitig Ausschau nach einer passenden Stelle in Tatzenheim« erklärte Balthild, hob seitlich ihre linke Hinterbacke und befreite sie dabei ihren Darm von der darin angestauten Luft, was von Gisela sofort in gleiche Weise beantwortet wurde

- »Du ziehst doch irgendwann nach Tatzenheim um oder?« sagte Gisela und lachte mit Balthild laut, während Gustav den Kopf schüttelte

- »Ganz recht, im Dezember ziehe ich nach Tatzenheim um« sagte Balthild und setzte einen kleinen Pups oben darauf

- »Großes Glück, dass du in einer möblierten Wohnung wohnst« sagte Gustav und zündete ein Streichholz zur Neutralisierung des Damengestanks, was bewirkte, dass die Damen ihn mit feindlichen Blicken beglückten

- »Das kann man laut sagen! Sonst wäre es nicht so einfach« sagte Gisela und streckte ihrem Mann die Zunge aus

- »Wenn du bei Dr. Diehlmann weiter arbeitest, pendelst du dann täglich nach Eberfluss?« wollte Gustav wissen, ohne auf seine Frau einzugehen

- »Ja, ich werde dann zwischen Arbeitsstelle und Wohnort pendeln, bis ich eine neue Stelle in Tatzenheim habe« sagte Balthild, während Gisela ihren Mann fies kniff und dabei ganz harmlos sagte, als würde sie keiner Fliege was antun

- »Ich werde mich schon umhören, vielleicht kann ich dich bei Herrn Dr. Mey unterbringen...« was zur Folge hatte, dass Gustav Gisela einen lauten Klaps am Hintern gab, der natürlich nicht wehtat

- »Das hat noch Zeit, zuerst möchte ich wissen, ob du meine Trauzeugin werden willst« sagte Balthild, die versuchte die Zankerei der beiden mit dem Themawechsel zu beenden

- »Natürlich, was denn sonst! Wenn du nicht gefragt hättest, hätte ich dich eigenhändig geköpft!« sagte Gisela und führte dabei eine eindeutige Bewegung mit der linken flachen Hand unterhalb ihres Kinns aus

- »Also, abgemacht!« sagte Balthild kategorisch und vertilgte anschließend den Rest ihres Kuchens mit großer Genugtuung

- »In Beerkamp heiraten... geht das einfach so?« fragte Gustav, der sich immer noch nicht vom Giselas fiesen Kniff erholt hatte

- »Bei mir schon, denn ich habe immer noch meinen ersten Wohnsitz dort« erklärte Balthild souverän und klopfte sich in aller Bescheidenheit auf die Schulter

- »Dann ist ja alles klar! Verzeihe meine Unwissenheit« sagte Gustav und beugte den Oberkörper Erbarmen suchend etwas vor

- »Auf die Knie!« befahl Balthild und alle lachten herzhaft.

Es war ein kurzweiliges Beisammensein, das sie alle genossen. Sie räumten den Kaffeetisch, bereiteten anschließend das Abendessen und aßen gemütlich in der Essecke der Küche zu Abend, während Balthild erzählte, was sie an dem Wochenende mit ihren Eltern noch zu erledigen hatte und dass ihre Mutter die ganzen Vorbereitungen in die Hand nehmen würde, was für Balthild eine große Erleichterung bedeutete.

Nach dem Abendessen drehten sie eine Runde in der Umgebung und anschließend blieben sie bis Mitternacht auf

- »Mein Gott, wie die Zeit vergeht! Jetzt ist es Zeit für die Heia« sagte Gisela nach einem entsetzten Blick auf die Uhr im Wohnzimmer, während alle automatisch aufgestanden waren

- »Wo schlafe ich?« fragte Balthild ihre Gastgeber ganz locker, als sie das Wohnzimmer verlassen wollten

- »Du wirst heute das Kinderzimmer einweihen« klärte Gustav sie so geheimnisvoll auf, dass sie direkt fragen wollte, ob schon etwas unterwegs wäre, als er Balthilds Rucksack aus der Garderobe holen wollte

- »Nein! Ich bin nicht schwanger« beeilte sich Gisela wie von der Tarantel gestochen zu erklären, womit sie alle auf dem Weg zum Kinderzimmer unweigerlich zum Lachen brachte

- »Wir frühstücken um 8:30 Uhr und anschließend kannst du zu deinen Eltern fahren« sagte Gustav und sie verabschiedeten sich von Balthild mit einem Gutenachtkuss.

Am nächsten Morgen verließ Balthild Gustavs Wohnung und fuhr zu ihren Eltern in Beerkamp, wo sie eine erste ausführliche Besprechung in Sachen Hochzeit und Feier hatten.

Die Vorstellung des Bräutigams wurde für das folgende Wochenende, 17./18. September 1994, in Beerkamp vereinbart. Bei diesem Treffen wurden weitere Einzelheiten besprochen und Heiko brachte die benötigten Unterlagen mit

- »Ich habe die in der Liste angegebenen Unterlagen beisammen und im Umschlag reingetan« erklärte Heiko nach der Begrüßung und übergab einen braunen C4 Umschlag, den Balthilds Mutter sofort einkassierte, bevor Balthilds Vater überhaupt reagieren konnte

- »Das ist sehr umsichtig. Wir haben am Montag einen ersten Termin im Rathaus mit dem Standesbeamten« konnte Balthilds Vater gerade noch sagen, bevor Balthilds Mutter die Regie in diesem ersten Treffen mit Heiko übernahm

- »Deine Schulkameradin Mieze ist die Sekretärin des Standesbeamten und sie hat uns signalisiert, dass die ganze Sache reibungslos über die Bühne gehen wird« erklärte Balthilds Mutter und deponierte den Umschlag in einer verschließbaren Schublade des Wohnzimmerschranks

- »Wenn die Mieze das sagt, dann wird es wohl so sein, denn sie war schon in der Schule ganz penibel« sagte Balthild zu Heiko, der natürlich überhaupt keine Ahnung von Mieze hatte, die aber im Rathaus offensichtlich alle Fäden in der Hand hielt, eine Person, mit der es ratsam war, sich gut zu stellen, um das angestrebte Ziel zu erreichen

- »Es ist wirklich nett, dass Sie alles in die Hand nehmen, denn ich wäre hier in Beerkamp auf verlorenen Posten« bedankte sich Heiko artig, ohne sich große Gedanken über die Anrede zu machen

- »Wir duzen uns als zukünftige Familie und wer das nicht tut, zahlt 5 Mark und fließt in die Nachwuchskasse« klärte ihn Balthilds Mutter auf und streckte ihm unmissverständlich die Hand aus, so dass er sich genötigt sah, ihr fünf Mark aus seiner Geldbörse auszuhändigen, was alle außer Heiko zum Schmunzeln brachte

- »Wir schlagen folgendes Programm vorbehaltlich der standesamtlichen und kirchlichen Bestätigung vor« sagte Balthilds Mutter, schaute fragend in die Runde und als keine Einwände kamen, fuhr sie fort

- »Standesamtliche Hochzeit am Freitag, 18. November 1994, um 11 Uhr. Anschließend Mittagessen zu zehnt im Adler. Spaziergang zum Skilift mit Kaffee und Kuchen. Abendessen im Schwan« hier unterbrach Balthild ihre Mutter

- »Der Adler ist gemütlich, ruhig und hat eine gute Küche, aber ist relativ klein. Der perfekte Ort für unsere kleine Gesellschaft von 10 Personen. Der Skilift hat ein hübsches Terrassencafé mit Panoramawintergarten und der Spaziergang wird uns allen bestimmt gut tun« erläuterte sie Heiko den Grund für diese Auswahl

- »Und was ist mit dem Schwan?« fragte Heiko

- »Der Schwan hat nur abends auf« klärte ihn Balthild auf

- »Kirchliche Hochzeit am Samstag, 19, November 1994, um 10 Uhr. Anschließend Mittagessen, Kaffee und Kuchen, Verabschiedung des Brautpaares in die Flitterwoche und Abendessen für die Verbleibenden in der Gaststätte zur grünen Eiche« führte Balthilds Mutter weiter aus, was bei Heikos Beamtenseele eine neidlose Bewunderung hervorrief

- »Die grüne Eiche liegt am Stadtrand, hat einen Kinderspielplatz und direkten Zugang zu den Rundwanderwegen, die man für einen entspannenden Spaziergang ausnutzen kann, wenn man Lust hat« ergänzte Balthild die Ausführung ihrer Mutter

- »Ausgezeichnet! Bin sofort damit einverstanden« beeilte sich Heiko zu sagen, was von Balthilds Mutter wohlwollen zur Kenntnis genommen wurde

- »Für deinen Onkel und Familie wollen wir im Adler zwei Doppelzimmer für den 17. bis 20. November reservieren« ergänzte Balthilds Vater, als seine Frau gerade einen Schluck Kaffee zu sich nahm und nicht sprechen konnte

- »Es ist alles minutiös geplant und ich kann dem ganzen Ablauf ohne Abstriche zustimmen, jetzt möchte ich nur noch ergänzen, dass unsere Hochzeitsreise uns eine Woche nach Baden-Baden führen wird« sagte Heiko diplomatisch, schaute Balthild an und prostete ihr zu, was Balthilds Eltern ihm nachmachten

- »Wir kümmern uns um den Druck von 100 Einladungen, wenn der Termin feststeht. Dann schickt euch die Druckerei 50 Einladungen zur Weiterverwendung zu. Die andere Hälfte der Einladungen kommt zu uns« sagte Balthilds Mutter mit sichtlicher Erleichterung, dass die Besprechung soweit erfolgreich abgewickelt worden war

- »Reichen uns 50 Einladungen?« fragte Balthild aus der Tiefe ihrer Gedanken, die Gefahr liefen, in ihrem Glas zu verschwinden

- »Ich brauche nur die Einladungen für meinen Onkel und meinen Vorgesetzten« antwortete Heiko

- »Bei Bedarf könnt ihr euch bei mir melden, denn wir werden nicht alle 50 Einladungen verschicken, es werden also ein paar in Reserve bleiben« sagte Balthilds Mutter und die Diskussionsrunde wurde beendet.

Nach dem Abendessen rief Balthild Gisela an und teilte ihr das bereits im Vorfeld bekannte Ergebnis der Besprechung mit, so dass sie entsprechend und in aller Ruhe disponieren konnte.

Die Termine bei Standesamt und Kirche wurde am Montag bestätigt und die Reservierungen wurden dann im Laufe der Woche entsprechend vorgenommen. So konnten die Zeremonien planmäßig stattfinden.

Die standesamtliche Hochzeit fand im kleinen Kreis am 18. November statt. Bei dieser Gelegenheit erfolgte die erste persönliche Begegnung zwischen Heiko und Gisela und Gustav

- »Heiko, darf ich dir meine Schulfreundin und Trauzeugin Gisela und ihren Mann Gustav vorstellen?« sagte Balthild ganz locker zu ihrem Mann nach der üblichen und warmherzigen Begrüßung im Korridor vor dem Saal, wo die Trauung stattfinden sollte

- »Angenehm, Balthild hat schon von Ihnen erzählt« sagte Heiko reserviert und schüttelte Gisela die Hand, was bei Gisela sofort den Eindruck erweckte, Heiko wäre nicht der richtige Mann für ihre Freundin und sie mochte keinen näheren Kontakt zu ihm pflegen

- »Ich freue mich, Sie endlich persönlich kennen zu lernen« antwortete Gisela höflich und genauso reserviert und warf anschließend einen viel sagenden kurzen Blick auf Gustav

- »Ich mich auch« sagte Gustav, der sofort Giselas kurzen Blick verstand, weil er intuitiv den gleichen Eindruck von Heiko gewonnen hatte und bevor sie sich wie bestellt und nicht abgeholt fühlten, wurden sie von Mieze gebeten in den Trauungssaal hineinzutreten

- »Die Tür geht auf und Mieze bittet uns mit Handzeichen hineinzutreten« sagte Balthild und Gisela und Gustav waren dankbar für die notwendige Unterbrechung, die ihnen erlaube sich zu sammeln, denn sie waren enttäuscht, über Heikos ersten Eindruck und Distanz.

Nach der Trauung gingen sie zum Adler und unterwegs machte der beauftragte Fotograf ein paar Bilder am Brunnen, was Gisela und Gustav Gelegenheit gab, sich über Heiko ungestört auszutauschen

- »Unmöglich! Der Mann ist unmöglich!« zischte Gisela Gustav zu, als sie sich von den anderen etwas absetzen konnten und sie gab dabei zornige Raubtiergeräusche von sich

- »Ich sehe dies genauso wie du. Wir halten Distanz zu ihm, also komme nicht auf den Gedanken ihn zu uns einzuladen!« erklärte Gustav kategorisch und sprach Gisela dabei aus der Seele, was sie mit kräftigem Nicken betonte

- »Wie käme ich dazu! Arme Balthild« zischte Gisela voller Empörung nochmals, gab Gustav einen Wangenkuss und hakte sich bei ihm ein

- »Ja, arme Balthild. sie wird es bestimmt nicht leicht mit ihm haben« sinnierte Gustav und streichelte dabei Giselas Hand auf seinem Arm sanft

- »Balthild kann jederzeit auf meine Hilfe zählen« sagte Gisela und zog dabei eine Schnute, die sie mit dem kräftigen Nicken eines liebenswerten Dickkopfes betonte

- »Wir helfen ihr, wo wir können, aber der kommt mir nicht in die Tüte!« sekundierte Gustav und versuchte, keine verräterische Miene zu ziehen, was ihm nicht leicht fiel.

Das anschließende Programm fand im würdigen Rahmen statt und Giselas und Gustavs anfänglich lockere Stimmung machte einer strikten Reserviertheit gegenüber Heiko Platz, die zum Glück keinem weiter auffiel und die der sonst guten Stimmung keinen Abbruch tat.

Die kirchliche Trauung mit 80 Gästen fand am 19. November dann planmäßig statt. Die Feier in der grünen Eiche fand Einklang bei allen Zugereisten und bei den Einheimischen sowieso. Die Kinder tobten bis zum Umfallen auf dem Spielplatz und die Erwachsenen genossen das trockene Wetter bei lockeren Spaziergängen zwischen den vielen Gängen. Balthild und Heiko verabschiedeten sich nach dem Kaffee in die Flitterwoche. Das Abendessen fand dann ohne Traupaar statt und dauerte bis 23 Uhr.

- »Ich habe uns im Hotel für voraussichtlich 19 Uhr angemeldet« sagte Heiko, als sie mit dem Auto unter tosendem Beifall der Gäste kurz vor 17 Uhr losfuhren

- »Normalerweise braucht man für die Strecke nicht mehr als 90 Minuten, also, sind wir auf der sicheren Seite, auch wenn wir über die A5 fahren und heute ist Samstag« dachte Balthild über alle Eventualitäten laut, als sie die A5 erreichten

- »Eben, die Straßen sollten relativ frei sein, aber man weiß ja nie...« sagte Heiko, als er in den fließenden Verkehr der A5 problemlos einfädelte und zügig beschleunigte

- »Hoffen wir das Beste!« sagte Balthild mit optimistisch klingender Stimme und sie kuschelte sich in ihrem Sitz, um die ruhige Fahrt und den goldenen Sonnenuntergang auf der linken Seite in vollen Zügen zu genießen

- »Zu unserer Packetbuchung gehört heute übrigens ein Dinner für zwei im Zimmer als besondere Aufmerksamkeit des Hauses« unterbrach Heiko die ruhige Stimmung im Auto, als sie auf der Höhe Bruchsals waren

- »Mein Gott, nochmals essen... im Moment bin ich noch satt... dies ist aber eine nette Geste des Hotels« bemühte sich Balthild intelligent anzumerken, nachdem sie von Heiko in ihrem sanften Tagtraum gestört worden war

- »Man heiratet nicht zu oft im Leben« wandte Heiko ein und dachte daran, dass er ein gutes Angebot als Hotelgesamtpacket auf Anraten seines Vorgesetzten ergattert hatte

- »Ich habe keinerlei Erfahrung auf dem Gebiet« sagte Balthild ohne Hintergedanken, um hinterher sofort zu begreifen, dass es keine schlechte Idee war, sich gegenüber Heiko in Sachen Sex ahnungslos zu geben, er war schließlich derjenige, der vorgeschlagen hatte, bis zur Hochzeit mit dem Sex zu warten

- »Ich auch nicht, das ist mein erstes Mal« sagte Heiko, vom Verkehr abgelenkt und ohne Balthilds Gedanken zu erahnen

- »Bei mir auch… sei bitte sanft zu mir« sagte Balthild und entschied einstimmig, Heiko die Initiative im Bett zu überlassen.

Die Fahrt verlief glatt und sie kamen zum Hotel Fuchs noch vor 19 Uhr an. Das Flair im Hotel Fuchs mit seinen historischen Fachwerkbauten und seinem Seerosenteich war individuell und einzigartig. An der Rezeption schlug man 20 Uhr fürs Dinner vor, was beiden sehr recht war. Das Hotel war idyllisch an einer Parkanlage gelegen und hatte auch große Zimmer für besondere Anlässe, die bei modernen Hotels sonst als Suite gelten würden. Das Zimmer mit großem Balkon war entsprechend hübsch und dem Anlass entsprechend dekoriert.

Nach dem Abendessen machten sie einen Spaziergang durch den Park und sahen aus der Ferne das berühmte, hell erleuchtete Spiel-Casino, das die trügerische Ruhe und Beschaulichkeit eines Selbstmordknotenpunkts ausstrahlte

- »Wir können morgen zum Casino gehen und je 50 Mark verspielen« sagte Heiko großzügig, aber nicht leichtfertig, denn er hatte schon im Vorfeld das Reisebudget genau ausgerechnet und daran wollte er sich halten

- »Das ist aber viel Geld, können wir uns das leisten?« fragte Balthild vorsichtig und stellte mit Erleichterung fest, dass Heiko zustimmend nickte

- »Einmal im Leben leisten wir uns diesen Luxus« sagte Heiko voller Überzeugung, als sie durch die großzügig gestaltete Parkanlage entspannt liefen

- »Einverstanden. Wir gehen aber getrennte Wege, wenn es dir nicht ausmacht. Ich möchte alleine Roulette spielen« wagte Balthild vorzutragen und lächelte ihn so sanft an, dass Heikos potentieller Widerstand wie Butter schmolz

- »Ich möchte einmal im Leben Baccara Chemin de fer oder Black Jack spielen « gab Heiko trotzig, fast kindisch zu Protokoll, als sie ihre Runde fast beendet hatten

- »Chemin de fer… bedeutet das nicht im Französischen ›Eisenbahn‹?« fragte Balthild, als Heiko die Eingangstür des Hotels aufmachte und sie vorließ

- »Ganz recht! der Name wird vielfach dadurch erklärt, dass der Kartenschlitten bei dieser Spielart gleich einer kleinen Eisenbahn seine Runden zieht« sagte Heiko im freundlich und hell getäfelten Treppenhaus, den sie auf dem Weg zum ersten Stock anstelle des Lifts genommen hatten

- »Große Kinder spielen gerne mit der Eisenbahn« erwiderte Balthild ironisch, was beim humorlosen Heiko nie ankam

- »Ja, und bevor du weiter lästerst, verrate ich dir, dass ich vom Spiel im einem James Bond Film zum ersten Mal erfahren habe« sagte Heiko zu Balthilds Überraschung, denn sie hätte ihm nie zugetraut, in einen James Bond Film zu gehen, der dann die Zimmertür aufschloss und Balthild den Vortritt gab

- »Stimmt! Chemin de fer soll James Bonds Lieblingsspiel sein. Mir macht es nichts aus, ich werde Roulette spielen, wie gesagt, während du feindliche Agenten beim Spielen tötest und Millionen gewinnst« sagte Balthild und gab ihm einen süßen Kuss auf die Lippen, der Heiko für eine Sekunde in den Himmel hob

- »Und zwei Stunden später treffen wir uns an der Kasse und gehen ins Hotel zurück« sagte Heiko eine Sekunde später ohne James Bond Romantik

- »Dann können wir jedem erzählen, wir waren im Casino und haben dort gespielt« sagte Balthild, als sie das Badezimmer betrat, wo sie sich nacheinander bettfertig machten. Balthild ging ins Bett und wartete voller Spannung auf Heiko und den ersten Beischlaf mit ihm.

Die erste Hochzeitsnacht verlief enttäuschend für sie, denn Heiko kam während des ersten Beischlafs zu früh zur Ejakulation und dann war er für eine ganze Weile nicht mehr zu gebrauchen. Er schlief schnell ein und schnarchte wie immer. Sie verstopfte die Geräuschkulisse mit ihren Ohrenstöpseln, legte Hand an sich und danach schlief sie auch ein. Sie hoffte auf Besserung in den folgenden Nächten und ließ sich am nächsten Morgen nichts anmerken.

Am nächsten Tag erkundeten sie Baden-Baden und kamen erst um 17 Uhr zurück ins Hotel, wo sie nützliche Tipps für den Casinobesuch erhielten. Dann verbrachten sie zwei Stunden im Wellness-Bereich, machten sie sich fertig zum Abendessen im Hotel und um 21 Uhr gingen sie zum Kurhaus, das seit fast zweihundert Jahren das Wahrzeichen der Stadt im Schwarzwald ist. Baden-Baden bedeutet nicht nur Casino, sondern auch Kur und Galopprennen. Alles hat miteinander zu tun und greift ineinander. Kurhaus ist Casino und Casino ist Kurhaus und im Casino rollt die Kugel. Das Casino gehört zur Crème de la Crème europäischer Spielbanken. Noblesse und Glanz sind bis heute noch zu spüren, auch wenn die Badener das Ganze mit Akzenten moderner Stilistik, Glücksspiele und Unterhaltung angereichert haben. Die Stadt versucht aus Tradition und Moderne eine Einheit zu bewahren.

An der Kasse wechselten sie je 50 Mark in Jetons um und gingen getrennt zu den Tischen.

Heiko hatte sich schon vor der Reise im Vorfeld zum Glück über die Details des im Casino gespielten Black Jacks informiert und vor dem Besuch seine Kenntnisse mit den in der Hotelbroschüre verglichen und aktualisiert. Bis 21:30 Uhr hat er um die Black Jack Tische gestanden, bis ein Platz frei wurde. Die Broschüre hatte mit der Behauptung recht, von 21:30 bis 22 Uhr gebe im Casino einen Schichtwechsel unter den Besucher. Die Frühschicht der Berufsspieler machte Feierabend und die Spätschicht derselben fing ihre Schicht an. Er hielt tapfer mit und gewann einige Male zusammen mit einigen Tischnachbarn gegen die Bank. Kurz vor 23 Uhr stellte er fest, dass er nach 2 Stunden harter geistiger und arithmetischer Arbeit volle 10 Mark netto gewonnen hatte: 65 Mark Bestand um 23 Uhr minus 50 Mark Einsatz, plus 15 Mark Gewinn, minus 5 Mark Trinkgeld fürs Personal ergaben 60 Mark als Endbestand, also 10 Mark Nettogewinn. Absurd, dachte er und ging zur Kasse.

Balthild hatte sich vor der Reise überhaupt nicht über das Roulettespiel informiert. Sie hatte nur die Hotelbroschüre schnell durchgelesen und spontan entschieden, nur auf Zahlen zu setzen.

Sie hatte sich 50 Jetons an der Kasse geben lassen und wollte jedes Mal nur ein Jeton auf eine Zahl setzen. Nach 20 Spielen hatte sie 16 Spiele gewonnen und 4 verloren. Da unter dem Gewinn einige 20 Mark Jetons waren, entschied sie sich, mit 20 Mark Jetons weiter zu spielen, Nach 12 weiteren Spielen hatte sie etwa 2.400 Mark insgesamt. Sie rechnete schnell 50 Mark Einsatz und 50 Mark Trinkgeld fürs Personal ergaben 2.300 Mark Gewinn, also entschied sie, Heiko zu sagen, sie hätte 200 Mark plus 50 Mark Einsatz, also 250 Mark, am Ende. Den Rest wollte sie für den Umzug und Unvorhergesehenes behalten und in ihr Eberflusser Konto einzahlen. Es war 22:40 Uhr, als sie den Tisch verließ und zur Kasse ging. Auf dem Weg dahin sah sie, wie Heiko konzentriert am Black-Jack-Tisch spielte und nicht in ihre Richtung schaute. so gelang es ihr von Heiko unbemerkt, die Jetons zu wechseln, das Geld entsprechend zu teilen und die gut 2.000 Mark gut zu verstecken. Dann nahm sie Platz auf einem Sessel schräg zu Kasse und dort kämpfte sie gegen den Spruch über Glück im Spiel, der ihr nicht aus dem Sinne ging und beschloss kurz entschlossen, sie hatte nur verdammtes Anfängerglück an diesem Abend gehabt, während sie wartete, bis Heiko kam und dieser seine Jetons wechselte. Sie lief geschwind zu ihm, als er auf sie Ausschau halten wollte und beide zogen Bilanz

- »Glück gehabt?« fragte Balthild heimtückisch aus dem Hinterhalt, so dass Heiko erschrak, aber sie sofort anlächelte

- »Netto 10 Mark gewonnen, und du?« sagte Heiko und hoffte vergeblich, sie würde nicht mehr als er gewonnen haben

- »Netto 200 Mark gewonnen, hier hast du die 50 Mark Einsatz zurück. Die 200 Mark geben wir für Essen aus, wenn du einverstanden bist« sagte Balthild und beobachtete Heikos erste Reaktion auf die gewonnene Geldmenge, der dann gelb vor Neid wurde und ein bedröppeltes Gesicht machte

- »200, Mensch, unglaublich! Gute Idee, am besten tue ich das Geld gleich in die Reisekasse« beeilte sich Heiko zu sagen, um seinen Neid mehr schlecht als recht zu verstecken und streckte ihr die offene Handfläche unmissverständlich zur Ablenkung aus

- »Ich könnte das Geld in meiner Geldbörse aufbewahren« konterte Balthild, ohne sich anmerken zu lassen, dass sie das Spiel längst durchschaut hatte

- »Nein, das Geld kommt in die Reisekasse, die ich aufbewahre« versuchte Heiko nochmals sein Kostenstellengesicht ohne Grund zu wahren

- »Wenn dies dich glücklich macht!« sagte Balthild und übergab ihm die 200 Mark, die er sofort in sein Portemonnaie einsteckte, während Balthild sich ihren Teil dabei dachte.

Sie liefen dann zum Hotel zurück. Die Nächte der Hochzeitsreise verliefen enttäuschend für Balthild, denn Heiko kam während des Beischlafs immer zu früh zur Ejakulation und dann war er für eine ganze Weile nicht mehr zu gebrauchen. Sein vorzeitiger Samenerguss und seine nachfolgenden Erektionsstörungen brachten Balthild am Rande der Verzweiflung, gerade weil sie es nicht wagte, die Problematik offen anzusprechen. Ihn oral anzuregen, wie sie und Bruno sich gegenseitig anzuregen wussten, wäre ihrer Rolle der Ahnungslosen gegenüber Heiko sicher abträglich gewesen. Eine delikate Situation, die Heiko überhaupt nicht bewusst war. Sie wusste einfach nicht, wie sie die Problematik ansprechen sollte, ohne Heikos Stolz zu verletzen. Sie wünschte sich, dass sie es nie erlebt und erfahren hätte, was es bedeutet einen allumfassenden Orgasmus ohne Ende zu haben, wie sie ihn mit Bruno unzählige Male erlebt und erfahren hatte. Wie sie bei diesen göttlichen Orgasmen nicht mehr sie selbst gewesen war und wie sie mit einem totalen Kontrollverlust durch mehrere Wellen stets überrollt wurde. Wellen, die jedes Mal unendliche Ewigkeiten gedauert hatten und die sie immer noch aus der Erinnerung in Verzückung bringen konnten. Sie legte jedes Mal Hand an sich, wenn Heiko eingeschlafen war und genoss die Wellen, die ihren Körper überrollten, bis sie friedlich einschlief.

Nach der Hochzeitsreise bereiteten sie Balthilds Umzug nach Tatzenheim vor, den sie Ende November durchführten.

Heikos Wohnung war auch wie Gustavs und Giselas Wohnung im Viertel Handelsstadt von Tatzenheim. Da es keinen Kontakt zu Heiko gab und sie nicht im Telefonbuch zu finden waren, wusste Heiko die genaue Adresse von Gisela und Gustav nicht. Er wurde in dem Glauben gelassen, sie wohnten immer noch in der Oststadt.

Balthild bezog planmäßig Heikos Jugendzimmer mit praktischem Mobiliar, das sie nach ihrem Geschmack mit wenigen Änderungen, aber mit unverkennbar weiblicher Note einrichtete. Es gab im Zimmer ein Einzelbett, einen Schreibtisch, eine Kommode, viele Ablagemöglichkeiten und einen geräumigen Kleiderschrank.

Balthild konnte nach Urlaub und Umzug ab Dezember zwischen Arbeitsstelle in Eberfluss und Wohnort in Tatzenheim pendeln. In der Regel brauchte sie täglich eine Stunde für Hin- und Rückfahrt.

Noch im Dezember überraschte Gisela Balthild mit der Nachricht, dass bei Herrn Dr. Mey plötzlich eine Stelle frei werden würde, da die Kollegin nach Norddeutschland umziehen würde

- »Hallöchen Balthild, ich glaube, ich habe gute Nachrichten für dich!« sagte Gisela kryptisch am Telefon

- »Gisela, welch eine angenehme Überraschung! Was gibt es Neues?« freute sich Balthild, als sie Giselas Stimme am Telefon vernahm

- »Bei Dr. Mey wird im April eine Stelle frei« sagte Gisela ohne Umschweife und stellte sich die Überraschungsmiene von Balthild vor

- »Nicht möglich! Im Ernst?« sagte Balthild ganz überrascht, als Heiko nichts ahnend das Zimmer betrat und sich fragte, wer am anderen Ende der Leitung sein könnte, was Balthild dazu veranlasste, die Sprechmuschel mit der Hand zu decken und kurz zu Heiko zu rufen

- »Gisela ist dran« während sie Gisela aufmerksam weiter zuhörte

- »Ganz im Ernst! Habe es gerade heute von der Kollegin und dann von Dr. Mey erfahren und gebe es dir offiziell weiter. Dr. Mey weiß, dass wir die Ausbildung zusammen absolviert haben« sagte Gisela, ohne etwas vom Zwischenruf gemerkt zu haben

- »Wenn es klappen sollte, wäre dies ein Segen für mich, denn die tägliche Fahrerei habe ich langsam satt, weil täglich zu viele Verkehrsraudis unterwegs sind« sagte Balthild so, dass auch Heiko die Botschaft verstand und sich ruhig im Zimmer verhielt

- »Ich bin mit Herrn Dr. Mey so verblieben, dass du dich am Montag telefonisch meldest und ihm anschließend deine Bewerbungsmappe zuschickst. Dann könnt ihr das Vorstellungsgespräch im Januar stattfinden lassen. Herr Dr. Mey sagte, er kennt deinen jetzigen Arbeitgeber vom Studium an der Uni und glaubt, der Wechsel kann reibungslos vonstattengehen« erklärte Gisela den Plan ganz ausführlich

- »Das ist prima! Ich werde gleich am Montag in der Praxis Bescheid geben und Herrn Dr. Mey anrufen. Die Bewerbungsmappe verschicke ich am Abend« bestätigte Balthild die Vorgehensweise und freute sich über die in Aussicht gestellte neue Stelle in Tatzenheim

- »Wenn du hier arbeitest, kannst im Chor mitmachen oder?« schob Gisela geschickt nach

- »Keine schlechte Idee. Ich muss jetzt Heiko die Neuigkeiten erzählen und die Lage mit ihm besprechen« sagte Balthild und sie verabschiedeten sich warmherzig wie immer.

Danach besprach sie die Lage mit Heiko

- »Wie du schon mitbekommen hast, hat Gisela gerade angerufen und mir mitgeteilt, dass in ihrer Praxis eine Stelle im April frei wird« fasste Balthild das vorangehende Gespräch knapp zusammen und schaute Heiko unterwürfig an

- »Ist das denn die Möglichkeit? Genau das, was wir uns wünschten« rief Heiko mit leuchtenden Augen auf, denn diese Wendung war ganz in seinem Sinne

- »Dein Einverständnis voraussetzend werde ich am Montag Herrn Dr. Mey von meiner Arbeitsstelle anrufen und mein Interesse bekunden, dann werde ich Herrn Dr. Diehlmann inoffiziell hiervon in Kenntnis setzen und am Abend meine Bewerbungsmappe Herrn D. Mey zuschicken« erklärte Balthild die Vorgehensweise

    - »Gut gedacht. Das macht Sinn« sinnierte Heiko und genoss die Tatsache, dass ihm die letzte Entscheidung überlassen worden war

    - »Ich muss dann voraussichtlich im Januar mir einen Tag Urlaub nehmen und zum Vorstellungsgespräch kommen und den Vertrag für April unterschreiben« ergänzte Balthild das Vorhaben mit sachlicher Stimme

    - »Ganz recht! Erst dann kannst du deine alte Stelle kündigen« sekundierte Heiko die vernünftige Abfolge in der Vorgehensweise

    - »Hättest du etwas einzuwenden, wenn ich dann in Giselas Chor mitmachen würde?« fragte Balthild ganz beiläufig am Ende und schaute ihn wieder unterwürfig an

    - »Wenn es nicht mehr als zwei Mal in der Woche ist, kann ich damit leben« erlaubte Heiko, weil er dies für ein angebrachtes Entgegenkommen seinerseits hielt.

Balthild verfuhr nach Plan und alles ging glatt über die Bühne. Weihnachten wurde nach der Christmette gemütlich und ohne Weihnachtsbaum gefeiert. Am zweiten Weihnachtstag fuhren sie zu Balthilds Eltern, die im Wohnzimmer einen üppig geschmückten Weihnachtsbaum mit der alten Krippe aufgestellt hatten. Diesmal wollte sie vermeiden, dass ihr Vater seine mehrheitlich archaischen Ansichten über Familie und Erziehung vortrug, die bei Heiko vielleicht nicht auf sofortige Ablehnung stießen und schlug vor

    - »Wir können eine Weihnachtslandschaft mit meinen alten Legosteinen um die Krippe herum vor der Bescherung bauen« was zu ihrer Verwunderung von allen zustimmend angenommen wurde

    - »Gute Idee, warum nicht?« sagte Balthilds Vater und schaute sich fragend in der Runde um, als ob die Idee von ihm stammte, was Balthild beruhigte, denn dann wären alle zu sehr mit der rechtzeitigen Fertigstellung des Baus beschäftigt und ihr Vater käme nicht auf die Idee, mit seinem nervenden Monolog anzufangen

    - »Finde ich auch« erklärte Heiko und seine Augen glänzten voller Erwartung ob des neuen Spielzeugs für Erwachsene

    - »Deine alten Legosteinen sind gut verpackt, aber griffbereit im Keller« sagte Balthilds Mutter und wollte sich auf dem Weg machen, die Steine aus dem Keller zu holen

    - »Ich weiß, wo sie sind, komm Heiko, wir holen sie« unterbrach sie Balthilds Vater und stieß Heiko am Arm, der die Aufforderung sofort annahm und wie von der Tarantel gestochen aufstand

    - »Auf wir gehen!« sagte Heiko und folgte ihm in den Keller.

Kurz darauf kamen die zwei Männer ins Wohnzimmer mit einer Plastikkiste zurück, die die Aufschrift ›Legosteine‹ trug. Balthild machte sie auf und gab den Bau mit einer Trillerpfeife frei, die auch in der Kiste war. Es wurde wie verrückt gebaut. Die kühnsten Konstruktionen wurden ohne Rücksicht auf Statik geboren und alle waren in Bewegung. Keiner blieb auf seinem Platz sitzen und man musste nicht immer reden. Balthilds Mutter machte meistens die besseren Vorschläge, die dann gemeinsam in die Tat umgesetzt wurden. Irgendwann mal klingelte eine Uhr in der Küche, die signalisierte, dass der Braten fertig war. Es wurde in aller Eile serviert, gegessen und aufgeräumt, denn alle wollten nur mit dem Bau fertig werden. Es gab ja nur ein Gesprächsthema an diesem Tag: der Legosteinbau! Die Konstruktion war an mancher Stelle etwas eigenwillig, aber gelungen und rechtzeitig vor der Bescherung fertig, die nach dem Mittagessen stattfand. Heiko und Balthild kriegten eine Weinkiste mit Bordeaux-Wein. Balthilds Eltern kriegten die gewünschte Krimiserie als DVD, was sie sehr erfreute. Nach dem Kaffee fuhren Balthild und Heiko zu sich nach Hause und ließen den Abend ohne Hektik in der Zweisamkeit der Stille ausklingeln.

Am Dienstag, 10. Januar 1995, hatte sie ihr Vorstellungsgespräch erfolgreich absolviert und den unterschriebenen Arbeitsvertrag in der Tasche. Dann erfolgte die Kündigung zum 31. März 1995 der alten Arbeitstelle in Eberfluss.

Am 12. und 13. Januar kam Heiko sehr gereizt nach Hause. Balthild dachte, es gäbe wohl Streitigkeiten an Heikos Arbeitsstelle, die ihm zu schaffen machten, über die er aber nie sprach und sie fragte wie üblich nicht nach.

Dann am Samstag, 14. Januar, erhielt sie einen Anruf von Hannes Dammert, ein Schulkamerad aus Beerkamp, Klassensprecher und damaliger Schwarm aller Mädchen der Klasse, der ein Klassentreffen für den Sommer organisierte, als Heiko nicht in der Wohnung war

- »Servus Balthild, hier spricht Hannes Dammert« sagte eine vertraute Stimme am Telefon, die Balthild an die Schulzeit erinnerte

- »Hannes, du Schwarm aller Mädchen deiner Klasse, woher hast du meine Nummer?« wollte Balthild neugierig wissen, nachdem sie die Überraschung etwas verdaut hatte

- »Von Gisela« antwortete Hannes geflissentlich und mit einer für ihn so typisch lauten Lache, die die Herzen der Mädchen in der Schule heftiger schlagen ließ

- »Wo brennt es?« fragte Balthild ganz unwissend

- »Wir, die Daheimverbliebenen, wollen ein Klassentreffen organisieren und mir wurde bei einem ersten Treffen die Leitung übertragen« erklärte Hannes in aller Eile sein Anliegen und hoffte auf Balthilds Zustimmung

- »Hätte ich nicht gedacht. Bist du schon in festen Händen?« wollte Balthild zunächst wissen

- »Bin seit einem Jahr verheiratet und wir erwarten in Mai unser erstes Kind« antwortete Hannes mit seiner umwerfenden Ehrlichkeit, die ihn so liebenswert machte

- »Kenne ich sie?« fragte Balthild und stellte sich dabei die Gesichter der Mädchen aus der Klasse lebhaft vor und konnte beim besten Willen nicht auf die Gewinnerin tippen

- »Nein, sie ist nicht von hier« erklärte Hannes und Balthild seufzte erleichtert

- »Wann wollt ihr das Treffen machen?« griff Balthild das unterbrochene Thema, das der eigentliche Anlass des Anrufes war

- »Im Juni, an einem Wochenende« antwortete Hannes, ohne sich auf ein bestimmte Datum festzulegen

- »Wie bist du mit Gisela verblieben?« wollte Balthild vor der schwerwiegenden Entscheidung von Hannes wissen

- »Sie macht natürlich mit« erklärte Hannes kurz und bündig und lachte wieder, wie es seine Art war, die bei allen Mädchen der Klasse gut ankam

- »Ich bin auch dabei« sagte Balthild und sie plauderten eine ganze Weile, sie flirteten auch ein bisschen, vielleicht zehn Minuten. Dann verabschiedeten sie sich.

Was Balthild nicht mitbekommen hatte, war, dass Heiko, der im Keller etwas gesucht hatte, zurück von Keller war und den letzten Teil des Gesprächs mitbekommen hatte, den er natürlich in den falschen Hals kriegte. Er schnaubte vor Wut, ging in sein Schlafzimmer, holte einen Gürtel aus Seehundleder aus einer Schublade, den er liebevoll mit Feuchtigkeitscreme schmierte, bevor er ihn zweimal durch die Luft zu Testzwecken schwang, und betrat das Wohnzimmer wie ein tobender Berserker

- »Was hast du mit dem Kerl zu schaffen?« fragte Heiko inquisitorisch und in seinen Worten schwang Ärger über Ärger

- »Nichts, er ist ein Klassenkamerad von mir und wir haben uns nach der Schule nicht mehr gesehen. Er wollte ein Klassentreffen organisieren, ist verheiratet und erwartet sein erstes Kind im Mai« antwortete Balthild ganz überrascht von Heikos Auftreten

- »Das soll ich glauben?« schnaubte Heiko und ließ sich nicht beruhigen, denn so wie sie mit ihm gesäuselt hatte, war da ganz sicher was zwischen ihnen

- »Natürlich. Was ist daran so schlimm?« wagte Balthild in ihrer Naivität anzumerken

- »Alles« erwiderte Heiko kategorisch und war sich sicher, dass da was im Busch war

- »Nun spiel mal nicht den eifersüchtig!« versuchte Balthild ihn zu besänftigen, was bei Heiko natürlich sehr schlecht ankam

- »Ich bin doch nicht eifersüchtig!« bellte Heiko, der dabei schwer atmete und sich in seinem Wahn ohne Rücksicht auf Verlust steigerte

- »Doch!« entgegnete Balthild entschieden

- »Nein!« brüllte Heiko, der sich bei der Besprechung am Freitag schon so maßlos über seinen Vorgesetzten geärgert hatte

- »Doch!« bellte Balthild zurück und wischte sich den Angstschweiß von der Stirn

- »Schlampe! Buße ist angesagt!« sagte Heiko und fuchtelte Fürcht einflößend durch die Lüfte mit dem Gürtel

- »Lieber Heiko, sei nicht zu streng zu mir und lasse Gnade walten« flehte sie ihren Mann vergeblich um Gnade an, nachdem sie gemerkt hatte, dass Heiko es ganz ernst meinte

- »Nein, das kann ich beim besten Willen nicht durchgehen lassen, ich zeige dir, was zu tun ist« erwiderte Heiko in seiner Rolle als Justizinspektor Rack unter der naiven Hülle des Bürokraten kategorisch, dem man keine andere Wahl lässt

- »Bitte nicht gürteln« bat Balthild unterwürfig und ohne List ihrem Mann gegenüber, der vor hatte sie zu gürteln, weil sie ihr freches Maul nicht im Zaum halten konnte und mit jedem flirtete

- »Du lässt mir keine andere Wahl, Buße ist angesagt!« befahl Heiko wieder als Justizinspektor Rack und nahm sie zur Küche, wo er sie bäuchlings auf dem Küchentisch legte

- »Bitte nicht, bitte, bitte!« sagte Balthild unterwürfig, als er ihren Oberkörper mit der einen Hand gegen den Tisch hielt, wo sie wehrlos lag, während er ihren Rock hochzog und ihre Unterhose runterzog, während sie alle Wege zu seinem verdammten Gürtel in allen düsteren Windungen ihres Gehirns verfluchte

- »Ruhe! Rock hoch, Unterhose runter, Oberkörper auf den Tisch, wird es bald!« sagte Justizinspektor Rack ganz amtlich zu sich selbst, während er die Vorbereitungen fachmännisch durchführte und die Funktionsbereitschaft des Gürtels in der Luft des Raumes erneut prüfte, der ihn in den unermesslichen Regionen der sexuellen Erfüllung brachte

- »Bitte nicht!« sagte Balthild mit schluchzender Stimme, was ihn noch mehr anmachte und die Spannung überspannte

- »Sage, dass du Buße tun möchtest und bitte darum, dass ich dir dabei helfe« sagte Justizinspektor Rack nochmals amtlich und bezog eine günstige Position hinter seiner Frau für die Durchführung seines Vorhabens, während Blut und Saft in kochenden Strömen zu seinem Kopf stiegen

- »Confiteor... Confiteor... Confiteor...« sagte Balthild intuitiv im Dialog mit ihrem Mann auf der Oberfläche der Fluten seiner schändlichen Hand, die kein Erbarmen kannte

- »Miseratur tui... Miseratur tui... Miseratur tui...« antwortete Justizinspektor Rack jeweils und schlug dabei jedes Mal dreimal auf dem frei liegenden Hintern seiner Frau mit seinem Gürtel und seiner finster gefurchten Stirn zu

- »Indulgentiam« schrie Balthild nach jedem Schlag leise und mit vor Schmerz verzerrtem Gesicht und wünschte sich dabei diesen Gürtel fort, fort und fort, für immer fort

- »Absolve Domine« sagte anschließend Justizinspektor Rack und gab ihr noch einmal drei Schläge an besagter Stelle, die dank der Gürtelbreite nur rot angelaufen war, wie seine von ewiger Schlaflosigkeit schmerzenden Augen

- »Mein Gott, meine Haut brennt wie Feuer« dachte Balthild und schmierte reichlich Feuchtigkeitscreme, die sie stets griffbereit in der Küche hatte, auf der betroffnen Stelle, bevor sie sich wieder anzog und vom Tisch in der Hoffnung aufstand, Heiko wurde seinen schrecklichen Weg zu ihrem leidenden Hintern nie wieder finden

- «Wenn du treu gewesen wärest, bräuchte ich nicht, dich zu gürteln« sagte Justizinspektor Rack und verpasste seinem Gürtel mit seiner eisernen Hand auch eine Portion

90

Feuchtigkeitscreme und hob ihn anbetend kurz empor, bevor er ihn in der Schublade liebevoll ablegte.

Heiko fühlte sich dann etwas schwach auf der Brust und musste sich auf der Bettkante setzen, als die typischen Schmerzen ansetzten, die in den linken Arm und in den Oberbauch ausstrahlten. Heiko kannte diese Situation nicht und bekam etwas Angst. Er bemühte sich ruhig durchzuatmen und merkte, wie es ihm langsam besser wurde. Es dauerte eine ganze halbe Stunde, bis er sich wieder einkriegte. Was er nicht wusste, war, dass er einen ersten leichten Myokardinfarkt hatte, einen stummen Infarkt, der von der vorangehenden körperlichen und geistigen Belastung, Stress und Blutdruckschwankungen verursacht worden war. Er wollte sich jedoch keine Blöße geben und überstand der Versuchung, Balthild um Hilfe zu bitten. In dieser Zeit konnte er den Vorgang rekapitulieren und kam zu dem Schluss, dass er wohl ohne ausreichende Beweise für einen mutmaßlichen Fehltritt seiner Frau überreagiert hatte.

Balthild war die ganze Zeit in der Küche und kriegte nicht alles mit, doch etwas schon, denn sie war hauptsächlich mit dem Lecken ihrer Wunden beschäftigt und ihr Mann war ihr in diesem Augenblick ziemlich Schnuppe, als Heiko die Küche betrat

- »Ich glaube, ich habe überreagiert« sagte Heiko und rieb sich dabei den linken Oberarm, was Balthild signalisierte, dass Heiko möglicherweise Probleme mit dem Herzen hatte

- »Das hast du!« sagte Balthild immer noch verängstigt und in Abwehrhaltung aus der Ecke in der Küche und ohne Mitleid zu Heikos Arm, der ihm offensichtlich schmerzte

- »Ich habe mich von den mitgehörten Fetzen hinreißen lassen« gab Heiko seinen Irrtum zu, was ihm offensichtlich viel Überwindung kostete

- »Das hast du!« wiederholte Balthild ihren vorangehenden Satz mit Wut im Bauch, Schmerz am Hintern und Tränen in den Augen, fest entschlossen, ihrem Leiden ein Ende zu machen

- »Stimmt es, dass es sich nur um einen Schulkameraden handelte, der im Begriff ist, ein Klassentreffen zu organisieren?» fragte Heiko blauäugig, was sie schon anfangs vor dem Berserker Heiko erklärt hatte

- »Natürlich!« bellte Balthild ob der Hartnäckigkeit und Scheinheiligkeit Heikos Wut entbrannt und wenig Geduld zeigend

- »Dann bitte ich dich für meine Reaktion um Verzeihung!« sprach Heiko, der geknickte Beamte, der einen großen unverzeihlichen Fehler zugeben musste

- »Wenn du dies ehrlich meinst« sagte Balthild laut, während sie überlegte, ob sie dem Berserker glauben sollte, was er jetzt vortrug

- »Ich flehe dich an, vergiss den Vorfall schnell bitte!« flehte Heiko sie mit Tränen in den Augen und Reue in seiner Mimik an

- »Habe ich dein Wort, dass du es nie wieder tust?« fragte Balthild skeptisch und noch voller Wut im Bauch, Schmerzen am Hintern und Tränen in den Augen

- »Ich tue es nie wieder, nie... nie wieder« sagte Heiko so reumutig, dass sie ihm glaubte und verzieh. Warum auch nicht?

Kapitel 3

Der Sachverständige

Der Regen lichtete sich am Freitag, 13. Januar 1995, und langsam wurden die ersten Konturen und Strukturen der Laurentiusstraße aus dem leicht beschlagenen Wohnzimmerfenster im zweiten Stockwerk wieder sichtbar, dann war es für Justizinspektor Heiko Rack Zeit, das Haus zu verlassen und zur Straßenbahnhaltestelle zehn Meter vom Hauseingang entfernt gemächlich zu laufen. Bei so einem Unwetter hatte die Straßenbahn in der Regel Verspätung und es war daher keine Eile geboten. Die Linie 15 befuhr die Strecke Handelsstadt-Tatzenheimer Schloss und zurück und kam mit nur fünfminütiger Verspätung und voller als sonst an. Die Fenster waren stark beschlagen und es herrschte in der Straßenbahn ein penetranter Wasserdampfgeruch, der Justizinspektor Heiko Rack an den gestrigen Abend nach einem enttäuschenden Tag im Büro erinnerte, als die ganze Wohnung bei seiner Ankunft auch nach Wasserdampf und Schwermut roch. Dann hatte er Balthilds Stimme aus der Küche kommend gehört, die ein Wanderlied zu Ende sang und die ihm Erleichterung in einem verrechneten Tag gebracht hatte. Am besagten Freitag befürchtete er, dass er wieder zum Chef bestellt werden würde, was fast nie gut war.

Seine Gedanken wurde von der durchdringenden Durchsage aus dem Lautsprecher jähe unterbrochen

- »Nächste Haltestelle: Schloss«, was die Aufforderung für ihn war, sich Richtung Ausstieg zu bewegen. Justizinspektor Heiko Rack stieg auf der Insel aus, lief bis zum

Fußgängerüberweg, den er vorschriftsmäßig überquerte und betrat das Gerichtsgebäude durch den Haupteingang.

Das Gebäude selbst war ein Betonklotz, den man wohlwollend als ein architektonisches, zweckgebundenes Juwel der Nachkriegszeit bezeichnen konnte und der ständig renoviert wurde. Der quadratisch angeordnete sechsstöckige Gebäudekomplex, drei überirdische und drei unterirdische Etagen, mit einer bis zum Dach reichenden Halle war in seiner architektonischen Gestaltung einmalig. Eine Furcht einflössende Festung im wahrsten Sinne des Wortes.

Im Erdgeschoss befanden sich nach der Sicherheits-Schleuse neben der Glasfront die Gerichtssäle und Diensträume um die freie Halle angeordnet. Die meisten Büros befanden sich im ersten Stock in einer Art umlaufender Galerie, die man mit dem Aufzug oder über eine freie Treppe erreichen konnte. Der dritte Stock war Offlimit.

Unterirdisch befand sich die Tiefgarage mit Sperrzone für den Gefangenentransport und Unterbringungszellen. Zwei Gerichtssäle hatten direkten Aufgang aus dem Zellenkomplex. Für die anderen Säle musste man für die Gefangenen einen langen, aufwendigen Umweg im Kauf nehmen.

Nach Betreten des Gebäudes, begrüßte er roboterhaft alle Personen, die ihm unterwegs zu seinem Büro begegneten. Dort angekommen atmete er erleichtert und nahm Platz am Schreibtisch. Eine handschriftliche Notiz seines Chefs mit der Aufforderung sich bei ihm sofort zu melden lag bereits darauf. Er packte seine Unterlagen und ging verärgert sofort zum Chef.

Besprechung vom Freitag, 13. Januar 1995, im Dienstzimmer von Justizsekretär Hannes Fahnrich mit Justizinspektor Heiko Rack

- »Sie wollten die Sachverständigen abarbeiten. Wie weit sind Sie gekommen?« fragte Justizsekretär Hannes Fahnrich, als Justizinspektor Heiko Rack das Zimmer nach Aufforderung betrat und auf einen freien Stuhl hingewiesen wurde

- »Die ersten 6 sind in Bearbeitung« erklärte Justizinspektor Heiko Rack, als er Platz auf dem ihm

94

zugewiesenen Stuhl gehorsam nahm und sich fragte, ob sein Chef erwartete, dass er die ganze Nacht durchgearbeitet hätte, doch zum Glück hatte er die Vorgänge schon am Mittwoch so weit abgeschlossen und war in der Lage Rede und Antwort im Sitzen zu stehen

- »Haben wir nicht einen abgeschlossenen Vorgang?« fragte Justizsekretär Hannes Fahnrich, den das entfesselte Gefühl seiner Überlegenheit gegenüber seinen Untergebenen übermannte und der genau diesen angeblich abgeschlossenen Vorgang besprechen wollte, bei dem Justizinspektor Heiko Rack sich sehr leichtfertig verhalten hatte, während er in den Akten hin und her blätterte und abwechselnd zu ihm hinschaute

- »Ja, Professor Mast« sagte Justizinspektor Heiko Rack, der den Braten sofort roch, sich auf das Schlimmste gefasst machte und am liebsten Justizsekretär Hannes Fahnrich ins Gesicht gespieen hätte, was er natürlich nicht zeigte. Er holte dabei seine Unterlagen aus seiner Tasche und blätterte darin bis er fündig wurde

- »Berichten Sie über Professor Mast!« befahl mit klarer Stimme Justizsekretär Hannes Fahnrich mit dem Kopf in der Akte versunken, wie ein Tiger vor dem Sprung auf eine leichte Beute, die nichts ahnend seinen inneren Radius betritt

- »Die Gutachtertätigkeit von Professor Mast ging von Mai bis November, seine Rechnung ist bei uns im Dezember eingegangen. Der Vorgang ist somit beendet und ich habe die Protokolle der Gerichtsverhandlungen erhalten und ausgearbeitet« fasste Justizinspektor Heiko Rack den gegenwärtigen Stand zusammen, der ihm schlüssig zu sein schien

- »Weiter!« verlangte ungeduldig Justizsekretär Hannes Fahnrich aus der Tiefe seines teueren Chefsessels, der ihm von Amts wegen zustand und der ihm zu recht die mühsam erkämpfte Überlegenheit im Amt vermittelte

- »Professor Mast hat für seine Tätigkeit glücklicherweise nur eine Rechnung nach Abschluss seiner Tätigkeit im Dezember ausgestellt« holte Justizinspektor Heiko Rack zufrieden aus, wagte dabei seinen Vorgesetzten

95

anzuschauen und beschloss Justizsekretär Hannes Fahnrich nicht ins Gesicht zu speien, damit sein Speichel nicht beschmutzt wird

- »Ausgezeichnet! Wie viel Zeit haben wir gewonnen?« wollte Justizsekretär Hannes Fahnrich ziemlich zufrieden mit der Entwicklung wissen, aber stets darauf bedacht, strenge Gerechtigkeit nach seiner Auffassung gegen alle zu üben

- »Sechs Monate plus zwei, wenn die Zahlung erst Ende Januar angewiesen wird« erklärte Justizinspektor Heiko Rack, der auch ziemlich zufrieden mit der Entwicklung war und keinen triftigen Grund für weitere Verzögerungen sah

- »Versuchen Sie die Auszahlung noch zwei Monate zu verzögern!« befahl Justizsekretär Hannes Fahnrich ziemlich ungeniert, da er bei diesem Vorgang nicht in der Schusslinie zu finden gewesen wäre und der daher ohne ernste Folgen für ihn bleiben würde, während Justizinspektor Heiko Rack bei kleinem Feuer geröstet werden würde

- »Das wird nicht einfach sein« erwiderte Justizinspektor Heiko Rack, der immer noch keinen Grund für eine Verzögerung der Auszahlung sah und der zu recht befürchtete, dass bei einem Fehlschlag alles an ihm hängen bleiben würde

- »Versuchen Sie es trotzdem! Hat er den richtigen Stundensatz in der Rechnung zu Grunde gelegt?« befahl Justizsekretär Hannes Fahnrich und hakte nach, auf der Suche nach einem Strohhalm, der eine Verzögerung der Zahlung rechtfertigen könnte und spürte dabei, wie die Erregung seine Brust anschwellen ließ

- »Ja!« antwortete Justizinspektor Heiko Rack nach nochmaliger Überprüfung der Aktenlage, die er jedoch auswendig kannte und die keine Spur der persönlichen Verworfenheit oder der nicht vorhandenen Moral seines Chefs enthielt

- »Wie ist es mit den Fahrzeiten? Sind sie glaubhaft?« wollte Justizsekretär Hannes Fahnrich auf der Suche nach Schwachstellen ganz genau wissen, in seiner monströsen und bürokratischen Suche nach Ungenauigkeiten

- »Ja!« antwortete Justizinspektor Heiko Rack zum Ärger seines Vorgesetzten, ohne zu zögern, denn die Fahrzeiten waren in der Regel sehr glaubhaft, was für Justizsekretär Hannes Fahnrich, wie eine lange Anklage vor seinem eigenen Gerichtshof klang

- »Gab es Diskrepanzen?« insistierte Justizsekretär Hannes Fahnrich mit der Dickköpfigkeit eines skeptischen Sachbearbeiters im Nebel seines heiligen Zimmers, der denkt, alle Gutachter wollen nur mehr Geld kassieren, als ihnen zusteht und dabei laute Lügen ohne Gewissensbisse erzählen

- »Ja! Manchmal hat es länger gedauert« sagte Justizinspektor Heiko Rack nach gründlicher Überprüfung der vorgelegten Rechnung mit Anhang, Überprüfung, die er solange wie nur möglich hinzog

- »Hat er dies begründet?« wollte Justizsekretär Hannes Fahnrich wissen, da dies in der Regel eine Schwachstelle in den meisten Rechnungen war, die nachträgliche Kürzungen rechtfertigte und begrüßte die heilige Erscheinung, die sein Amtszimmer dem Geist der Berichtigungen weit öffnete

- »Nicht im Einzeln« erwiderte Justizinspektor Heiko Rack, ohne auf die Akte zu schauen, denn er hatte den Eintrag noch genau im Kopf und dabei fürchtete, von Justizsekretär Hannes Fahnrich zusätzliche Arbeit aufgebürdet zu bekommen

- »Fordern Sie eine entsprechende Begründung an, die uns Zeit verschafft« befahl Justizsekretär Hannes Fahnrich mit der Zufriedenheit einer Katze, die die Maus in der Falle hat und sich einen Deut um Verluste schert

- »Habe ich notiert« sagte Justizinspektor Heiko Rack, dem das Begehren seines Chefs in dem Augenblick nicht einleuchten wollte und der sich von Verderbtheit seines Vorgesetzten überfallen sah

- »Können wir noch etwas abziehen?« fragte Justizsekretär Hannes Fahnrich in bürokratischer Erwartung einer positiven Antwort, die leider nicht kam

- »Ich glaube nicht...« bedauerte Justizinspektor Heiko Rack, ohne sich viel dabei zu denken, denn für ihn war der Vorgang klar wie Wasser und wenn sein Chef ihn nicht zu sich bestellt hätte, hätte er die Anweisung längst getätigt, aber jetzt sah er seine Absicht ausdrücklich in Frage gestellt

- »Glauben ist Sache der Religion, wir halten uns an Fakten und an unser Gesetz über die Entschädigung von Zeugen und Sachverständigen!« klärte ihn Justizsekretär Hannes Fahnrich über das klare Beispiel für die gelungene Verwässerung einer vernünftigen Gesetzesvorlage durch Gerichtsjuristen und Politiker auf und der ziemlich verärgert über die Fantasielosigkeit seines Untergebenen war

- »Jawohl, ZSEG!« meldete Justizinspektor Heiko Rack gehorsam aber immer noch uneinsichtig der vom Vorgesetzten verfolgten Ziele und der sich wie ein Angeklagter vor Justizsekretär Hannes Fahnrichs Gerichtshof vorkam

- »Die Verpflegungspauschale können wir in der Regel durchstreichen, denn für uns gilt sie nur für eine Nettoeinsatzzeit von mindestens 8 Stunden« erklärte Justizsekretär Hannes Fahnrich einen weiteren potentiellen Punkt in den Abrechnungen aus den tiefen Verrenkungen seines Gehirns ohne Moral

- »Beim Finanzamt gilt die Verpflegungspauschale für eine Abwesenheit von Wohnung und erster Tätigkeitsstätte von 8 Stunden ungeachtet der Einsatzzeit…« wagte Justizinspektor Heiko Rack zu äußern, da er immer diese Pauschale beim Finanzamt für seine Seminare und Weiterbildungskurse unbeanstandet geltend gemacht hatte

- »Nicht bei uns!« bürstete Justizsekretär Hannes Fahnrich ihn schroff ab, womit er seine klare Ablehnung zum Ausdruck brachte, auch wenn er genauso wie Justizinspektor Heiko Rack diese Pauschale beim Finanzamt für seine Dienstreisen stets geltend gemacht hatte und nie beabsichtigte, auf diese zu verzichten

- »Wie Sie meinen!« beeilte sich Justizinspektor Heiko Rack unterwürfig anzumerken, auch wenn er wusste, dass dies für diese Rechnung nicht zutreffend war, aber jedem Tierchen sein Pläsierchen, dachte er und fügte sich in sein Schicksal

- »Das meine ich so. Hat er sie geltend gemacht?« wusch ihm Justizsekretär Hannes Fahnrich den Pelz in der klaren

Absicht, ihn einzuschüchtern und sah ein, dass bei Justizinspektor Heiko Rack noch viel zu tun war

- »Nein, für keinen Einsatztag« erwiderte Justizinspektor Heiko Rack sachlich, der sich vom Einschüchterungsversuch seines Vorgesetzten diesmal nicht angesprochen fühlte und nicht dachte, seine eigene Ehre zu retten oder seine eigene Achtung zurückzugewinnen

- »Stimmt die Kilometerzahl« wollte Justizsekretär Hannes Fahnrich weiter wissen, da bei diesen Angaben oft geschummelt worden war, als er noch ein grüner Justizinspektor war, der aber von alleine den Betrügern auf die Schliche gekommen war

- »Ja!« war die klare Antwort von Justizinspektor Heiko Rack, die keinen Raum für waghalsige Spekulationen ließ und die Justizsekretär Hannes Fahnrich in gewisser Beziehung unzufrieden und unterlegen erscheinen ließ

- »Hat er die Parkhausgebühren im Original eingereicht?« fragte weiter Justizsekretär Hannes Fahnrich in seinem Bemühen, Schwachstellen in der Rechnung zu finden, die seine Unzufriedenheit besänftigen könnten

- »Nein, nur in Kopie« antwortete Justizinspektor Heiko Rack in der Gewissheit, das seine Antwort nach den Fehlschlägen Zufriedenheit bei seinem Vorgesetzten hervorrufen würde, der sich dann wie der Jäger des Bösen auszuspielen bereit war

- »Na also! Haken Sie nach. Verlangen Sie die Originalbelege und wir haben schon wieder eine Woche Zeit gewonnen« triumphierte Justizsekretär Hannes Fahnrich wie ein kleines Kind, das einem anderen erfolgreich ein Bein stellt und die Waagschale der Gerechtigkeit in seinem Wahn nicht fürchtete

- »Tue ich!« erklärte Justizinspektor Heiko Rack trocken und überlegte, ob die ganze Mühe lohnen würde, denn der Zeitaufwand stand in keinem Verhältnis zur Ausbeute und überlegte, wie er seine Trauer in den Wäldern seiner Ordner verbergen könnte

- »Haben Sie die Pausen und Unterbrechungen bei den Verhandlungen abgezogen?« fragte Justizsekretär Hannes

Fahnrich weiter in waghalsiger Fahrt, da er das Blut eines potentiellen Opfers gerochen hatte

- »Nein, ich dachte die Vergütung erfolgt für die gesamte Zeit der Sitzung. Wenn die Sitzung von 8 bis 14 Uhr geht, sind es 6 Stunden« überlegte Justizinspektor Heiko Rack nichts Böses ahnend laut, als sein Vorgesetzter ihm wie der Stich eines nach Beute lechzenden Skorpions in die Parade fuhr

- »Sind Sie wahnsinnig? Alle Pausen und Unterbrechungen sind abzuziehen. Hierfür nehmen sie die Protokolle zu Rate und nehmen Sie sich Zeit! Denken Sie an die Anwälte, die jede noch so kleine Pause oder Unterbrechung bei den Abrechnungen von sich aus abziehen. Muss ich Ihnen alles vorkauen! Mann, oh Mann!« sagte Justizsekretär Hannes Fahnrich mit steigender Stimmlage, die eine eindeutige Botschaft in den Raum trug und die im blinden Lauf in die Ohren von Justizinspektor Heiko Rack wie scharfe Messer stachen

- »Das wird aber länger dauern« gab Justizinspektor Heiko Rack zu bedenken und ärgerte sich über die Korinthenkackerei seines Chefs, die er nicht zu kritisieren hatte, auch wenn seine Höhlengänge confiteor schreien

- »Eben! Damit hätten wir unser Ziel erreicht« gab Justizsekretär Hannes Fahnrich bockig und ungehalten zu Protokoll und zur Betonung kreuzte er seine Arme in seinem Chefsessel, der ihm von Amts wegen stand

- »Ich stelle alle Fakten zusammen und schreibe« fasste Justizinspektor Heiko Rack das Ergebnis der Besprechung zusammen und wollte in seiner naiven Naivität aufstehen und die Höhle des Löwen ohne Erlaubnis verlassen

- »Nein! Verdammt! Nicht alles zusammentragen!» schrie Justizsekretär Hannes Fahnrich und befahl ihm mit der Hand sitzen zu bleiben, da er offensichtlich Schwierigkeiten mit dem Artikulieren wegen seiner Wut hatte

- »Wie meinen?« sagte Justizinspektor Heiko Rack etwas verdutzt, bevor er sich vor lauter Angst in den Stuhl wieder fallen ließ, wie ein willenloser Sack Kartoffeln auf dem Weg in den Kochtopf seines Vorgesetzten

- »Sie Schreiben zunächst wegen der Begründung für längere Fahrzeiten und warten auf Antwort« klärte ihn Justizsekretär Hannes Fahnrich aus der Tiefe seines Chefsessels ganz harmlos aber unmissverständlich nach einem diskreten Blick auf seine vorbereitete Liste auf, die er in weiser Voraussicht in seiner Sichtweite platziert hatte

- »Habe ich notiert« sagte Justizinspektor Heiko Rack, nachdem er das Stichwort in seinem Notizblock in Demut eingetragen hatte und er sich wie von einer Büffelherde namens Justizsekretär Hannes Fahnrich niedergetrampelt fühlte

- »Nach einer angemessenen Zeit schreiben Sie wegen der Originalbelege für die Parkhausgebühren und warten auf Antwort« erklärte Justizsekretär Hannes Fahnrich die weitere Strategie für den vorliegenden Fall, während er einen Haken hinter dem ersten Punkt auf seiner Liste machte und sich in seinem Chefsessel zurücklehnte, der ihm von Amts wegen zustand

- »Ist notiert!« Justizinspektor Heiko Rack trug den Befehl peinlich genau in seinem Notizblock aus Vorsicht ein und meldete anschließend Vollzug, etwas verwirrt durch das störende Leuchtfeuer in seinen Augen

- »Nach einer angemessenen Zeit schreiben Sie wegen der Pausen und Unterbrechungen und weisen darauf hin, dass wir dann eine berichtigte Rechnung anhand der Protokolle ausrechnen werden« fuhr Justizsekretär Hannes Fahnrich mit seinen Anweisungen fort, machte wieder einen Haken hinter dem zweiten Punkt auf seiner Liste und lehnte sich dabei in seinem Chefsessel etwas zurück, der ihm von Amts wegen zustand

- »Mache ich!« sagte Justizinspektor Heiko Rack und schrieb dies auch in seinem Notizblock auf, womit er hoffte, die Befehlskette gegen unverhofft auftretende Gefahren ausreichend dokumentiert zu haben, auch wenn er wusste, dass Untergebene gegenüber Vorgesetzten immer die Arschkarte ziehen

- »Nach einer angemessenen Zeit können Sie dann die Auszahlung anweisen, womit wir locker die Auszahlung um einige Wochen erfolgreich verzögert hätten« fasste Justizsekretär

Hannes Fahnrich die Vorgehensweise zusammen, setzte dabei einen Haken hinter dem Punkt auf seiner Liste, befahl Justizinspektor Heiko Rack per Handzeichen sich zu entfernen und lehnte sich in seinem Chefsessel zurück, der ihm von Amts wegen zustand

- »Ich mache mich sofort an die Arbeit« sagte Justizinspektor Heiko Rack ohne sich anmerken zu lassen, dass er ziemlich stinkig war, packte seine Unterlagen und verließ das Zimmer seines Vorgesetzten. Er ging im blinden Lauf durch die Korridore und versuchte, die ihn tragende Wut zu verbergen, aber in den Fluren traf er niemand und wusste, sie würde ihn bis zu den Grenzen der Mitternacht und darüber hinaus verfolgen.

In seinem Zimmer rief er seine Sachbearbeiter zusammen und putzte sie entsprechend runter. Es war der übliche Gang der Dinge in der Hierarchie, sich Vorgesetzten gegenüber unterwürfig zu verhalten und Untergebene jedoch mit Zinseszinsen tyrannisch zu schikanieren, wohl nach dem Bild von einem Radfahrer in voller Fahrt, der beim Fahren gleichzeitig den Rücken krümmt und nach unten tritt. Er fühlte sich ungerecht behandelt und hatte eine große Wut im Bauch, die ihm keine Ruhe ließ und die sich bei ihm anstaute, bis sich ihm nach Balthilds Telefonat mit ihrem Schulfreund am nächsten Tag die willkommene Gelegenheit anbot, Luft abzulassen. Bei diesem Anlass hat er wohl ohne Grund zu viel Luft abgelassen und einen stummen Herzinfarkt erlitten, der ihm Angst einjagte und den er nicht begriff. Der Infarkt war Folge der vorangehenden Verärgerung, die sein Chef bei ihm am Freitag verursacht hatte und dann von der körperlichen und geistigen Belastung bei Lauschen des Telefonats und Balthilds Züchtigung am Samstag. Dies alles brachte ihm Stress und Blutdruckschwankungen, die sich bei ihm negativ ausgewirkt hatten. Die nachfolgend logische Entschuldigung bei Balthild hat bewirkt, dass seine innere Erregung nicht wirklich abgebaut werden konnte.

Am Montag, 16 Januar 1995, wurde das erste Schreiben an Professor Mast mit der Aufforderung verschickt, Belege für die

Fahrzeiten vorzulegen, ganz wie Justizsekretär Fahnrich es befohlen hatte.

Frau Sprunck, die Vorzimmerdame von Professor Mast, wunderte sich am Mittwoch, 18. Januar, über das Schreiben vom Landgericht und wollte sofort ihren Chef über den Inhalt informieren. Dafür klopfte sie kurz an seiner Tür, bevor sie die Tür einen Spalt öffnete

- »Professor Mast, gerade ist ein Schreiben vom Landgericht angekommen, in dem Belege für die Fahrzeiten Frankfurt-Tatzenheim-Frankfurt beim Prozess in Sachen Waloski verlangt werden« und sagte sie ihre frohe Botschaft durch den Türspalt, was Professor Mast veranlasste, seine Unterlagen zur Seite zu schieben und sie per Handzeichen geschwind hineinzubitten

- »Schwachsinn!. Der Angeklagte saß bekanntlich in Frankfurt in U-Haft und ich bin immer zu den Verhandlungen um etwa die gleiche Zeit wie der Angeklagtentransport nach Tatzenheim gestartet. Da wir eine fast identische Route hatte, wird es ein leichtes für die Gerichtskasse sein, beide Fahrzeiten zu vergleichen und mir eine vergleichbare Fahrzeit zuzugestehen« sagte Professor Mast ziemlich gefasst, denn bei solchen Angelegenheiten galt es in erster Linie, Nerven zu behalten, was bei solchen Zeitgenossen aus der Kostenstelle keine leichte Aufgabe war

- »Das meine ich auch! Sie haben zum Beispiel einige Male im Stau über eine Stunde gestanden und der Gefangenentransport auch. Der Beginn der Verhandlung wurde an den betreffenden Tagen entsprechen verschoben. Was soll ich machen?« wollte Frau Sprunck von ihrem Chef wissen, als sie vor seinem Schreibtisch mit Notizblock und Bleistift bereit stand, wie ein Soldat, der nur auf den Schießbefehl wartet, auch wenn sie erklärte Pazifistin war

- »Rufen Sie das Vorzimmer von Richter Lentoch und fragen Sie ganz höflich, ob das Begehren ernst gemeint ist. Wenn dies der Fall sein soll, verweisen Sie auf die Fahrprotokolle des Gefangenentransports von Frankfurt zu den Verhandlungen in

Tatzenheim und zurück und bitten Sie um richterliche Unterstützung bei der Kostenstelle« sagte Professor Mast, der mitten in den Vorbereitungen für die Fachtagung am Wochenende in Zürich war, der aber unter Stress immer strategisch gute Einfälle hatte.

Frau Sprunck besprach die Situation mit Frau Leschner, die Vorzimmerdame von Richter Lentoch, und Frau Leschner verstand die unausgesprochene Verärgerung und versprach, Richter Lentoch das Problem vorzutragen. Richter Lentoch hatte kein Verständnis für solches Begehren und setzte sich mit Justizsekretär Hannes Fahnrich telefonisch in Verbindung, was nicht Gutes ahnen ließ

- »Ich wurde gerade informiert, dass Ihre Kostenstelle von Professor Mast eine ausführliche Fahrzeitbegründung verlangt hat« trug Richter Lentoch knapp und ungehalten vor und traf Justizsekretär Hannes Fahnrich auf dem falschen Fuß beim Betrachten seiner heißgeliebten Zahlen-Statistik, die keiner außer ihm verstand

- »Das ist üblich« versuchte Justizsekretär Fahnrich abzuwägen, da ihm sofort klar wurde, dass die Kostenstelle in diesem Fall leider schlechte Karten gegenüber Professor Mast hatte, da er sich an eine höhere Stufe in der Hierarchie eigenmächtig gewandt hatte, was die meisten Sachverständigen nicht wagten

- »Sie scheinen zu vergessen, dass Professor Mast und der Angeklagte stets ziemlich genau die gleiche Strecke Frankfurt-Tatzenheim-Frankfurt zu den Verhandlungen fahren mussten. Zum Gefangenentransport gibt es Transportberichte, die sich haargenau mit den Fahrzeiten von Professor Mast decken« erklärte Richter Lentoch den Sachverhalt ganz sachlich, da er sich genau erinnern konnte, dass der Angeklagtentransport über die berüchtigte A5 viel Zeit brauchte und einige Male den Beginn der Sitzung nicht unwesentlich verzögert hatte

- »Das wurde offensichtlich in diesem Fall übersehen. Ich kümmere mich persönlich darum. Herr Professor Mast möchte das Schreiben als gegenstandslos betrachten und das Versehen entschuldigen« kuschte Justizsekretär Hannes Fahnrich vor Richter Lentoch in strikter Unterwerfung und in ängstlicher Unterordnung, da seine Schande unendlich war, weil er über seinen Untergebenen erwischt worden war und nicht weil er falsch gehandelt hatte

- »Schriftliche Mitteilung an Professor Mast wird erbeten« befahl Richter Lentoch kurz und bündig und hing auf.

Justizsekretär Hannes Fahnrich bestellte Herrn Justizinspektor Heiko Rack unverzüglich zu sich und machte ihn zur Sau. Justizinspektor Heiko Rack verstand die Welt nicht mehr und war sehr verärgert, blies jedoch seinerseits seinen Untergebenen ordentlich den Marsch.

Am Freitag, 20 Januar, wurde Herrn Professor Mast schriftlich mitgeteilt, dass das Schreiben in Sachen Fahrzeiten als gegenstandslos zu betrachten sei. Frau Sprunck setzte ihren Chef vor seiner Vorlesung hiervon in Kenntnis, denn er wollte direkt danach nach Hause fahren, seinen Koffer für die Fachtagung in Zürich packen und den Zug nehmen

- »Professor Mast, ein Schreiben vom Gericht ist gerade mit der Mitteilung angekommen, das Begehren bezüglich Fahrzeiten sei gegenstandslos« sagte sie mit einem leichten Lächeln im Gesicht, das ihre unchristlichen Gedanken verriet, die den Raum mit süßer Genugtuung füllten, als Professor Mast ins Vorzimmer kam

- »Na also! Heften sie das Schreiben zur Sicherheit im Ordner ab« sagte Professor Mast auf dem Weg zur Vorlesung und verabschiedete sich von Frau Sprunck auch mit einem leichten Poker-Lächeln im Gesicht

- »Ich wünsche Ihnen eine gute Zeit in Zürich« konnte Frau Sprunck noch rufen, bevor er geschwind verschwand.

Professor Mast beendete seine Vorlesung und verabredete sich mit seinem Assistenten am Gleis 7 um 17 Uhr, von wo aus der Zug nach Zürich um 17:25 Uhr abfahren sollte. Leider war diese keine direkte Verbindung nach Zürich, daher mussten sie in Stuttgart umsteigen, was in der Regel problemlos war. Er freute sich auf das Wiedersehen mit seinem Studienkolleg

Armin Lang, mit dem er zum Abendessen um 20:30 Uhr verabredet war. Beim Abendessen sprachen sie über alte Zeiten und über Gott und die Welt und irgendwann nach dem ausgiebigen Abendessen in einem Lokal am See erwähnte Professor Mast beiläufig sein Problem mit Tatzenheim

- »Habe von Juni bis November für das Tatzenheimer Landgericht als Sachverständiger gearbeitet« sagte Professor Mast, als sie über dem Umweg der kalten und windigen Promenade gut vermummt zum Hotel zurückgingen, weil Professor Lang in Erinnerung an alte Zeiten, diesen Weg nehmen wollte

- »Sag bloß!« sagte Professor Lang in einem viel sagenden Ton, der bemüht war, seinen warmen Schal unter seinem Mantel zu halten, wogegen der wind sehr viel hatte und schon bereute, dass er diesen Weg vorgeschlagen hatte

- »Wieso? Kennst du sie?« erwiderte Professor Mast, der kältebedingt vorzog, seine gefütterten Handschuhe aus den Manteltaschen herauszuholen und anzuziehen, während er seinen Freund über die Wahl des Weges verfluchte

- »Und ob! Sie sind schlechte Zahler, bringen nur Scherereien und lieben es, Rechnungen zu kürzen« sagte Professor Lang, als sie vor der Ampel mit den Haaren vom Winde ganz zerrupft auf grün warteten, um diese für Leute aus Sankt Peter Ording leicht frische Stelle an der Landungsbrücke zu verlassen, die aber für Normalos schon Sturmstärke hatte

- »Ach Gott, an wen bin ich da geraten? Konntest du mich nicht vorher warnen?« sagte Professor Mast, der sich ganz ernst ob seines Pechs selbst bedauerte, als die Ampel endlich grün wurde und sie geschwind die Straße zur rettenden Leeseite überquerten, in der tatsächlich komplette Windstille herrschte

- »Woher sollte ich wissen, dass sie bei dir angeklopft hatten?« sagte Professor Lang sichtlich erleichtert, dass sie die windgeschützte Seite der Straße erreicht hatten und froh war, dass er nicht mehr brauchte, seinen warmen Schal mit der Hand unter seinem Mantel zu halten

- »Konntest du ja nicht wissen! Erzähle!« sagte Professor Mast, der gerade versuchte, in seinen von der frischen Brise ganz zerrupften Haaren ein bisschen Ordnung mit der Hand zu bringen, als sie die Straße zum Hotel erreichten und dorthin einbogen

- »Die Kostenstelle ist für mich und alle Kollegen aus meiner Umgebung ein rotes Tuch« sagte Professor Lang, der ein Papiertaschentuch aus der Manteltasche holte und sich die triefende Nase damit putzte, bevor die Rotze den Gesetzen der Gravitation gehorchend auf seinem unbefleckten Schal landete

- »Verstehe, für mich auch...« sagte Professor Mast und machte seinem Freund mit dem Nasenputzen nach, während er sich 13 verschiedene Wege überlegte, um die Leute von der Kostenstelle qualvoll umzubringen

- »Wir arbeiten nicht mehr für sie. Wenn sie anrufen, wird stets wegen Terminschwierigkeiten dankend abgelehnt« sagte Professor Lang kategorisch und warf das gebrauchte Papiertaschentuch in den nächsten Mülleimer der sauber abgeleckte Stadt Zürich, die nur am Bahnhof eine Problemzone war

- »Jetzt wird mir einiges klar und ich werde mit Sicherheit nicht mehr für sie arbeiten« überlegte Professor Mast und suchte sich einen anderen der zahlreichen Mülleimer auf der Straße, wo er sein gebrauchtes Papiertaschentuch ordentlich deponierte, was von einem Ordnungshüter auf Streife wohlwollen zur Kenntnis genommen wurde

- »Wir sind keine Freiberufler und daher nicht auf sie angewiesen. Ende des Monats kriegen wir unser Gehalt pünktlich aufs Konto überwiesen und haben keine finanziellen Einbußen in unserem Lebensstandard, wenn wir für sie nicht arbeiten. Also, vermeiden wir die offene Schlacht mit ihnen« sagte Professor Lang, als sie das Hotel erreichten und sich endlich von allen Wetterimponderabilien befreit in die mollige Wärme begaben

- »Ab jetzt verfahre ich genauso. Danke für die Aufklärung!« sagte Professor Mast, der seinen Mantel synchron zu seinem Freund auszog, als sie zum Lift gingen, aus dem gerade einige Personen ausstiegen

- »Frühstücken wir zusammen?« fragte Professor Lang, als sie den Lift bestiegen und er den Knopf für die dritte Etage drücken wollte, der ihn mit Funkenstrahlen fröhlich begrüßte, was ihn dazu bewegte, seine Hand zurückzuziehen

- »Um sieben oder halb acht?« entgegnete Professor Mast, der den Knopf mit angezogenem Handschuh drückte und danach ziemlich verzweifelt in allen Taschen nach seiner Zimmerkarte suchte, bis er sie in einer seiner Manteltaschen endlich fand, was zur Erheiterung von Professor Lang beitrug, nachdem er sich vom elektrostatischen Schlag am Knopf erholt hatte

- »Um sieben ist mir recht« sagte Professor Lang nach kurzem Überlegen im Flur und beide verschwanden in ihren gegenüberliegenden Zimmern, nachdem sie sich gegenseitig eine gute Nacht gewünscht hatten.

Die Tagung verlief ganz normal und ohne weltbewegende Erkenntnisse. Es wurden viele Bekannten getroffen und begrüßt und am späten Nachmittag des Sonntags wurden die Teilnehmer verabschiedet. Auf der Rückfahrt konnte sich Professor Mast mit seinem Assistenten in Sachen Tatzenheimer Gericht in Ruhe besprechen und gab ihm mündlich die klare Anweisung, keine weiteren Aufträge von dort anzunehmen

- »Die Zahlungsmoral des Tatzenheimer Gerichts lässt zu wünschen übrig« holte Professor Mast kurz aus, um sein Anliegen vorzutragen, nachdem sie in der ersten Klasse beim Zugbegleiter je eine Käse- und Schinkenplatte mit Tee bestellt hatten

- »Wir sind alle verärgert und wundern uns über das Gericht, genauer gesagt, über die Kostenstelle« sekundierte Assistent Müller, der dabei seinen Notizblock aus der Tasche holte, um mögliche Anweisungen sofort niederzuschreiben

- »Achten Sie bitte darauf, dass keine weiteren Aufträge vom Tatzenheimer Gericht von uns angenommen werden« verkündete Professor Lang, als Assistent Müller bereit zu kurzem Diktat war

- »Wie sollen wir uns ausreden?« fragte Assistent Müller mit der gebotenen Vorsicht eines gebrannten Kindes, das nichts Falsches machen möchte

- »Sagen Sie, wir hätten im laufenden Jahr keine freien Termine mehr« tat Professor Mast so, als fiele ihm die Ausrede gerade ein, die er sich schon im Vorfeld ausgedacht hatte

- »Das klingt gut! Werde ich weitergeben« sagte Assistent Müller zustimmend und machte sich eine kurze Notiz in seinem Block, bevor er zu ihm aufschaute

- »Frau Sprunck werde ich persönlich am Montag hierüber unterrichten« sagte Professor Mast, bevor sein Assistent etwas sagen konnte und sie beendeten das kurze Gespräch, um sich dem ankommenden Essbaren zuzuwidmen, das sie mit gesundem Appetit aufaßen.

Am Montag früh traf Professor Mast Frau Sprunck in seinem Zimmer, wo diese mit dem Gießen der Pflanzen beschäftigt war und nach einer üblichen kurzen Begrüßung gab er zu Protokoll

- »In der Tagung habe ich erfahren, dass meine Kollegen für das Tatzenheimer Gericht wegen der schlechten Zahlungsmoral nicht mehr arbeiten. Wir wollen genauso verfahren. Die Tatzenheimer Gerichte sind ab sofort auf unserer Schwarzen Liste oder katholischem Index. Also, bei Anfragen höflich darauf hinweisen, dass das Institut keine freien Termine mehr habe und so weiter«

- »Werde dies in der Abteilung bekannt geben« sagte Frau Sprunck mit dem leuchtende Blick eines Bengels im Gesicht, für den gerade Weihnachten und Ostern entgegen jeder Logik an dem Tag zusammenfielen

- »Aber bitte nur mündlich und unter der Hand!« beeilte sich Professor Mast verschwörerisch und mit leiser Stimme hinzuzufügen, was Frau Sprunck sofort verstand und woran sie sich willig hielt.

Am Dienstag, 24. Januar, wurden die Belege der Parkhausgebühren im Original schriftlich angefordert, was Frau

Sprunck über die Sprechanlage an Professor Mast sofort weitergab, nachdem sie das Schreiben gelesen hatte

- »Schon wieder kriegen wir einen Liebesbrief vom Gericht« scherzte Frau Sprunck, auch wenn es ihr nicht danach war, denn das bedeutete Extraarbeit für sie und innerlich verfluchte sie deshalb die Kostenstelle mit allen Regeln der Voodookunst

- »Was wollen sie schon wieder?« fragte Professor Mast sarkastisch, ungläubig und das schlimmste erwartend

- »Nachreichung der Belege der Parkhausgebühren im Original« antwortete Frau Sprunck knapp, mit Betonung des letzten Wortes, und wünschte sich vergebens, dass die Scham über die Bonzen der Kostenstelle käme

- »Da steckt doch System dahinter« merkte Professor Mast an und dachte dabei an seine Unterredung mit seinem Studienkolleg Armin Lang in Zürich, der auch schon ein Lied davon singen konnte

- »Natürlich, die wollen nur die Zahlung verzögern!« erwiderte Frau Sprunck ziemlich verärgert über die Unverfrorenheit der Kostenstelle, die es wohl darauf angelegt hatte und die offensichtlich kein Schamgefühl diesbezüglich besaß

- »Gewiss! Schicken Sie die angeforderten Unterlagen zu!« stimmte Professor Mast ihr zu und hoffte, die Angelegenheit wäre damit endgültig vom Tisch und schloss verzweifelt die Augen bei dem Gedanken, dass solche Ungeheuer leider nie aussterben würden.

Am Mittwoch, 8. Februar, kam wieder ein Schreiben vom Gericht mit der Ankündigung, Pausen und Unterbrechungen bei den Verhandlungen werden abgezogen. Frau Sprunck setzte ihren Chef hiervon sofort in Kenntnis

- »Chef, ein neues Schreiben vom Gericht ist soeben angekommen!« sagte Frau Sprunck über die Sprechanlage, nachdem sie das Schreiben zwei Mal und jedes Mal sehr sorgsam gelesen hatte

- »Was wollen sie?« fragte Professor Mast, der bis dahin guter Laune war und den sonnigen Tag durch sein Bürofenster eigentlich genoss

- »Nichts! Sie kündigen nur an, dass die Pausen und Unterbrechungen bei den Verhandlungen anhand der Sitzungsprotokolle in Abzug gebracht werden« erwiderte Frau Sprunck ganz brav und stellte sich dabei vor, wie das Gesicht ihres Chefs langsam rot wurde, was tatsächlich passierte

- »Meinetwegen! Wenn sie uns zu keiner aktiven Handlung auffordern, nehmen wir das Schreiben zur Kenntnis und warten ganz einfach ab« beschloss Professor Mast und warf dabei ganz lässig ein Konzeptblatt, dass er vorher zu einem Ball geknäuelt hatte, in den zwei Meter entfernten Papierkorb, was ihn mit Genugtuung grinsen ließ

- »Ich bin gespannt, wann die Abrechnung mit den Kürzungen bei uns ankommt« sagte Frau Sprunck, die dabei in stiller Feindschaft zur Kostenstelle grinste, auch wenn sie keinen Korb geworfen hatte.

Die Abrechnung mit den Kürzungen kam am Montag, 20. Februar, an, was Frau Sprunck veranlasste, sofort ihren Chef hierüber zu informieren

- »Chef, die ersehnte Abrechnung mit den Kürzungen vom Gericht ist heute angekommen« verkündete Frau Sprunck die Neuigkeit über die Sprechanlage, nachdem sie sich abgeregt hatte

- »Wie viel ist es dabei herausgekommen?« wollte Professor Mast am anderen Ende der Sprechanlage in der festen Erwartung eines lächerlichen Betrags wissen

- »Summa summarum 92,35 Mark aus rund 9.000 Mark« sagte Frau Sprunck mit enttäuschter Stimme, da sie an den begleitenden Aufwand dachte, der in keinem Verhältnis zur Ausbeute stand: mindestens 12 Arbeitsstunden für die ganze Überprüfung zu je 60 Mark ergeben 720 Mark Aufwand für eine Ausbeute von rund 90 Mark.

- »Ist ja toll! Ich bin jetzt gespannt, wann sie endlich das Geld überweisen« sagte Professor Mast, der leise in seinem Zimmer mehrere runden drehte und der sich fragte, wie die

111

Menschen den Gesetzen gehorchen sollen, wenn die Gerichte selber als erste es ablehnen, sich ihnen zu fügen, weil sie sich berufen fühlen, die Gesetze nach eigenem Gutdünken selbstherrlich zu interpretieren, in der Gewissheit dass sie nie zur Rechenschaft gezogen werden und schaltete die Sprechanlage aus, als er den Schreibtisch erreichte.

Das Geld wurde tatsächlich Anfang März aufs Konto von Professor Mast überwiesen. Womit dieser Vorgang endgültig zur vollen Zufriedenheit der Kostenstelle des Gerichts und zur vollen Unzufriedenheit des Dienstleisters abgeschlossen wurde.

Die weiteren Abrechnungen von den fünf bestellten Sachverständigen wurden im Laufe des Jahres nach dem vorgegeben Schema von seiner Gruppe erfolgreich abgearbeitet. Man hatte ein leichtes Spiel mit den Sachverständigen, da diese sich in der Materie nicht auskannten und ziemlich alles für bare Münze hielten, was die Kostenstelle behauptete. Sie konnten auf Teufel komm raus alles durchstreichen, was ihnen in den Sinnen kam, so wie bei den Zeugenentschädigungen wo sie schalten und walten konnten, wie sie wollten und so war Heiko ziemlich zufrieden mit sich und dem Rest der Welt.

Abgesehen vom Vorfall mit den Fahrzeiten war Heiko mit der Abwicklung der Abrechnung von Professor Mast einigermaßen mit sich selbst und dem Rest der Welt zufrieden, was Balthild am Freitag spürte und ihr die Gelegenheit gab, mit Heiko ihr Programm in Sachen Stellenwechsel am Samstag, 4. März 1995, zu besprechen

- »Die Einweisung meiner Nachfolgerin in der Praxis von Herrn Dr. Diehlmann ist bis jetzt problemlos verlaufen, wollte ich dir berichten« sagte Balthild, lächelte ihn an, und versuchte dabei glücklich auszusehen und positive Energie zu versprühen

- »Es ist sehr gut, wenn deine Nachfolgerin sich problemlos in das Team eingliedert, denn das hinterlässt einen guten Eindruck deiner Qualitäten bei Herrn Dr. Diehlmann, auch wenn dies nicht mehr relevant ist« kommentierte Heiko Balthilds Steilvorlage positiv, da sie es geschafft hatte, bei ihm unter

Einhaltung des gebotenen Sicherheitsabstands offen und zugänglich zu wirken

- »Können wir jetzt meinen Zeitplan für März und April besprechen?« wagte Balthild einen weiteren intelligenten Vorstoß, den sie geschickt in der Frage versteckte, um ihn in dem Glauben zu lassen, sie sei ein offenes Buch für ihn und er allein bestimme, wo es lang geht

- »Selbstverständlich, was steht noch an?« fragte Heiko geschmeichelt aus seinem hohen Thron und daher ihr gegenüber wohlwollend gesonnen und mit den Ellbogen auf die Kante des Esstisches gestützt

- »Am 24. März 1995, Freitag, habe ich meinen letzten Arbeitstag in Eberfluss« führte Balthild geschäftsmäßig aus und handhabe die Kniffe der Vorsicht geschickt zu ihren Gunsten in ihrer Formulierung

- »Ich dachte, du arbeitest dort bis zum 31. März« erwiderte Heiko nach einer kurzen Überlegungspause in Form einer Behauptung, die selbst nicht entscheiden kann, ob sie falsch oder richtig ist

- »Das ist richtig, aber ich habe noch 5 Tage Urlaub, die ich nicht verfallen lasse, daher ist der 24. März, ein Freitag, mein letzter Arbeitstag dort« erläuterte Balthild den Sachverhalt und versuchte dabei nicht dozierend zu wirken, womit es ihr spontan gelang, sich auf dem Standpunkt der höheren Gewalt zu stellen

- »Es stimmt, jetzt dass du es sagst...« sagte Heiko tief versunken in seinen Gedanken, die ihm Zustimmung aus den Lappen seines Gehirns mit all seinen vorsätzlichen Widersprüchen signalisierten

- »Am letzten Arbeitstag möchte ich mich von den Arbeitskollegen im üblichen Rahmen verabschieden« führte Balthild in diplomatischer Abwartung weiter aus und spürte dabei, dass sie den richtigen Weg eingeschlagen hatte, um ihr Vorliegen erfolgreich vorzutragen

- »Das heißt?« wollte Heiko wissen, der nach Balthilds erfolgreiche Bauchpinselung neugierig und wohlwollend auf ihre

Einfälle in Sachen Optionen in den Grenzen seiner Intelligenz reagierte

- »Ich könnte zum Kaffee und Kuchen nach Dienstschluss oder mittags zur Pizza mit Saft in der Praxis einladen, wenn Dr. Diehlmann einverstanden ist« erklärte Balthild, die ihn dabei verschämt kurz anlächelte, was bei ihm gut ankam, da er alleine aus den vorgelegten Optionen die endgültige Entscheidung für Balthild zu treffen hatte

- »Kaffee und Kuchen bedeutet, dass du später nach Hause kommst, daher wäre es mir lieber, wenn du sie mittags zur Pizza mit Saft einlädst« entschied Heiko souverän, ohne zu wissen, dass er genau im Sinne von Balthild entschieden hatte

- »Wenn du das so möchtest, werde ich es so machen. Ich kann beim Italiener um die Ecke zwei große Pizzableche bestellen und Saft kaufe ich beim Discounter, wenn es dir recht ist« sekundierte Balthild auch mit den Ellbogen auf die Kante des Esstisches gestützt, die ihm den starken Eindruck vermittelte, sein Wort sei Gesetz

- »Ist genehmigt, aber vergiss nicht Dr. Diehlmann zu fragen, ob er mit deinem Vorhaben einverstanden ist« verkündete Heiko seine nächste Entscheidung wie ein levitierender Pascha im Paradies, der sich in altruistische Träume vertieft

- »Tue ich! Jetzt zum Chor: In meinen Resturlaubstagen vom 27. bis zum 31. März 1995 kann ich mich bemühen, beim Chorleiter einen Termin zum Probesingen zu bekommen« führte Balthild ganz locker aus, auch wenn der Termin für den 28. März unter Giselas Mitwirkung bereits feststand, was Heiko nicht wissen konnte

- »Das ist der Chor, wo deine Freundin Gisela singt...« überlegte Heiko laut, was er natürlich ganz genau wusste und genoss sichtlich die stolze Rolle des Entscheidungsträgers in den Angelegenheiten seiner Frau

- »Das ist der Intakt-Chor und Gisela ist Chormitglied« bestätigte Balthild umgehend aber ohne Hektik, denn sie wusste aus Erfahrung, dass Hektik immer schlecht für eine Verhandlung mit Heiko ist

- »Ach ja, richtig, Intakt-Chor... genehmigt!« stimmte Heiko Balthilds Begehren zu, die zwei Weingläser und die mittags angefangene Flasche Rotwein aus der Vitrine holte, die sie ihm ganz unterwürfig zum Einschenken vorlegte

- »Der Chor probt zweimal in der Woche, dienstags und donnerstags von 19 Uhr bis 20:30 Uhr, wie du schon weißt« beeilte sich Balthild ganz ruhig zu ergänzen, während sie geduldig darauf wartete, dass Heiko den Wein einschenkte

- »Ja, und anschließend gehst du mit deiner Freundin Gisela was trinken. In Ordnung!« sagte Heiko und überprüfte dabei die Sauberkeit der Gläser, indem er sie gegen das Licht hielt, was erwartungsgemäß ohne Befund blieb

- »Dann am Donnerstag und/oder Freitag Anstandsbesuch bei meiner neuen Arbeitsstelle, bevor ich am 3. April meine neue Stelle dort antrete... meinen Einstand gebe ich später im Mai, wenn es dir recht ist« sagte Balthild, während Heiko etwas Wein in die Gläser einschenkte und zufrieden wie ein Honigkuchenpferd in die Gegend schaute

- »Ist mir recht!« sagte Heiko, überreichte ihr ein Glas und überlegte dabei, ob er ihr den Witz erzählen sollte, den er am Freitag in der Kantine am Nebentisch gehört hatte

- »Auf dein Wohl! Ist noch was?« sagte Balthild etwas verunsichert, da sie nicht wusste, ob sie etwas Falsches in ihrem Vortrag gesagt hatte oder Heiko noch was sagen wollte

- »Prost! Nein, es ist nur, dass ich gestern in der Kantine einen Witz mitgekriegt habe, den man sich am Nebentisch erzählt hat« sagte Heiko, der in Sachen Lachen und Humor ein unbewusster Anhänger Platos war, in Erwartung, dass Balthild ihn darum bitten würde, den Witz zu erzählen

- »Ein Witz! Erzähle bitte, bitte!« flehte ihn Balthild sofort und treuherzig an, da sie noch nie einen Witz von Heiko gehört hatte und bis dann nur den humorlosen Heiko kannte, der Humor nie als Medium der Aufklärung begriff, auch wenn er doch spärlich lachen konnte

- »Na gut, weiß du, warum es in der Kirche keine Mücken gibt?« fragte der Geistestyrann Heiko, der sich ganz sicher war, dass Balthild die Antwort nicht kannte

- »Keine Ahnung... warum gibt es in der Kirche keine Mücken?« sagte Balthild ganz vorsichtig, denn sie wollte in dieser neuen Situation alles richtig machen und nicht das Lachen bekämpfen oder gegen die Autorität von Staat und Kirche aufbegehren, denn schließlich ist der Mensch das einzige Wesen, das bewusst lachen kann, dachte sie, ohne zu ahnen, dass Aristoteles diesen Gedanken schon früher gehabt hatte

- »Weil sie in-Sekten sind« klärte Heiko sie auf und Balthild bemühte sich, angenehm überrascht von Heikos Geistesblitz zu wirken, auch wenn es bis Mitternacht gedauert hat, bis sie verstand, was Heiko sagen wollte

- »Hahaha... hahaha... hahaha... hahaha...« wiederholte sie so glaubhaft wie nur möglich, während sie sich auf ihre Schenkel klopfte und dabei die Herkunft des Wortes Humor untersuchte, was sie intelligent aussehen ließ...

- »Leitet sich Humor nicht von den humores, den Körpersäften, ab, die Auskunft über die Befindlichkeiten des Menschen und seine Launen geben?« dachte sie und war froh, dass Heiko ihr abkaufte, dass ihr sein Witz unheimlich gut gefallen hatte.

Das Wochenende verlief harmonisch, wenn man von den bekannten Abstrichen bei Balthild aussieht, die sie jedoch wie immer souverän überspielte, so dass Heiko dies wie üblich nicht merkte.

Am Montag, 6. März 1995, nutzte Balthild die Frühstückspause, um Dr. Diehlmann in Sachen Abschiedsfeier anzusprechen

- »Chef, am Freitag, 24. März, ist mein letzter Arbeitstag hier« sagte Balthild zu ihrem Chef, den sie auf dem Weg zum Aufenthaltsraum abgepasst hatte, wo sie in der Regel ihre Pausen verbrachten

- »Ganz genau, Sie haben noch fünf Tage Urlaub... was wir letzte Woche bereits besprochen haben« antwortete Dr.

Diehlmann, der neben ihr lief und einen Gang runter schaltete, damit sie sich ungestört unterhalten konnten

- »Hätten Sie etwas dagegen, wenn ich die Mannschaft dann zu einem kleinen Pizzaimbiss hier in der Mittagspause zum Abschied einladen würde?« fragte Balthild leise und konspirativ, ohne dass die Kollegen es mitkriegten

- »Eine ausgezeichnete Idee, denn dann sind wahrscheinlich alle anwesend« merkte Dr. Diehlmann an und lächelte sie zustimmend an

- »Ich würde mich freuen, wenn Sie und Ihre Gattin auch dabei wären« betonte Balthild ausdrücklich, da sie ihn dabei haben wollte und mit Frau Diehlmann immer gut ausgekommen war, die nett und pflegeleicht war

- »Vielen Dank! Ich bin gerne dabei und rede heute Abend mit meiner Frau, denke aber dass sie an diesem Mittag nichts Besseres vorhat« sagte Dr. Diehlmann, als sie den Aufenthaltsraum betraten, wo sie die restlichen Mitarbeiter der Praxis trafen und Balthild dann das Vorhaben verkündete.

Die Kollegen sagten alle zu und Herr Dr. Diehlmann bestätigte am nächsten Morgen, dass seine Frau dabei sein würde. Balthild informierte Heiko hierüber am Abend und am Freitag telefonierte sie mit der Pizzeria, die den Auftrag gerne übernahm

- »Servus Franco, hier spricht Balthild von der Arztpraxis Dr. Diehlmann« meldete sich Balthild bei Franco, dem Besitzer der Pizzeria, während sie im Kopf die Zahl der Teilnehmer nochmals überprüfte

- »Ciao bella! Was kann ich für Sie tun?« antwortete der unverwüstliche Franco in bester italienischer Stimmung, der dabei routinemäßig Notizblock und Stift aus der Schublade mit der rechten Hand holte

- »Ich wollte zwei Pizzableche für den 24. März, 12 Uhr, bestellen« äußerte Balthild ihren Bestellwunsch geschäftsmäßig

- »Gerne, ich habe schon gehört, Sie verlassen Eberfluss, Schande!« sagte Franco vieldeutig, dem offensichtlich nichts in der Nachbarschaft entging

- »Nichts zu machen, bello! Wir feiern in der Mittagspause meinen Abschied in der Praxis« antwortete Balthild geschmeichelt, weil ihr Weggang in der Nachbarschaft offensichtlich die Runde machte

- »Si, si... wie viele Personen?« wollte Franco aus Sicht des erfahrenen Kochs sofort wissen, während er die Espressomaschine mit einer Hand in Gang setzte

- »Sieben!« antwortete Balthild bereitwillig und hoffte, dass die zwei Bleche für sieben Personen ausreichen würden

- »Dann reichen zwei Bleche vollkommen aus. Wir backen die Pizza ganz frisch und liefern sie bei Ihnen sofort aus. Soll ich die Pizza für Sie schon anschneiden?« schlug Franco seine Standardprozedur ganz locker aus der Hüfte vor

- » Das wäre super!« war Balthild kurze Antwort, die sofort die Vorteile dieser Vorgehensweise erkannte und dankbar für den Vorschlag war

- »Kein Problem. Dann können Sie sie direkt auf einer Serviette oder einem Papieküchentuch servieren. Wenige Abspülerei hinterher!« sagte der erfahrene Franco, der stets bemüht war, ein gutes Vertrauensverhältnis zu seinen Kunden zu halten

- »Ganz recht! Machen Sie mir ein Blech mit Pizza Margherita und das andere mit Oliven und Schinken?« verkleidete Balthild ihren Wunsch in Form einer Frage, die bei Franco ihr Ziel nicht verfehlte

- »Kein Problem! Geht das auf Rechnung?« bestätigte Franco und erkundigte sich nach der gewünschten Zahlungsart

- »Nein, ich zahle sofort bei Lieferung« erklärte Balthild ihren Wunsch nach Barzahlung, was Franco lieber war und ihm ein leichtes Lächeln der Zufriedenheit entlockte.

Heiko wurde stets über den aktuellen Stand informiert. Am Donnerstag, 23. März, besorgte sie die Getränke beim Discounter und brachte diese anschließend in die Praxis, wo Frau Diehlmann auf sie gewartet hatte und ihr beim Verstauen im Kühlschrank half.

Am 24. März wurde dann Balthilds Abschied in der Mittagspause gefeiert. Es herrschte eine Bombenstimmung bei Pizza und Saft. Von der Pizza blieben nur 2 Stück übrig, die Balthild den ersten zwei Patienten des Nachmittags schenkte, die noch nichts gegessen hatten und dankbar für die kleine Stärkung waren. Dann packte Balthild ihre sieben Sachen, verabschiedete sich endgültig von den Mitarbeitern in der Praxis und fuhr nach Hause, wo sie den Abend genoss.

Am Samstag stimmte sich Balthild mit Gisela telefonisch ab

- »Das Kapitel Eberfluss ist hiermit abgeschlossen. Jetzt zum Intakt-Chor: Hast du schon mit dem Chorleiter den Termin für mich definitiv bestätigt?« sagte Balthild nach der üblichen warmen Begrüßung am Telefon

- »Er bestätigt den Dienstag, 28. März, um 18:30 Uhr vor der eigentlichen Chorsitzung, wo du im positiven Fall schon mitsingen dürftest« berichtete Gisela über das letzte Vorgespräch, das sie in Balthilds Namen mit dem Chorleiter gehabt hatte

- »Hat er irgendwelche Vorgaben gemacht« wollte Balthild wissen, die jetzt etwas nervös in der Stimme klang

- »Nein, es bleibt bei den zwei Volksliedern, die du vorgeschlagen hast: ›Grün ist die Heide‹ und ›muß i denn zum Städele naus‹ und du sollst die Noten mitbringen« sagte Gisela, die beim letzten Titel die erste halbe Zeile intonierte

- »Ausgezeichnet. Die Noten bringe natürlich mit! Wo soll ich am Dienstag hin?« schmeichelte Balthild die Gesangkünste ihrer Freundin und war heilfroh, dass mit ihrer tatkräftigen Hilfe alles so glatt über die Bühne gegangen war

- » Ins Gemeindezentrum. Am besten du kommst zu mir und ich begleite dich, da ich sowieso zur Probe muss, keine Angst, es ist nicht weit zu laufen, aber man kann auch mit dem Bus fahren« sagte Gisela ganz locker, nachdem sie einen Schluck Wasser zu sich genommen hatte, was man am anderen Ende der Leitung deutlich vernahm

- »Dann machen wir es so, wie du vorgeschlagen hast. Jetzt zu meinem Anstandsbesuch bei meinem neuen Arbeitgeber.

Herr Dr. Mey hatte schon Donnerstag oder Freitag in der Mittagspause vorgeschlagen« erklärte Balthild auf der Suche nach einem passenden Vorschlag von ihrer Freundin, die die Lage besser kannte

- »Donnerstag ist in der Regel besser, denn freitags kommen oft Notfälle in letzter Sekunde, die jeden Zeitplan über den Haufen werfen« antwortete Gisela, ohne viel zu überlegen, während sie mit der Telefonschnur spielte

- »Dann komme ich am Donnerstag zu euch. Ich gebe Herrn Dr. Mey am Montag telefonisch Bescheid« beschloss Balthild und sie verabschiedeten sich warmherzig, wie sie sich immer verabschiedeten.

Am Montag genoss Balthild die Tatsache, dass sie nicht mehr nach Eberfluss jeden Tag fahren musste und ihren ersten Urlaubstag. Im Laufe des Vormittags gab Balthild in der Praxis von Dr. Mey Bescheid, dass sie am Donnerstag in der Mittagspause vorbeischauen wollte, was Herrn Dr. Mey recht war

- »Donnerstag ist der bessere Tag für Ihren Besuch und ich freue mich darauf, Sie den Mitarbeitern vorzustellen« sagte Dr. Mey, nachdem Balthild zu ihm auf seine ausdrückliche Anweisung durchgestellt worden war

- »Ich freue mich auch darauf« sagte Balthild, die sich geschmeichelt fühlte, weil Dr. Mey darauf bestanden hatte, mit ihr zu sprechen

- »Wir werden eine kleine Einführung und einen Rundgang durch die Praxis machen, damit Sie am Montag, an Ihrem ersten Arbeitstag bei uns, sich nicht ganz verloren vorkommen« sagte Dr. Mey in seiner einfachen Art, die bei Balthild schon von Anfang an gut angekommen war

- »Alles Weitere also am Donnertag, denn ich nehme an, dass Sie mitten in einer Konsultation sind« sagte Balthild, die den Betrieb nicht aufhalten wollte, denn Donnerstag stand vor der Tür und dann konnte man ihr in Ruhe alles erklären, was zu erklären war

- »Ganz recht, aber ich wollte es mir nicht nehmen lassen, sie kurz zu sprechen. Bis Donnerstag!« sagte Dr. Mey, der dann aufhängte und sich bei seinem Patienten für die Unterbrechung mit einer kurzen Erläuterung des Sachverhalts entschuldigte, was beim Patienten natürlich gut ankam.

Das Vorsingen für den Intakt-Chor fand am 28. März um 18:30 Uhr im Gemeindezentrum planmäßig vor der Chorprobe statt. Balthild kam zuvor zu Gisela und beide fuhren mit dem Bus zum Gemeindezentrum, wo sie den Chorleiter trafen

- »Guten Abend Herr Wittfoth, darf ich Ihnen meine Freundin und Chorkandidatin Balthild Rack vorstellen?« sagte Gisela, nachdem sie den Chorleiter am Eingang gesehen hatte und zu ihm gefolgt von Balthild ging

- »Guten Abend Frau Lehr...« begrüßte Herr Wittfoth Gisela mit einem freundlichen Lächeln im Gesicht, als er ihr kurz die Hand gab und sich selbst vorstellend an Balthild mit ausgestreckter Hand wandte

- »Ich bin Andreas Wittfoth, der Chorleiter, und freue mich Sie kennen zu lernen« sagte Herr Wittfoth und schüttelte ihr freundlich die Hand

- »Sehr angenehm, Herr Wittfoth« erwiderte Balthild ganz brav und rollte danach mit beiden Händen ihre Noten etwas nervös, was seinen Blick dahin zog und ihm signalisierte, dass Balthild verständlicherweise etwas nervös vor ihrem Auftritt war

- »Ich sehe, Sie haben Ihre Noten mitgebracht, also gehen wir in den Saal und Sie singen mir was vor« sagte Herr Wittfoth ganz normal, was Balthild enorm beruhigte, nahm sie am Arm und beide verschwanden in den Saal, nachdem er die Tür hinter sich zugemacht hatte.

Balthild wurde nach dem Vorsingen offiziell aufgenommen und die Formalitäten wurden sofort erledigt. Dann folgte die übliche Chorprobe mit dem gesamten Chor mit Vorstellung des neuen Mitglieds. Nach der Probe begleiteten sie die Chormitglieder zu ihrem Stammlokal, zum Anker, und nach einer knappen Viertelstunde verabschiedeten sich Gisela und Balthild von den anderen Chormitgliedern und gingen zum Riviera, einem der Stammlokale von Gisela, etwas trinken und dort klärte Gisela sie auf, nachdem der Kellner das heiß ersehnte Bier mitgebracht hatte

- »In der Regel komme ich zur Probe etwas früher und esse im Gemeindehaus mein mitgebrachtes Abendbrot vor der Probe, während ich mich mit den anderen austausche, was ich auch heute gemacht habe, als du vorgesungen hast... hast du heute Abend übrigens schon was gegessen?« sagte Gisela, nachdem sie einen ersten Schluck Bier mit Genuss getrunken hatten

- »Klingt gut. Werde ich auch machen! Ich habe bereits vor dem Termin zu Abend gegessen« verkündete Balthild und trank noch einen großen Schluck, denn nach dem Stress mit dem Vorsingen und der Probe hatte sie tatsächlich eine trockene Kehle

- »Nach der Probe gehe ich mit dem Chor etwas trinken und fahre dann mit dem Bus ganz bequem nach Hause« fuhr Gisela fort, nachdem sie auch einen zweiten kräftigen Schluck getrunken hatte

- »Das könnten wir zusammen machen, also, Donnerstagabend gehen wir nach der Chorprobe wieder ein Bier trinken, so wie heute« schlug Balthild vor und prostete ihr mit dem Augenzwinkern eines Bengels zu

- »Habe gehofft, du gehst darauf ein... ein Bierchen mit dir nach der Chorprobe ist fest gebucht bei mir« sagte Gisela und erwiderte das Augenzwinkern mit einem leichten Lächeln auf den Lippen

- »Natürlich, denn dann können wir ungestört bei einem oder zwei Bierchen plaudern« ergänzte Balthild und wischte sich den nach Bier gierigen Mund mit der Serviette

- »So wie jetzt« sagte Gisela und sie unterhielten sich ausgiebig über eine knappe Stunde, bevor sie nach Hause gingen.

Als sie nach Hause kam, hatte sich Heiko schon in sein Zimmer zurückgezogen und man hörte ihn wie ein Weltmeister schnarchen. Am nächsten Morgen erstattete sie beim Frühstück kurzen Bericht über den Verlauf des Abends. Zur großen Beruhigung von Balthild schien Heiko mit allem einverstanden zu sein

- »Hat dir der Braten geschmeckt?« wollte Balthild vor ihrer Berichterstattung für die Zukunft wissen, denn, wenn es Heiko gestern nicht geschmeckt hätte, müsste sie sich etwas anderes einfallen lassen, damit Heiko zufrieden ist

- »Ja, sehr gut! Du hattest ja alles auf dem Herd vorbereitet und ich brauchte nur den Herd anzumachen, das Essen kurz aufzuwärmen und anschließend aufzuessen. Das können wir künftig so handhaben, aber jetzt erzähl mal, wie es gestern beim Vorsingen und bei der anschließenden Probe war« wollte Heiko wissen, als sie den Küchentisch aufräumten, wo sie in der Regel frühstückten, früher getrennt, denn Balthild hatte einen längeren Weg zur Arbeit als Heiko, und nach Beendigung ihrer Tätigkeit in Eberfluss zusammen

- »Das Vorsingen war einfach, denn der Chorleiter hatte leichte Volkslieder ausgesucht, die ich alle kannte« erzählte Balthild vom Stoff, aus dem die Lieder waren, die sie am Vorabend vortragen musste, behielt aber für sich die Tatsache, dass sie die Lieder selbst über Gisela vorgeschlagen hatte

- »Also, hat man dich aufgenommen?« wollte Heiko wissen, nachdem er sich die Zähne geputzt und ihr Platz gemacht hatte

- »Ja, ich bin jetzt stolzes Chormitglied mit allen Rechten und Pflichten« sagte Balthild, bevor sie mit der Prozedur des Zähneputzens anfing

- »Wann sind die Proben?« fragte Heiko, als er sich die Krawatte vor dem Garderobenspiegel im Flur anband

- »Die Proben sind dienstags und donnerstags von 19 Uhr bis 20:30 Uhr, Konzerte bei Bedarf an den Wochenenden« sagte Balthild, als sie aus dem Badezimmer kam, sich fertig anzog und ihre Einkaufsliste suchte

- »Wann bis du nach Hause zurückgekommen?« fragte Heiko, als er seine antike Aktentasche in die eine Hand nahm und prüfte, ob er alles Nötige dabei hatte

- »Etwa um 22 Uhr. Du hast schon geschlafen und ich wollte dich nicht wecken« sagte Balthild, die glücklich darüber war, dass sie ihre Einkaufsliste in einem Stapel Zeitschriften endlich gefunden hatte

- »Rücksichtvoll von dir. Ich war schon um 21:30 Uhr ins Bett gegangen und habe dich nicht gehört. Wie ich schon sagte, wir können mit dem Abendessen an deinen Probetagen künftig so wie gestern verfahren, denn es hat lecker geschmeckt« sagte Heiko, der offensichtlich mit dem Verlauf einverstanden war und die Wohnung Richtung Straßenbahnhaltestelle verließ.

Balthild erledigte ihre Einkäufe und saugte die Wohnung vor dem Mittagessen. Den Nachmittag verbrachte sie mit dem restlichen Putzprogramm. Dann duschte sie und fing mit der Zubereitung des Abendessens erst an, bevor Heiko nach Hause zurückkam. Dann aßen sie und danach legte Balthild ihm das Haushaltsbuch mit Einkaufsbelegen und der Haushaltskasse vorschriftsmäßig zur Überprüfung vor. Bei der gründlichen Kontrolle hat er dann keinen Fehlbetrag festgestellt, was er im Buch vermerkte, bevor der Vorgang abgeschlossen wurde. Anschließend schauten sie etwas Fernsehen, bevor sie ins Bett gingen.

Am Donnerstag, 30 März, erstattete Balthild ihren Anstandsbesuch bei der neuen Arbeitsstelle während der Mittagspause. Sie wurde von Herrn Dr. Mey im Empfang genommen, der sie nach einem kurzen Rundgang zum Aufenthaltsraum führte, wo alle versammelt waren und sofort aufstanden, als sie das Zimmer betraten

- »Darf ich euch unsere neue Mitarbeiterin, Frau Balthild Rack, Schulkameradin von unserer Mitarbeiterin Gisela Lehr vorstellen... am Besten ist es, ihr stellt euch selber vor« sagte Dr. Mey und bat Petra per Handzeichen als erste vorzutreten

- »Ich bin Petra Zülling, Labor und hoffe du hast nichts dagegen, wenn wir uns duzen« sagte Petra mit einem breiten Lächeln im Gesicht und gab ihr die Hand

- »Angenehm! Ich habe überhaupt nichts dagegen, wenn wir uns alle duzen. Das taten wir auch in meiner vorigen Arbeitsstelle, also bin ich diesbezüglich schon vorbelastet« sagte Balthild und lächelte zurück, als sie sich die Hand schüttelten, bevor Petra etwas zur Seite trat, damit die Nächste vortreten konnte

- »Ich bin Hildegard Plitt, auch Laborratte, die die Gewebeproben der Menschen katalogisiert, und freue mich auf die gute Zusammenarbeit mit dir« sagte Hildegard, die mit ausgestreckter Hand und Willkommenslächeln nach vorne kam und sie neugierig musterte

- »Ich hoffe, ich lande nicht aus Versehen auf deinem Labortisch« sagte Balthild und alle lachten herzhaft über Balthilds Bemerkung zu Hildegards neugieriger Musterung, die allen aufgefallen war

- »Ich bin Katrin Merbach, Empfang und Sekretariat, willkommen im Club« sagte Katrin und arbeitete sich nach vorne mit ausgestreckter Hand und Willkommenslächeln

- »Danke! Auf eine angenehme Zusammenarbeit mit dir« sagte Balthild und schüttelte die ausgestreckte Hand

- »Ich bin Andrea Immel, Röntgen und sonstige Geräte« sagte Andrea und arbeitete sich bis Balthild mit offener Hand durch

- »Auf gute Zusammenarbeit!« sagte Balthild, die von Gisela mit voller Absicht unterbrochen wurde, bevor sie weiter reden konnte

- »Ich bin deine Freundin Gisela, Empfang und Buchhaltung« sagte Gisela und machte einen eleganten Knick und brachte alle mit ihrem unerwarteten Einfall zum Lachen

- »Guten Tag Frau Lehr, freue mich Ihre Bekanntschaft zu machen« sagte Balthild und erwiderte ganz natürlich den eleganten Knick, was noch mehr Lachen verursachte

- »Und last, but not least...« sagte schließlich Dr. Mey, der sich wieder aus dem Hintergrund mit Florian am Arm nach vorne durcharbeitete

- »Ich bin Florian Hase, Mädchen für alles, Bote und Fahrer« klärte Florian sie auf und gab ihr die Hand mit einem freundlichen Lächeln im Gesicht

- »Ich weiß von nichts« zitierte Balthild den berühmten Spruch von einem Studenten aus einer benachbarten Universität, was alle zum Schmunzeln brachte.

Dann unterhielt sich die Gruppe für etwa 40 Minuten, bevor Balthild sich verabschiedete und die Praxis verließ. Balthild hatte dabei den Eindruck gewonnen, dass die Gruppe ganz in Ordnung war und freute sich auf Montag.

Am Abend wollte Balthild sich ausgiebig mit Gisela nach der Chorprobe unterhalten, was sie auch taten, nachdem sie sich wieder eine kurze Viertelstunde im Anker mit den Chormitgliedern unterhalten hatten

- »Ich schlage vor, wir gehen jetzt zum Adler, ein weiteres Stammlokal von mir« sagte Gisela nach der Chorprobe, nachdem sie sich von den anderen Chormitgliedern im Anker verabschiedet hatten, nicht ohne vorher sich für kommenden Dienstag mit dem Chor in besagtem Stammlokal Anker verabredet zu haben, und zeigte am Ausgang des Lokals nach links, wohin Balthild gehorsam ihr folgte

- »Du bist die Ortskundige« sagte Balthild und ließ sich von ihrer Freundin führen, die an der nächsten Ecke sie sanft nach rechts zog

- »Nächste Woche müssen wir aber mit den anderen zum Anker gehen, denn sonst sind sie beleidigt« betonte Gisela die strategische Verpflichtung, als das Lokal nicht mehr in Sichtweite war

- »Und das zu Recht... ich möchte nicht als hochnäsig im Chor gelten und finde es angebracht, wenn wir von Zeit zu Zeit mit ihnen zum Anker gehen... oder?« sagte Balthild in Erwartung einer Bestätigung von Gisela

- »Ganz recht! Wir können alle vierzehn Tage mit der Gruppe gehen« fügte Gisela hinzu, als sie in eine Sackgasse mit einem Treppenaufgang am Ende einbogen, den sie sportlich ohne Mühe hochstiegen, denn es waren nur 32 Stufen

- »Also tun wir es« unterstrich Balthild das Vorhaben, als sie den Aufgang beendet hatten und auf einer Straße landeten, die quer zum Aufgang verlief und auf der das Schild des Lokals zum Adler direkt links unübersehbar aufleuchtete

- »Du bist in der Praxis gut angekommen« sagte Gisela, als sie das Lokal der Begierde nach dem kurzen Marsch mit durstiger Kehle betraten, das um die Zeit überwiegend von Stammkunden besucht war, die Gisela mit Kopfnicken begrüßten, was sie höflich erwiderte

- »Wirklich? Ich war ein bisschen nervös« sagte Balthild, als sie an einem freien Tisch nicht weit von der Theke Platz nahmen und sich fragte woher Gisela dieses Lokal kannte, denn es lag ein bisschen versteckt

- »Hat man überhaupt nicht gemerkt...« sagte Gisela, die dem Kellner an der Theke signalisierte, dass er zwei Halben bringen sollte, der die Bestellung sofort verstand und zustimmend nickte

- »Na ja, ich hatte eine gute Vorarbeiterin, die meinen Großauftritt nach Kräften vorbereitet hat« sagte Balthild, die Gisela dankbar anblickte und versuchte, sich dabei ein Bild des Lokals unauffällig zu machen

- »Das Lokal ist übrigens ein Geheimtipp von Katrin gewesen, nicht dass du auf dumme Gedanken kommst« sagte Gisela, um Missverständnisse vorzubeugen, als der Kellner mit der Bestellung unterwegs zu ihnen war

- »Ich habe übrigens nie dumme Gedanken, was dich angeht« sagte Balthild vieldeutig lächelnd, nachdem der Kellner die Bestellung gebracht und sich diskret entfernt hatte

- »Ehem, ehem, Applaus, Applaus!« sagte Gisela, griff nach ihrem Glas und prostete Balthild ganz bescheiden zu, was sie bereitwillig in gleicher Weise beantwortete

- »Du bist gar nicht eingebildet« sagte Balthild scherzhaft und sie unterhielten sich etwa eine Stunde, bevor sie das Lokal verließen und sich eine gute Nacht gegenseitig wünschten.

Als Balthild nach Hause zurückkam, hatte sich Heiko bereits in sein Zimmer zurückgezogen und man hörte ihn wieder wie ein Weltmeister schnarchen. Am nächsten Morgen erstattete sie beim Frühstück wieder kurzen Bericht über den Verlauf des Abends

- »Ich bin wieder um etwa 22 Uhr zurückgekommen. Du hast schon geschlafen und ich wollte dich nicht wecken« sagte Balthild, die gleich ihre Einkäufe erledigen wollte, bevor die Geschäfte überlaufen sind

- »Rücksichtvoll von dir. Ich war schon um 21:30 Uhr wie üblich ins Bett gegangen und habe dich nicht gehört. Wie ich schon sagte, wir können mit dem Abendessen an deinen Probetagen künftig so verfahren, wenn du mir immer etwas Leckeres wie in dieser Woche zubereitest« sagte Heiko, dem offensichtlich das Essen wieder geschmeckt hatte und mit allem einverstanden war, bevor er die Wohnung Richtung Straßenbahnhaltestelle verließ.

Balthild erledigte in Ruhe ihre Einkäufe und Besorgungen und war zu Hause um 11:25 Uhr. Sie packte aus, verstaute die Einkäufe und machte sich etwas zu Mittagessen. Es war ihr letzter Urlaubstag und sie wollte den ganzen Nachmittag für sich alleine haben.

Vom 14 bis 16 Uhr legte sie sich ins Bett und genoss eine lang anhaltende Hand- und Fingermassage in ihrem Unterleib, so wie sie von Bruno gelernt hatte. Ihre Finger erklommen mit der Routine eines erfahrenen Bergsteigers ihren bekannten Hügel, der sich nur ein paar Sekunden schwammig anfühlte, bevor er sich mit einer klaren Flüssigkeit aus den Drüsen prall füllte und zu einem festen Hügel wurde, als ihr Mittelfinger in den Eingang ihrer Vagina sanft eintauchte. Das fühlte sich an, als hätte sie einen Penis in sich. Auch im äußeren Bereich schwoll alles an. Sie hatte den Eindruck, sie müsste dringend auf die Toilette, denn die Drüsen waren zum Bersten gefüllt. Der Drang zur Toilette ließ nach, als sie wie eine Kobra schoss und auf einmal lief an ihren Hinterbacken und am Schlitz zur Hintertür eine klare Flüssigkeit hinunter. Zunächst nicht viel, aber es reichte, um sie verdammt weiter anzuregen. Für jedes erfolgreiche Ejakulieren jubelte Balthild, bis sie richtig kam. Sie machte aber weiter und sie war so glücklich, dass sie wieder ejakulierte und nochmals ejakulierte, bis sie wieder kam und der Wirbelsturm erreichte mehrmals seinen Höhepunkt, wobei ihr Unterleib im Lichte der Blitze konstant Flüssigkeit herausschleuderte, bis das vorsorglich unter ihr gelegte Handtuch ganz nass war und ihre Arme Müdigkeitserscheinungen zeigten. Ein feuchter Seufzer ertönte aus ihrem Mund. Sie stand ganz zufrieden auf, legte das nasse Handtuch zu den anderen Handtüchern in die Waschmaschine und ließ sie an. Dann duschte sie und zog sich etwas Bequemes an. Sie machte sich eine Tasse Kaffee und begann mit der Zubereitung des Abendessens kurz bevor Heiko von der Arbeit zurückkam. Sie aßen, als das Essen fertig war. Danach legte Balthild ihm das Haushaltsbuch mit Einkaufsbelegen und der Haushaltskasse vorschriftsmäßig zur Überprüfung vor. Bei der gründlichen Kontrolle hat er dann keinen Fehlbetrag festgestellt, was er im Buch vermerkte, bevor der Vorgang abgeschlossen wurde und so verbrachten sie anschließend einen ruhigen Abend vor der Glotze.

Am Montag, 3. April 1995, trat Balthild ihre neue Stelle an. Der Betrieb in der Praxis war nicht überlaufen, aber konstant, so dass wenig Zeit zu plaudern gab. Jede war an ihrem Platz und erledigte die anstehenden Aufgaben flüssig und ohne Hektik, auch Florian machte eine gute Figur und war ständig mit Botengängen unterwegs. Die Praxis war gut organisiert und trug unverkennbar Katrins Handschrift, der Dienstältesten, die fast schon zum festen Inventar der Praxis gehörte und der nichts entging. Sie war sanft und umgänglich, aber sehr bestimmt und wenn nötig unnachgiebig mit wem auch immer. Besonders mit renitenten Patienten konnte sie knallhart sein. Was sie gleich am Balthilds ersten Arbeitstag gegenüber einem Querkopf unter Beweis stellte.

Zu Hause erzählte sie auf Heikos Aufforderung vom ersten Arbeitstag, als sie in der Küche das Abendessen zubereitete
    - »Wie war dein erster Arbeitstag?« erkundigte sich Heiko, als er Platz auf einem Stuhl in der Sitzecke nahm und zwei Humpen mit Wasser auffüllte
    - »Gut! Das Team ist klasse und Katrin sagt, wo es lang geht« antwortete Balthild beim Gemüseschnippeln, das sie in

getrennten Haufen auf dem großen Schneidebrett bereit stellte, da die ausgewählten Gemüsesorten unterschiedliche Garzeiten hatten und deshalb nicht zu empfehlen war, sie alle gleichzeitig in die Pfanne zu schmeißen

- »Gab es welche Komplikationen? fragte Heiko, während er zu ihr ging, den Vorgang fasziniert beobachtete, gerade weil er nicht hinter dem Sinn stieg und ihr ihren Humpen mit Wasser überreichte

- »Wenn man von einem Querkopf absieht, war es ein harmonischer Arbeitstag« sagte Balthild kryptisch, während sie den ersten Gemüsehaufen in die heiße Pfanne tat und mit dem Holzlöffel kräftig rührte und anschließend die Pfanne zudeckte, die unter dem Deckel kräftig zischte und spritzte

- »Erzähle vom Querkopf, bitte!« bat Heiko neugierig, als er wieder zu seinem Platz ging, sich hinsetzte und erwartungsvoll zu ihr schaute

- »Es war ein Patient, der sich der verordneten Zwangstherapie entziehen wollte. Mehr darf ich nicht sagen« sagte Balthild, als sie den Deckel abnahm und den zweiten Gemüsehaufen in die Pfanne schmiss, die sie wieder zudeckte

- »Verstehe! Und was hat Katrin gemacht?« fragte dann Heiko, der dann einen Schluck Wasser trank und wild spekulierte

- »Sie hat ihm die Leviten derart ordentlich gelesen und zwangseingewiesen, dass er nicht mehr wagte einen Piep mehr zu sagen« sagte Balthild, die die Prozedur mit dem nächsten Gemüsehaufen wiederholte, bevor sie das Hackfleisch in die Pfanne hineintat.

Balthild überprüfte den Reis und bereitete die Soße zu, während Heiko den Tisch im Wohnzimmer deckte. Dann aßen sie zu Abend und räumten auf. Danach legte Balthild ihm das Haushaltsbuch mit Einkaufsbelegen und der Haushaltskasse vorschriftsmäßig zur Überprüfung vor. Bei der gründlichen Kontrolle hat er dann keinen Fehlbetrag festgestellt, was er im Buch vermerkte, bevor der Vorgang abgeschlossen wurde. Dann schauten sie sich die Nachrichten im Fernsehen an, drehten eine

Runde um den Block und gingen ins Bett. Das war eine Zeit lang der übliche Alltag bei Racks.

Am Montag, 13. November 1995 wurde Justizinspektor Heiko Rack telefonisch zu Justizsekretär Hannes Fahnrich bestellt. Im Dienstzimmer von Justizsekretär Hannes Fahnrich traf er Herrn Klein, Herrn Kohl, Frau Cieplowski und Frau Laugwitz

- »Die Verwaltung hat mich soeben informiert, dass Justizinspektor Udo Rabe krankheitsbedingt für längere Zeit ausfällt. Daher müssen wir seinen Aufgabenbereich umschichten. Justizinspektor Heiko Rack übernimmt mit sofortiger Wirkung zusätzlich zu seinen Aufgaben die Abwicklung der Abrechnungen der Gerichtsdolmetscher. Frau Cieplowski und Frau Laugwitz werden in seiner Unterabteilung übernommen und bilden mit Herrn Klein und Herrn Kohl seine neue Sachbearbeitergruppe« verkündete Justizsekretär Hannes Fahnrich nach der üblichen Begrüßung von seinem Sessel

- »Es kommen nur die Dolmetscher zu uns?« fragte Justizinspektor Heiko Rack, um sicher zu gehen, dass nicht noch welche Überraschungen nachgereicht werden würden

- »Richtig! Nach Ihrer guten Arbeit in Sachen Sachverständigen und Zeugen sind Sie ab sofort für die Abwicklung der Gerichtsdolmetscher zuständig« wiederholte Justizsekretär Hannes Fahnrich seine Anordnung, die bei der Gruppe keine spontane Reaktion auslöste

- »Ich freue mich, dass Sie mit unserer Arbeit zufrieden sind und meine Sachbearbeiter und ich werden uns bemühen, auch bei den Abrechnungen der Gerichtsdolmetscher gute Arbeit zu leisten« erwiderte Justizinspektor Heiko Rack unglücklich über diese ungefragte Kompetenzerweiterung, die im Klartext nur mehr Arbeit für ihn und seine Gruppe bedeutete, auch wenn die Zunahme der Arbeit durch die Übernahme von Frau Cieplowski und Frau Laugwitz in der Gruppe theoretisch kompensiert schien

- »Das wird von Ihnen erwartet« sagte Justizsekretär Hannes Fahnrich

- »Ich würde mich gern in meinem Zimmer mit der Gruppe anschließend besprechen« sagte Justizinspektor Heiko

Rack und sie verließen das Büro von Justizsekretär Hannes Fahnrich und gingen in Justizinspektor Heiko Racks Büro.

Unterwegs fasste Heiko seinen Kenntnisstand in aller Eile zusammen: Er wusste, dass die Gerichtsdolmetscher bis zu diesem Zeitpunkt vom Kollegen Udo Rabe bearbeitet worden waren, der ständig darüber klagte, dass diese nur Scherereien verursachten und stets gegen jegliche Kürzung Sturm liefen, manchmal sogar mit Erfolg. In seinem Büro setzte er die Besprechung fort, nachdem sie Platz genommen hatten

- »Wie wir soeben erfahren haben, bilden wir jetzt das neue Team für die Abwicklung der Entschädigung für Zeugen, Sachverständigen und Sprachenmittlern, da der Kollege Udo Rabe für längere Zeit offensichtlich ausfällt. Wir werden seine Arbeit mit der gebotenen Sorgfalt übernehmen« verkündete Justizinspektor Heiko Rack in seinem Büro die frohe Botschaft und bemühte sich nach Kräften, sich nicht anmerken zu lassen, wie verärgert er über diesen Umstand war, der in der Mehrarbeit die Umwertung seiner Werte bedeutete, was mit der Entwertung seiner Arbeit gleichgesetzt werden konnte

- »Er soll am Freitag während der Arbeitszeit hier im Amt zusammengebrochen sein, nachdem seine Leistungsfähigkeit und Ausgeglichenheit sichtlich zurückgegangen waren und er nicht mehr in der Lage war, Anforderungen jedweder Art zu bewältigen « sagte Herr Klein, der offensichtlich über alle amtliche und nichtamtliche Neuigkeiten im Gericht bestens informiert war, der jedoch bemüht war, sein Wissen stets für sich zu behalten und nur dann damit zu glänzen, wenn dies opportun erschien und sonst so zu tun, als wisse er von nichts, was der Niedergang jeder Kultur ist

- »Habe ich nicht mitgekriegt« sagte Herr Kohl, der nie im Bilde zu sein schien, da er nur seine Arbeit kannte und kaum Kontakte zu den anderen Mitarbeitern pflegte, da er den treuherzigen und bärbeißigen Untertanenglauben Luthers in der Isolation verkörperte

- »Wir haben ihn in seinem Büro gefunden, als wir zu Tisch wollten. Er lag ohnmächtig auf dem Boden und wir haben sofort den Notarzt gerufen, den ihn ins Krankenhaus einwies« sagte Frau Cieplowski, die immer noch vom Vorfall etwas mitgenommen wirkte

- »Der Notarzt hatte eine Dekompensation diagnostisiert, die später vom Krankenhaus bestätigt wurde« ergänzte Frau Laugwitz ganz fachmännisch, auch wenn sich keiner ein konkretes Bild der Diagnose vorstellen konnte

- »Heute früh haben wir erfahren, dass ihm eine Auszeit wegen psychischer Überlastung in einem Sanatorium mit anschließender Reha ab sofort verordnet wurde« verkündete Frau Cieplowski den letzten Kenntnisstand der Augenzeugen

- »Dies bedeutet für uns mehr Arbeit als bis jetzt und ich erwarte von Ihnen allen, dass Sie diese zügig bewältigen. Gibt es Fragen« sagte Heiko, schaute seine Subalternen einzeln an und zog dabei ein Gesicht wie sieben Tage Regenwetter, was zur Vorsicht vor dem Verfall der eingefahrenen Strukturen mahnte

- »Nein« antworteten seine Subalternen fatalistisch und fast atonal im Chor und warteten auf das Kommando zum Verlassen des Raums, das dadurch einen neuen Sinn in das sinnlos Gewordene legte

- »Dann an die Arbeit, wir packen es!« sagte Heiko und versuchte seine Mannschaft mit seiner unglaubhaften Aufforderung anzuspornen, die nicht die Schaffung neuer Werte bedeutete.

Kapitel 4

Die Dolmetscher

Treffen der Tatzenheimer Sprachenmittlergruppe im Sitzungssaal 7 des Hauses der Gewerkschaften am Samstag, 2. September 1995, um 9 Uhr, in Sachen Arbeiten für Behörden:

- »Liebe Kolleginnen und Kollegen, ich darf Sie heute zu unserem heutigen Treffen herzlich begrüßen und willkommen heißen, das von vielen Kollegen aus gegebenem Anlass beantragt worden ist. Thema des Abends ist die Zusammenarbeit mit Behörden und deren Zahlungsmoral. Wir wollen uns erstmal einen Überblick der aktuellen Situation verschaffen und sind auf Ihre Wortmeldungen angewiesen. Zu diesem Zweck sind mehrere Listen im Umlauf, bitte tragen Sie sich bei Bedarf ein, denn nur wer sich eingetragen hat, erhält Redezeit übers Mikrophon. Um etwa 10 Uhr machen wir eine kleine Pause und anschließend stellen wir unseren Vorschlag vor. Nach der Mittagspause diskutieren wir unsere Strategien bis 18 Uhr mit einer Pause zwischendurch« eröffnete ordnungsgemäß Dolmetscher Behr, der Gruppenleiter der Tatzenheimer Sprachenmittler, das Treffen und die Anwesenden trommelten nach Universitätsmanier auf den Tischen und trugen sich in die durchnummerierten Listen fleißig ein

- »Zur Erinnerung: In der Bundesrepublik gibt es Dienst- und Werkverträge. Der Sprachenmittler verkauft seine Dienstleistung über einen Dienstvertrag oder über einen Werkvertrag. Durch einen Werkvertrag ist der Sprachenmittler als Dienstleister zur Herstellung des versprochenen Werkes und der Besteller zur Entrichtung der vereinbarten Vergütung verpflichtet laut BGB §631. Es ist wesentlich, dass beim Werkvertrag der Dienstleister einen Erfolg verspricht. Wie er ihn erreicht, ist seine Sache. Ein Beispiel: Schneeschippen vor der Haustür kann Gegenstand eines Werkvertrags sein. Der Erfolg liegt in dem schneefreien Gehweg. Der Dienstleister muss unter Umständen nach dem Werkvertrag volle 24 Stunden pro Tag Schnee schippen, um den erfolg zu erreichen, oder auch nicht. Im Gegensatz dazu verpflichtet sich der Dienstleister bei einem Dienstvertrag zur Leistung von Diensten für bestimmte oder unbestimmte Zeit oder Berechnungseinheiten gegen das vereinbarte Entgelt nach BGB §611. Schneeschippen im Rahmen eines Dienstvertrags könnte heißen, bis zu acht Stunden pro Tag Schnee zu schippen. Wenn dann immer noch Schnee vor der Haustür liegt, ist das nicht mehr Sache des Dienstleisters. Wir, Dolmetscher, verkaufen unsere Dienstleistung nach einem Dienstvertrag« führte Dolmetscher Gaetano aus, während es im Saal kräftig rumorte

- »Bei Bedarf kann dieses Thema in einem kostenpflichtigen Tagesseminar behandelt werden« sprach Dolmetscher Behr ins Mikrophon und signalisierte seinem Kollegen Gaetano, dass er weiter fahren sollte

- »Beim Gerichtsdolmetschen sind wir im Prinzip an das ZSEG gebunden und können die eigenen Interessen wie im internationalen Wettbewerb und in der Privatwirtschaft nicht wahren. In Geld ausgedrückt, arbeiten wir für die Gerichte zum halben Preis und müssen uns mit den Schikanen der Kostenstellen herumärgern. In der Privatwirtschaft händigt der Auftraggeber dem Dolmetscher so bald wie möglich alle einschlägige Unterlagen in allen Sprachen, in die und aus denen der Dolmetscher arbeitet. Hat jemand von Ihnen jemals vom Gericht unaufgefordert die Anklageschrift oder sonstige Unterlagen vor Beginn eines Verfahrens erhalten?« fragte am Schluss Dolmetscher Gaetano, der darauf eine negative Antwort erwartete

- »Nein!« lauteten mehrere spontane Wortmeldungen aus der Audienz

135

- »Nie!« riefen andere Anwesenden laut und ungehalten zu

- »Wir müssen jedes Mal darum kämpfen!« rief ein Teilnehmer aus der Mitte des Saals laut zu

- »Meistens kriegen wir kein Geld für das Aktenstudium!« rief eine andere Stimme aus der rechten Seite des Saals

- »Ich wusste nicht, dass man all das im Vertrag vermerken kann!« rief die erleuchtete Stimme eines Hinterbänklers laut zu

- »Noch nie im Leben einen Vertrag abgeschlossen!« lautete eine weitere Wortmeldung aus dem Saal, die nicht die einzigen aus der Audienz waren

- »Eine weitere Besonderheit ist die Tatsache, dass auf der Ladung entweder ›Dolmetschen‹ oder ›Simultandolmetschen‹ stehen kann. Wer Pech hat oder sich nicht auskennt, wird nur als Dolmetscher geladen und bekommt den geringeren Satz vergütet. Egal welche Technik er bei den Verhandlungen verwendet hat. Hier sind die Kostenstellen knallhart. Alte Hasen scheuen sich nicht davor, die Geschäftstelle anzurufen und um Zusendung einer neuen Ladung mit dem berichtigten Vermerk ›Simultandolmetschen‹ zu bitten. Bitte nicht gleich Sturm laufen, hier bei uns wird Simultandolmetschen höher als Konsekutivdolmetschen vergütet. In der Regel sind das 20 bis 40 Mark mehr pro Stunde. Alle Preisangaben sind netto, also zuzüglich der gesetzlichen Umsatzsteuer« sagte Dolmetscher Gaetano, der Dolmetscher Behr um Ablösung bittend kurz anschaute

- »Meines Erachtens reicht dies als Einführung in das leidige Thema vollkommen aus. Das Wort hat Kollege Twist« sagte der erste Gruppenleiter, Dolmetscher Behr, nachdem einige vollen Listen eingesammelt worden waren, er sie in die richtige Reihenfolge gebracht und Dolmetscher Twist als ersten in den Wortmeldungslisten festgestellt hatte und übergab das Mikrophon an Dolmetscher Twist, der auch am Podiumstisch saß und sofort loslegte

- »Ich bitte alle Kollegen, auf keinen Fall für die Gerichte von Lausheim oder andere Gerichte zu dolmetschen, wenn sie nicht bereit sind, die Fahrzeit zu zahlen. Andere bezahlen die Fahrzeit und es ist nur fair, unabhängig von dem was bei den Kostenbeamten ›schwarz auf weiß‹ in ihren Büchern steht« sagte er ziemlich verärgert, was den Schluss zuließ, dass er auf die Gerichte von Lausheim nicht gut zu sprechen war

- »Ich habe bei der Anfrage von einem Untersuchungsrichter übrigens erfahren, dass ein Zuschlag von 20% an Feiertagen gilt, was die Beamten der Kostenstellen uns gegenüber gerne verschweigen« rief ein Kollege aus dem Hintergrund, während Dolmetscher Gaetano der Dolmetscherin Schmitt das Wort erteilte und Dolmetscher Twist das Mikrophon an sie weiterleitete

- »Ich bin eine von den nicht beeidigten Laiendolmetschern und werde gerne von der Polizei und von den Gerichten aufgrund meiner exotischen Sprachenkombinationen hinzugezogen. Die meisten Beamten wissen, dass die Stundensätze viel zu niedrig sind, allerdings versuchen sie offiziell keine Fahrzeiten zu berechnen. Und sie sind ja Beamten, müssen ›brav‹ sein... Die meisten tun es trotzdem, stillschweigend, und sie runden auch großzügig die Zeiten auf. Sonst würden sie ewig lange telefonieren müssen, bis jemand kommt. Auch ich habe eine Dienststelle, für die ich ›keine Zeit‹ habe. Welche das ist, weiß man erst aus Erfahrung. Oft tun die Beamten so, als wenn ihnen die Regelung nicht bekannt wäre. Sie fragen z.B. scheinheilig, wann ich denn losgefahren bin. Bei vertrauten Personen sage ich die für mich günstige Zeit, bei mir neuen Beamten habe ich sie ›vergessen‹ und gucke, wie sie es handhaben. Wie gesagt: meistens lohnt sich das Ganze. Selten nicht« sagte Dolmetscherin Schmitt hinter einer Säule etwas versteckt, mit zum deutschen Namen gar nicht passenden hübschen Mandelaugen

- »Eine grundsätzliche Bereitschaft, die Fahrzeiten zu zahlen, kann man meiner Meinung nach nicht erwarten. Es ist schlichtweg verboten. Kollegen warnen dagegen finde ich gut«

empörte sich Dolmetscherin Kahn aus der letzten Sitzreihe, bevor sie sich hinter ihrem Vordermann versteckte

- »Das Wort hat Dolmetscher Zitt« sagte Dolmetscher Gaetano und zeigte in seiner Richtung, damit ihm das Mikrophon überreicht werden konnte

- »Ehrlich gesagt, das verstehe ich nicht so ganz: Auch wenn die Länder im Osten nicht als der großzügigste Ort in der Bundesrepublik gelten, wäre ich noch nie auf die Idee gekommen, dass irgendjemand Fahrzeiten nicht bezahlt, egal ob offiziell oder inoffiziell. Es ist genauso wie Benzinkosten schlicht ein Teil der zu bezahlenden Kosten, wieso sollte man verbieten, es zu bezahlen? Wenn ich mir ein Buch bestelle, bezahle ich ja auch Porto, die Fahrzeiten und Benzinkosten sind also mein ›Dolmetscherporto‹…« brüllte ohne Mikrophon Dolmetscher Zitt aus der Mitte mit unverkennbarem Sachsen-Akzent und genauso verärgert wie die anderen

- »Das war eigentlich auch mein erster Gedanke. Ist das nicht ähnlich wie bei Handwerkern? Die berechnen ja auch keine Fahrzeit« ertönte laut ein Zwischenruf aus dem Dolmetscherpublikum von einer nicht mehr zu identifizierenden Kollegin

- »Handwerker, sofern es sich um offizielle Handwerksbetriebe handelt, berechnen in der Regel schon eine Anfahrtspauschale und das nicht zu knapp!« erläuterte Dolmetscher Twist den Sachverhalt mit knappen Worten und voller Genugtuung, dass sein Anliegen im Publikum so gut angekommen war, wie die vielen Wortmeldungen nah legten

- »Seit wann berechnen Handwerker keine Fahrzeit? Guck mal genau auf deine letzte Handwerkerrechnung, dort steht mit Sicherheit eine An- UND eine Abfahrtspauschale…« unterstrich wieder ein Zwischenruf aus dem Dolmetscherpublikum die in Augen der Dolmetscher berechtigte Forderung, bevor Dolmetscher Gaetano dem Kollegen Fritz das Wort erteilte

- »Dolmetscher Fritz hat das Wort« sagte er und schaute fragend in die Audienz, wo jemand Handzeichen gab und ihm das Mikrophon über die übliche Handkette übereicht wurde

- »Bei uns im Norden wurden 1986, glaube ich, Verträge abgeschlossen, laut denen nur die Dolmetscher eingesetzt werden dürfen, die den Vertragsbedingungen zugestimmt haben, zum Beispiel keine Fahrtkosten, keine Zahlung bei einer Wartezeit bis zu einer halben Stunde, falls der Vorgeladene nicht erscheint usw. Seit dann habe ich mit den Behörden im Norden nichts mehr zu tun, und das nach gut 25 Jahren erfolgreicher Zusammenarbeit« unterstrich Dolmetscher Fritz mit viel Wut im Bauch, der die Stimmung unter den Dolmetschern authentisch wiedergab

- »Es ist ja immer eine Frage wie lange man fährt und wie eilig es ist. Wenn man 5 km fährt ist es egal ob man Fahrtkosten bekommt oder nicht. Natürlich wenn einer 50 km fährt ist das was anderes. Wegen der 30 Minuten ist halt so. Klar wenn man selten vor Gericht dolmetscht ärgert es einen. Wenn man öfters dolmetscht ist es eine Kulanzsache« ergänzte noch ein Dolmetscher unter den Anwesenden ganz schnell, der sich mit seiner zwiespältigen Äußerung keine Freunde unter den Anwesenden verschaffen konnte

- »Ich bedauere nur, dass nicht alle Dolmetscher darauf bestehen, Fahrzeiten vergütet zu bekommen, dann wäre das Problem nämlich ganz schnell aus der Welt...« flüsterte Dolmetscher Gaetano ganz schnell ins Mikrophon, bevor er Dolmetscher Melville das Wort erteilte

- »Dolmetscher Melville hat das Wort« sagte er und suchte den Kollegen im Publikum, der sich per Handzeichen zu erkennen gab, damit man ihm das Mikrophon über Handkette überreichte

- »Unabhängig der Einsatzfrequenz des Dolmetschers werden die Fahrtkosten zum Gericht in meiner Hansestadt stets mit 80 Mark pauschal vergütet. Das Dolmetschen wird mit 100 Mark pro Stunde vergütet. Übersetzungen werden mit 2 Mark pro Zeile à 55 Anschläge inkl. Leerzeichen pauschal vergütet unabhängig vom Schwierigkeitsgrad« sagte Dolmetscher Melville aus einer Hansestadt im Norden

- »100 Mark pro Stunde für Verdolmetschungen ist annehmbar, aber die Berechnungseinheit für Übersetzungen nach Zeilen von 55 Anschlägen ist aus der Steinzeit« merkte Dolmetscher Twist pikiert an, was eine Lawine von Zwischenrufen ins Rollen brachte, da offensichtlich die Mehrheit der Anwesenden die Übersetzungsleistungen nicht nach Zeilen abrechneten, sondern nur nach der international üblichen Wortzahl

- »Bitte haben Sie Verständnis dafür, dass wir das Thema Übersetzungen heute radikal ausklammern, denn sonst kommen wir überhaupt nicht zu Potte. Das Wort hat jetzt Kollege Pietri« sagte Dolmetscher Behr und man übergab Dolmetscher Pietri das Mikrophon über Handkette

- »Wenn mir vorher bekannt ist, dass keine Fahrzeiten bezahlt werden, sondern nur die Einsatzzeit, müsste ich keine Sekunde darüber nachdenken, ob ich den Fuß vor die Tür setze. Nun bin ich mit meiner Sprache in der Hauptstadt in der komfortablen Situation, nicht jede Anfrage annehmen zu müssen, denn auch hier wird bei der Polizei nur eine Fahrtpauschale gezahlt unabhängig von der tatsächlichen Fahrzeit. Und hier fährt man verkehrsbedingt dann schon mal eine Stunde oder mehr für Null Mark. Manchmal ist aber das Thema spannend genug, dass ich über die verlorene Zeit hinwegsehe. Das ist aber die Ausnahme« erklärte Dolmetscher Pietri ganz ehrlich, wie er das mit den Fahrzeiten handhabt

- »Ich bin überrascht wie weit hier die Vergütungen der unterschiedlichen Arbeiten abweichen« rief jemand aus der linken Seite des Saals, als Dolmetscher Gaetano Dolmetscher Mälzer das Wort erteilte und das Mikrophon zu ihm weitergeleitet wurde

- »Ich erhalte von den Gerichten in Niedersachsen regelmäßig die Fahrtkosten der tatsächlich gefahrenen Kilometer, sowie die entstandenen örtlichen Parkgebühren« erklärte Dolmetscher Mälzer aus dem Norden

- »Und was zahlen die fürs Dolmetschen?« wollte jemand aus der rechten Saalseite wissen

- »Für das Konsekutivdolmetschen werden 120 Mark pro Stunde gezahlt« erklärte postwendend Dolmetscher Mälzer aus Niedersachsen

- »Ich ziehe sofort nach Niedersachsen um« riefen mehrere Anwesenden fast im Chor laut auf

- »Die Zeile á 55 Zeichen wird...« wollte Dolmetscher Mälzer aus Niedersachsen erläutern, als Dolmetscher Behr ihm ins Wort fiel

- »Das Thema Übersetzungen ist heute bei uns verboten!« und das Thema wurde vom Dolmetscher Mälzer aus Niedersachsen und von den anderen nicht mehr angesprochen

- »Und wie werdet ihr bezahlt?« fragte jemand aus dem Fachpublikum

- »Ich kann auch wählen, ob ich es bar oder überwiesen haben möchte« antwortete Dolmetscher Mälzer aus Niedersachsen

- »ZSEG scheint echt reine Auslegungssache zu sein« fasste Dolmetscher Pietri resigniert zusammen und schaute dabei Dolmetscher Behr an

- »Du sprichst hier scheinbar von Rahmenverträgen, die wir allen immer abraten zu schließen. Sonst werden die üblichen Sätze bei Vereidigten vergütet, wobei für simultan und konsekutiv unterschiedliche Sätze zur Anwendung kommen« schob Dolmetscher Bonavente seinen Kommentar schnell dazwischen, bevor Dolmetscherin Lahn das Wort erteilt wurde

- »Das Wort hat jetzt Kollegin Lahn« sagte Dolmetscher Behr und man übergab ihr das Mikrophon

- »Ich erhalte von den Gerichten am Mittelrhein und Umgebung immer die Fahrtkosten der tatsächlich gefahrenen Kilometer, sowie die entstandenen örtlichen Parkgebühren. Für das Konsekutivdolmetschen werden 120 Mark pro Stunde gezahlt. Und fürs Simultandolmetschen 130 Mark pro Stunde. Und das wird immer innerhalb 14 Tagen überwiesen, wie in meinen

141

Rechnungen steht« erklärte Dolmetscherin Lahn die Situation am Mittelrhein

- »Meine Herren, das sind himmlische Sätze und Konditionen!« kommentierte ein Kollege voller Neid

- »Das Paradies liegt in Niedersachsen und am Mittelrhein« kommentierte eine weitere Stimme

- »Wir sind hier arme Schweine!« ergänzte ein weiterer Dolmetscher aus dem Untergrund

- »Dolmetscher Pietri hat Recht: ZSEG scheint echt reine Auslegungssache zu sein« sagte Dolmetscherin Lahn, bevor sie das Mikrophon fragend hoch hielt, was Dolmetscher Gaetano veranlasste, auf der Liste zu schauen und zu sagen

- »Das Wort hat jetzt Kollege Keller« und suchte im Saal nach dem Kollegen, der sich sofort per Handzeichen meldete

- »Entschuldige, dass ich dumm frage, aber gilt das ZSEG nicht für alle Behörden? Also für Gerichte, Polizei und Staatsanwaltschaft?« fragte Dolmetscher Keller, nachdem er das Mikrophon in Händen hielt

- »Hoppla! Ja, was ist mit dem ZSEG?« ertönte laut aus dem Volk

- »Für die Gerichte gilt im Prinzip das ZSEG, für die Polizei nicht!« erklärte Dolmetscher Behr knapp den Sachverhalt und gab dem Volk für einen Augenblick die lange Leine, das sich kräftig austobte

- »Kann mir jemand den Wirrwarr erklären, ich denke automatisch an die Polizeisätze, die im Auftrag der Staatsanwaltschaft gelten« flehte verzweifelt um Aufklärung eine Stimme im Saal

- »Zur Klarstellung: Es gibt Einsätze, die nach ZSEG bezahlt werden, und es gibt Einsätze bei der Polizei, die nach Polizeirichtlinie bezahlt werden« setze Dolmetscher Gaetano nach

- »Aber grundsätzlich ändert es nichts daran, dass es das ZSEG gibt, dass wir seit langen Jahren, im Gegensatz zu Juristen, z. B., keine Erhöhung erhalten haben und dass unsere Sätze auf andere Fachgebiete des Übersetzens und Dolmetschens, wo es keine Gesetze oder Vorschriften gibt, abstrahlen« erklärte Dolmetscher Behr und rief die nächste Wortmeldung auf

- »Kollegin Tietze hat jetzt das Wort« und suchte nach einem Handzeichen in der Menge, wohin das Mikrophon wanderte

- »Wenn wir uns gegenseitig, mit Rahmenverträgen o. Ä., unterbieten, lassen wir uns selbst am langen Arm verhungern. Aber ich war hier ein paar Mal zur Polizei und mir wurde nach ZSEG bezahlt. Und an einem Sonntag sogar 20% Zuschlag. Glück gehabt« erklärte Dolmetscherin Tietze die unerklärlichen Wege der Bezahlung bei Justiz und Vollzug und versuchte das Mikrophon loszuwerden

- »Kollege Hartl hat jetzt das Wort« und signalisierte Dolmetscherin Tietze in welche Richtung sie das Mikrophon auf die Reise schicken sollte

- »Nein, das Problem besteht darin, dass die Polizei in einigen oder sogar in allen Bundesländern meint, sie müsse sich nicht an das ZSEG halten. Und kein Sprachenmittlerverband hat die Kraft oder den Willen, eine Musterklage anzustrengen. Oder man meint in den Verbänden, dass man einen Rechtstreit wahrscheinlich oder sogar mit Sicherheit verlieren würde« sagte Dolmetscher Hartl und im Saal rumorte es einige Minuten kräftig

- »Das Wort hat jetzt Kollegin Dahl« sagte Dolmetscher Gaetano, suchte und fand sie in der Menge und wies grob mit der Hand den Weg fürs Mikrophon

- »Kleine Korrektur für Dolmetscher Pietri: In der Hauptstadt zahlt die Polizei 45,00 Mark Fahrzeitpauschale, egal ob man zwanzig Minuten oder drei Stunden fährt. Mein Verband Nord ist seit Jahren an der Sache dran. Einen Beitrag zu den aktuellen Entwicklungen gibt es im nächsten Infoblatt, das in etwa zwei Wochen erscheint und hier privat bei mir. Es ist ein schwieriges Thema, keine Frage« sagte Dolmetscherin Dahl und schaute fragend mit dem Mikrophon in der Hand Richtung Podium, was Dolmetscher Behr mit einem Zeichen für Geduld beantwortete

- »Das Wort hat jetzt Kollege Hullmann« sagte Dolmetscher Behr nach Überprüfung der Wortmeldungslisten und suchte in der Menge, bis er eine erhobene Hand fand, wohin er das Mikrophon lotste

- »Ich kann mich dir nur bedingungslos anschließen. Die niedersächsische Polizei verschickt seit mindestens 8 Jahren diese Knebelverträge. Ich habe sie noch nie unterschrieben und werde dennoch immer wieder geladen, rechne nach ZSEG ab, schreibe das auch regelmäßig in die Formulare, erhalte die Fahrtzeit als Arbeitszeit erstattet und das Benzingeld dazu. Fällt die Rechnung dann höher aus, über 500 Mark, dann erhalte ich kurz danach wieder so einen netten neuen Knebelvertrag, der gleichfalls in den Müll wandert. Ich kann nicht verstehen, warum so viele Kollegen diese Verträge unterzeichnen und uns anderen, die wir dagegen kämpfen, damit in den Rücken fallen. Es ist nicht nur in höchstem Maße unkollegial, sondern auch dumm! Soweit meine Meinung« sprach Dolmetscher Hullmann ziemlich verärgert

- »Stimmt, Kollege Hullmann, deswegen sind wir ja hier ständig mit allen im Gespräch und es klappt ganz gut, bis auf diejenigen, die Rahmenverträge schließen, die sich dann als einseitig herausstellen« sagte Dolmetscher Gaetano, der dann Dolmetscher Simon das Wort erteilte

- »Kollege Simon hat jetzt das Wort« sagte er und suchte den Kollegen im Saal und lotste das Mikrophon zu ihm

- »Danke für deinen Beitrag. Ich finde es interessant zu erfahren, dass es geht: Wenn man sich weigert, die Knebelverträge zu unterschreiben, wird man dennoch geladen. Bemerkenswert und nachahmenswert. Wenn man den Gesetzestext des ZSEG liest, ist dem ganz eindeutig zu entnehmen, dass es nicht bindend ist, erst recht nicht für Landesbehörden. Leider muss man sagen, es ist unsere eigene Zunft, welche bereit ist zu solchen Bedingungen zu arbeiten. Deshalb biete ich zwar bei Ausschreibungen in Abhängigkeit der Grundbedingungen mit an, stehe dann, bei den Behörden die eine Rückmeldung geben auf Rang 14 oder noch weiter hinten, d. h. praktisch keine Aufträge, bis auf Ausnahmen, wenn kein anderer zu bekommen ist, dann ist das eben so. Doch wie gesagt, unsere eigene Zunft macht das möglich« sagte Dolmetscher Simon, der dankbar dafür war, dass alles was er sagen wollte, bereits von anderen Kollegen vorgetragen worden war

- »Ja, genau, dem ist leider so. Und solange wir selbst daran nichts ändern, werden wir von unseren eigenen Kunden auch weiterhin verschaukelt und nicht ernst genommen. Aber da rede und kämpfe ich gegen Windmühlen...« ergänzte Dolmetscher Hullmann, der vom Dolmetscher Behr unterbrochen wurde

- »Wir machen jetzt eine Viertelstunde Pause und anschließend wird Kollege González einen Vorschlag unterbreiten, den Gaetano, Twist, Pietri und ich zusammen mit ihm ausgearbeitet haben« sagte Dolmetscher Behr und die Horde stürmte aus dem Saal zu der Vorhalle, wo sie sich mit dem mitgebrachten Proviant stärkten und intensiv diskutierten, bis sie zur Fortsetzung der Sitzung aufgerufen wurden.

- »Nach der lebhaften Diskussion, kommen wir zu einem Vorschlag, den der Kollege González vortragen wird, mit anschließender Diskussion« sagte eingangs Dolmetscher Behr und übergab das Wort an Dolmetscher González

- »Vielen Dank! Liebe Kolleginnen und Kollegen, in Anbetracht der Tatsache, dass die Behörden, die unsere Sprachenmittlerdienste in Anspruch nehmen, uns mit den Abrechnungen systematisch schikanieren und drangsalieren, schlagen wir die Gründung eines Internetforums vor, in dem wir Erfahrungen austauschen, auf schlechte Zahler aufmerksam machen und gegebenenfalls Gegenmaßnahmen vorschlagen oder empfehlen können. Arbeitstitel des Projekts ist ›spramifo‹ oder ›sprachmiprax‹ oder ›lingfo‹, Gegenvorschläge sind jederzeit jedoch willkommen. Von den vorhandenen Plattformen im Internet scheint uns ›ohe.com‹ die beste zu sein... übrigens, Wortmeldungen sind jetzt erwünscht...« sagte Dolmetscher González und sofort meldeten sich mehrere Dolmetscher zu Wort.

Nach einer intensiven Diskussion, die Dolmetscher Gaetano leitete, fasste Dolmetscher Behr das Ergebnis zusammen

- »Wir sind übereingekommen, dass wir die Plattform ›ohe.com‹ benutzen werden. Dort gründen wir ein Forum, im Moment ›lingfo‹ genannt, zu dem nur Mitglieder Zugang haben werden, womit wir dann Spionen den Zugang erschweren, denn sie müssen nicht wissen, was wir aushecken« und schaute Dolmetscher González erwartungsvoll an

- »Ich schlage vor, dass wir einen Ausschuss zur Erarbeitung einer Satzung unter Einhaltung der Plattformvorgaben einsetzen. Das Forum sollte zu einem offenen und fairen Umgang zwischen den Vertragsparteien beitragen und deshalb sollten in den Beiträgen nur solche Aussagen in Bezug auf die Behörden gemacht werden, die man auch direkt der Behörde gegenüber vertreten kann.« sagte Dolmetscher González und unter den Teilnehmern herrschte einhellige Zustimmung

- »Zur Sicherheit sollten wir ein Moderatorenteam einsetzen, das die Beiträge im Forum freigibt und bei Verstöße gegen die aufgestellten Regeln sofort einschreitet« sagte Dolmetscher Pietri in Erwartung eines Widerspruchs, der postwendend kam

- »Das ist doch Zensur!« erhob sich die Stimme eines Gerechten unter den Teilnehmern, die mehrheitlich Zustimmung trommelten

- »Nein! Das ist keine Zensur, sondern Absicherung der Verantwortlichen gegen eventuelle Klagen. Wir müssen uns an die Spielregeln des Betreibers der Internetplattform halten und da das Team aus mehreren Personen bestehen wird, ist gewährleistet, dass die Beiträge meistens innerhalb kurzer Zeit, von wenige Minuten bis zu wenigen Stunden, freigegeben werden können. Sollte ein Beitrag von den Moderatoren abgelehnt werden, bekommt der Verfasser dies mit einem Hinweis zum Grund der Ablehnung mitgeteilt.« wandte Dolmetscher Pietri ganz gelassen ein

- »Erklären!« ertönten mehrere Zwischenrufe aus dem Publikum

- »Die Gründer des Forums sind nach aktueller Rechtsauffassung für den Inhalt der Beiträge juristisch

146

verantwortlich und können zivilrechtlich mitbelangt werden. In jedem Fall ist dies eine heikle Angelegenheit, die wir soweit wie möglich für die Verantwortlichen abmildern wollen. Nochmals zum Mitschreiben: Für den Inhalt des Beitrags ist der Verfasser allein und voll verantwortlich. Die Moderatoren prüfen die Beiträge nur in Bezug auf ihre äußere Form, nicht auf die Richtigkeit und rechtliche Zulässigkeit des Inhalts. Die Moderatoren übernehmen keine Haftung für die von ihnen moderierten Beiträge.« klärte Dolmetscher Pietri die Audienz über den Grund für die Einmischung in die Grundrechte der Einzelnen auf

- »Übrigens die Beiträge sollen ausschließlich in Deutsch verfasst werden« ergänzte Dolmetscher Gaetano beiläufig

- »Das leuchtet mir ein! Ich melde mich hiermit für den Posten eines Co-Moderators« sagte eine Stimme aus der dritten Reihe

- »Namen?« fragte sofort Dolmetscher Twist mit Kuli und Notizblock in der Hand

- »Hullmann« antwortete die Stimme, die Dolmetscher Hullmann eindeutig gehörte und Dolmetscher Twist schrieb den Namen sofort in seinem Notizblock nieder

- Zwecks Erleichterung der Zuordnung der Mails sollten Sie im Betreff der Mail die genaue Bezeichnung der Behörde angeben, auf die sich die Anfrage oder Mitteilung bezieht. Zum Beispiel: Landgericht Musterstadt« ergänzte Dolmetscher Behr die zukünftige Vorgehensweise im Mailverkehr des Forums

- »Ich bin auch dabei, Dahl ist mein Name« rief Dolmetscherin Dahl und so hatte man in wenigen Minuten ein Team von 8 Moderatoren für das potentielle Forum zusammengetragen

- »Wenn ich mich recht entsinne, müssen eine oder mehrere natürliche Personen ein Forum bei ›ohe‹ gründen, Freiwillige an die Front! Ich stelle mich auch zur Verfügung« sagte Dolmetscher Hullmann und die Anwesenden trommelten zustimmend auf den Tischen

- »Ich kann mitgründen, wenn es nötig sein soll« sagte Dolmetscher Hartl und wurde ebenfalls von den Anwesenden angetrommelt, die offensichtlich froh darüber waren, dass es sich schon zwei Kandidaten für die Wahl gemeldet hatten

- »Jemand vom Vorstand sollte auch dabei sein« sagte Dolmetscher Simon in Sorge, dass die bürokratischen Grundsätze nicht beachtet werden würden

- »Kollege Twist, würden Sie mitgründen?« fragte sofort Dolmetscher Behr und schaute seinen Kollegen direkt an, der keine Chance hatte, zu entkommen

- »Ich muss wohl daran glauben« sagte Dolmetscher Twist, dem es keine vernünftige Ausrede einfiel, sich fatalistisch seinem Schicksal ergab und dabei seinen Kollegen Behr mit allen Regeln der Kunst innerlich verfluchte

- »Noch einer?« fragte Dolmetscherin Schmitt herausfordern, da ihrer Meinung nach die Zahl der Kandidaten das demokratische Minimum nicht erreicht hatte

- »Ich kann nicht die anderen vorschicken und nichts tun, also bin auch dabei« erklärte Dolmetscher Simon spontan und die Suche nach weiteren Kandidaten wurde eingestellt

- »Es haben sich ausreichende Kandidaten gemeldet. Wir können jetzt eine ausführliche Aussprache zum Thema abhalten, bevor wir die mit der Gründung des Forums beauftragten wählen« sagte Dolmetscher Gaetano und die Anwesenden trommelten zustimmend auf den Tischen.

Es folgte eine ausführliche Aussprache zum Thema und es wurde entschieden, dass die zwei Kandidaten mit den meisten Stimmen die Gründung vornehmen sollten. Dolmetscher Behr leitete turnusgemäß den Wahlvorgang, der offen und per Handzeichen erfolgte, um nach kurzer Beratschlagung mit den anderen Vorstandsmitgliedern anschließend das Wahlergebnis fürs Protokoll zu verkünden

- »Bei der Abstimmung, haben Dolmetscher Twist und Simon die meisten Stimmen erhalten und werden hiermit mit der Gründung unseres Forum bei ›ohe‹ beauftragt«, was sofort von allen trommelnd auf den Tischen quittiert wurde.

148

Dann übernahm Dolmetscher Gaetano und schlug die fällige Mittagspause vor

- »Es ist kurz vor halb eins... ich würde vorschlagen, dass wir Mittagspause machen« sagte Dolmetscher Gaetano und schaute fragend in die Gegend

- »Gute Idee, wir setzen das Treffen dann um 14 Uhr fort, wenn alle einverstanden sind« sagte Dolmetscher Pietri und alle trommelten zustimmend auf den Tischen

- »Ich empfehle die Lokale im Stadthaus zum Einkehren, das ganz in der Nähe ist« sagte Dolmetscher González und übergab an Dolmetscher Hartl sein Mikrophon, der per Handzeichen darum gebeten hatte

- »Im Stadthaus gibt es einen Mexikaner, einen Italiener und ein Steakhouse, die ich kenne und empfehlen kann« sagte Dolmetscher Hartl und gab das Mikrophon an Dolmetscher González zurück. Die Masse verließ den Sitzungssaal Richtung Stadthaus, den Dolmetscher Gaetano ordnungsgemäß abschloss, nachdem der letzte Teilnehmer den Saal verlassen hatte.

Im Stadthaus verteilten sich die Teilnehmer etwa gleichmäßig in den drei Lokalen und es bildeten sich naturgemäß Tischgruppen, die zufällig entstanden. Es wurde in kleinen Gruppen beim Essen ausgiebig diskutiert und anschließend haben sich die Teilnehmer die Füße vertreten, indem sie durch Zentrum gingen und etwas Windowshopping machten. Sie kehrten alle rechtzeitig zum Sitzungssaal zurück, wo sie von Dolmetscher Gaetano im Empfang genommen wurden.

Das Treffen wurde planmäßig um 14 Uhr fortgesetzt

- »Wir können einen Ausschuss wählen, der die Einzelheiten und Spielregeln des Forums bis zum nächsten Treffen ausarbeitet und uns zur Entscheidung vorlegt« schlug Dolmetscher Behr vor und die Teilnehmer trommelten zustimmend auf den Tischen.

Es wurde erneut diskutiert und die Moderatoren wurden in den Ausschuss gewählt, der die Einzelheiten und Spielregeln des Forums bis zum nächsten Treffen ausarbeiten sollte. Dann machten sie Pause, bevor sie den Schlusspunkt setzten

- »Was steht noch an? Ein Folgetreffen wird gewünscht« fragte Dolmetscher González, beantwortete sich selbst die Frage und schaute die Teilnehmer in Erwartung weiterer Wortmeldungen an

- »Mein Vorschlag ist nächster Samstag, 9. September 1995, damit wir die Angelegenheit zügig bearbeiten« sagte Dolmetscher Simon, der offensichtlich Zugang zu einschlägigen Informationen hatte, die seine Arbeit im Ausschuss erleichtern würden

- »Das könnte klappen, wenn wir uns übers Internet austauschen« pflichtete Dolmetscher Twist bei, der es eilig hatte, das Forum zum Laufen zu bringen

- »Soll der nächste Termin an einem Samstag stattfinden?« wollte Dolmetscherin Schmitt wissen, die die Frage über Mikrophon wiederholen musste, da im Saal viel dazwischen geredet wurde

- »Ich würde gerne den Samstag als Wochentag für die Sitzungstermine beibehalten« sagte Dolmetscher Zitt und die Anwesenden trommelten zustimmend auf den Tischen

- »Ich schlage den 16. September vor« meldete sich aus dem Saal Dolmetscherin Dahl mit ihrem optionalen Vorschlag

- »Und ich schlage den 23. September vor« sagte eine andere Stimme aus dem Saal und es folgte die übliche Diskussionsrunde, die Dolmetscher González mit Blick auf die Uhr nach zehn Minuten beendete

- »Wir beenden die Diskussion, denn für das Folgetreffen wurden nur der 9. oder der 16. oder der 23. September vorgeschlagen. Wir wollen jetzt abstimmen« sagte Dolmetscher González und übergab an Dolmetscher Simon das Mikrophon

- »Ich bitte um Handzeichen für den 9. September« sagte Dolmetscher Simon und die Zählung ergab 29 Stimmen für diesen Termin

- »Jetzt bitte ich um Handzeichen für den 16. September« sagte Dolmetscher Behr und die Zählung ergab 12 Stimmen für diesen Termin

- »Und jetzt bitte ich um Handzeichen für den 23. September« sagte Dolmetscher Gaetano und die Zählung ergab 11 Stimmen für diesen Termin

- »Das nächste Treffen findet somit am 9. September, am gleichen Ort und um die gleiche Uhrzeit statt« verkündete Dolmetscher González das Ergebnis der Abstimmung und übergab an Dolmetscher Twist

- »Es wurde gefragt, ob Kollege Behr bereit wäre, ein Tagesseminar als Einführung in den Dolmetschermustervertrag gegen eine Gebühr abzuhalten« erläuterte Dolmetscher Twist, was er sich in seinem Stenoblock notiert hatte und schaute Dolmetscher Behr an, der in seinem Terminkalender wie wild blätterte

- »Ich kann nur am 16. September« verkündete er, was ein starkes Stimmengewirr unter den Teilnehmern verursachte, bevor die Anwesenden auf den Tischen zustimmend trommelten

- »Gegen die übliche Gebühr von 60 Mark?« stellte Dolmetscher Twist sofort die in solchen Fällen übliche Frage

- »Genau! Ich lasse eine Liste durch die Reihen gehen, damit Sie sich verbindlich eintragen. Bitte leserlich schreiben!« sagte Dolmetscher Behr und verteilte mehrer Blätter strategisch im Saal.

Nach zehn Minuten wurden die Blätter eingesammelt und Dolmetscher Behr verkündete

- »Es haben sich 42 Kollegen verbindlich angemeldet, 6 sind mit Fragezeichen versehen, es werden also etwa 48 Kollegen daran teilnehmen. Ich freue mich darauf« sagte Dolmetscher Behr nach Durchsicht der Meldeblätter und übergab das Mikrophon an Dolmetscher Gaetano

- »Liebe Kolleginnen und Kollegen ich bedanke mich im Namen unserer Tatzenheimer Gruppe für ihr Erscheinen und wünsche angenehme Heimreise. Wir sehen uns am 9. September wieder« der somit das Treffen vom 2. September 1995 beendet hat.

Die ausgearbeiteten Einzelheiten und Spielregeln des Forums wurden am 9. September wieder im Sitzungssaal 7 des

Hauses der Gewerkschaften in allen Einzelheiten vorgestellt, ausdiskutiert und einstimmig angenommen. Den mit der Gründung beauftragten Kollegen wurde grünes Licht fürs Vorhaben gegeben. Sie versprachen sofortige Meldung beim Vollzug.

Am 15. September, wurde das Forum in Betrieb genommen, was während des Tagesseminars über den Dolmetschermustervertrag am 16. September erneut im Sitzungssaal 7 des Hauses der Gewerkschaften offiziell bekannt gegeben wurde

- »Liebe Kolleginnen und Kollegen, ich darf Sie heute zu unserem heutigen Tagesseminar zum Thema Dolmetschermustervertrag herzlich begrüßen und willkommen heißen. Doch vorab eine Bekanntmachung: Gestern wurde das Internet-Forum in Betrieb genommen und kann ab sofort besucht werden. Die Internetadresse und Vorgehensweise für die Anmeldung finden Sie auf dem Handzettel, den Kollege Simon verteilt« sagte Dolmetscher Behr und sofort wurde im Saal laut und Dolmetscher Behr wartete in aller Ruhe, bis jeder einen Handzettel ergattert hatte und Ruhe in den Saal wieder einkehrte

- »Wir können uns in den Pausen ausgiebig austauschen. Jetzt wollen wir aber mit dem Seminar anfangen, denn sonst können wir das Pensum nicht erledigen. Es werden keine Handzettel verteilt, was bedeutet, jeder muss seine eigenen Notizen zum Thema machen. Der Dolmetscher kann später selbst entscheiden, welche der vorgeschlagenen Vertragsklauseln in seinem Vertrag Eingang finden. Wenn man einen konkreten Vertrag ausgearbeitet hat, geht man dann zum Anwalt und lässt sich beraten. Der Unterschied liegt daran, dass der Dolmetscher alle Punkte berücksichtigt, die ihm wichtig sind und an die ein Anwalt nicht dolmetscherbezogen danken kann. Ich habe das Seminar in 30 Punkten wie folgt unterteilt: 1. Wer mit wem? 2. Über wen? wann? 3. Für welche Sprachen? 4.Treffpunkt? 5. Briefing? 6. Wer leitet?« und hier wurde Dolmetscher Behr von mehreren Wortmeldungen unterbrochen

- »Nicht zu schnell! Was war Punkt 5?« war eine wiederholte Forderung aus der Audienz, der Dolmetscher Behr sofort nachgegangen ist

- »Punkt 5 war Briefing. Ich schlage vor, Sie schreiben alle Punkte hintereinander, dann mache ich eine Pause und Sie schreiben jeden Punkt auf ein leeres DIN A4 Blatt, wo Sie Ihre Notizen zu jedem Punkt eintragen können« sagte Dolmetscher Behr und die Teilnehmer trommelten zustimmend auf den Tischen

- »30 Blatt ist viel, können Sie uns mit Papier aushelfe?« ertönte ein Zwischenruf aus der Audienz begleitet von zustimmendem Trommeln auf den Tischen

- »Hier vorne sind 2 Packs von je 500 Blatt, die ich euch stifte« antwortete Dolmetscher Behr und erntete dankbares Trommeln auf den Tischen, während das Papier per Handkette umgereicht wurde, bis jeder sich mit ausreichendem Papier eingedeckt hatte

- »Also mache wir weiter: 7. Honorar. 8. Sonstige Nebenkosten. 9. Zahlungsmodalitäten. 10. Unterlagen. 11. Schriftsätze. 12. Verzicht auf Dienste. 13. Höhere Gewalt. 14. Vertretung. 15. Haftung. 16. Schweigepflicht. 17. Sauftour« und hier wurde Dolmetscher Behr erwartungsgemäß von mehreren Wortmeldungen unterbrochen

- »Wie bitte? Hat er Sauftour gesagt? Ist das Ihr Ernst?« fragte die Audienz etwas verunsichert

- »Ganz genau, Punkt 17 ist Sauftour! wir kommen später darauf zurück. Weiter: 18. Aufzeichnung. 19. Urheberrechte. 20. Unbefugte Aufnahme. 21. Filme, Dias. 22. Arbeitszeit. 23. Fremde Dolmetscher. 24. Arbeitsplatz. 25. Simultananlage. 26. Gerichtsstand. 27. Salvator« und hier wurde Dolmetscher Behr wieder unterbrochen

- »Salvator? Schon wieder saufen? Bier?« und ähnliche Wortmeldungen machten die Runde im Saal, es gab aber ein paar Teilnehmer mit juristischen Kenntnissen, die dabei milde lächelten

- »Salvator ist hier kein Bier, sondern Lateinisch! Weiter: 28. Bestandteile. 29. Unterzeichnung. 30. Mehrere Dolmetscher… jetzt die versprochene Pause« sagte Dolmetscher Behr, was die Teilnehmer nutzten, um 30 Blatt Papier mit den jeweiligen Punkten am Kopf zu versehen und nach 5 Minuten setzte er seinen Vortrag fort

- »Wir kommen zu den einzelnen Punkten, Punkt 1: Unter dem Titel ›Vertrag‹ schreibt man ›zwischen‹ und darunter die Daten der Vertragsparteien, am Besten zweispaltig. Partei 1 eintragen, dann schreibt man ›Vertreten durch:‹ und trägt die Daten des Zeichnungsberechtigten und am Ende fügt man den Zusatz ein ›im folgenden Auftraggeber genannt‹. Dann auf der zweiten Spalte trägt man den Namen des Dolmetschers ein und am Ende fügt man den Zusatz ein ›im folgenden Dolmetscher genannt‹, ein Vertrag wird zwischen mindestens zwei Parteien geschlossen, bei mehr als zwei Parteien empfehle ich entsprechend zu verfahren« sagte Dolmetscher Behr und die Audienz meldete sich zu Wort

- »Wieso Zeichnungsberechtigter?« wollte die Mehrheit der Teilnehmer wissen

- »Ganz einfach, in einer Firma gibt es Beschäftigte, diese sind nicht alle befugt, einen Vertrag abzuschließen. Daher muss man einen Befugten finden, der den Vertrag unterschreibt. Die Verhandlungen können mit einer x-beliebigen Person der Firma geführt werden. Es ist allerdings nicht Sache des Dolmetschers, herauszufinden, ob der Unterzeichnende tatsächlich befugt ist. Wir kommen im Punkt 2 nochmals darauf zu sprechen« sagte Dolmetscher Behr und alle waren einverstanden

- »Muss man ›im folgenden Auftraggeber/Dolmetscher genannt‹ schreiben?« war die einhellige Frage aus der Audienz

- »Sie müssen nicht, es ist aber leichter Auftraggeber/Dolmetscher zu schreiben als den jeweiligen Namen und dies hat auch den Vorteil, dass der gespeicherte Text an diesen Stellen unverändert übernommen werden kann« antwortete Dolmetscher Behr und erntete trommelnde Zustimmung

- »Punkt 2: Über wen? wann?: Manchmal führt eine Managementfirma, der koordinierende Dolmetscher oder eine andere juristische oder natürliche Person im Namen des Auftraggebers die Verhandlungen mit dem Dolmetscher. Dann empfiehlt es sich, dies auch im Vertrag festzuhalten. Beispiel: Gemäß ›Unterredung/Schriftverkehr/Telefonat‹ vom ›Datum/Uhrzeit‹ zwischen dem Dolmetscher und ›Herr/Frau/Anschrift‹ verpflichtet der Auftraggeber den Dolmetscher für die Zeit vom ›Datum/Uhrzeit‹ bis zum ›Datum/Uhrzeit‹ als ›Dolmetscher/Konferenzdolmetscher/Begleitdolmetscher‹ für die vom Auftraggeber zu führenden ›Verhandlungen/Seminar/Konferenz‹ in Ort ›xx‹. Beim Begleitdolmetschen kann es erforderlich sein, näher zu spezifizieren: Die vorgesehenen Termine bei den jeweiligen ›Firmen/Sonstiges‹ werden im Anhang Nummer ›xx‹ beigefügt und sind Bestandteil dieses Vertrages« hier machte Dolmetscher Behr eine strategische Pause

- »Soll man hier den Namen der Firmenmitarbeiters angeben, mit dem man die Verhandlungen geführt hat?« fragte ein Teilnehmer aus der Audienz

- »Danke für die Wortmeldung. Wie im Punkt 1 bereits angedeutet, gibt man hier den Namen des Unterhändlers an und spezifiziert, um wen es sich handelt, dann ist die Sache klar!« erklärte Dolmetscher Behr und die Audienz trommelte zustimmend auf den Tischen

- »Das habe ich schon mal gehabt und wusste nicht, wie ich es formulieren sollte« sagte eine Stimme aus der Audienz, die Zustimmung erntete

- »Jetzt bin ich schlauer als vorhin!« sagte eine andere Stimme, die ein dezentes Lächeln in der Audienz verursachte und da es keine richtigen Fragen auftauchten, machte Dolmetscher Behr weiter mit seinem Vortrag

- »Punkt 3: Für welche Sprachen?: Die Verhandlungs-/Konferenzsprachen sind aus der ›Sprache 1‹ in ›Sprache 2‹ und aus der ›Sprache 2‹ in ›Sprache 1‹. Es werden ›keine/welche‹ weitere Dolmetscher seitens des Auftraggebers

bei den ›Verhandlungen/Konferenz/Seminar‹ eingesetzt. Fragen?«
wollte Dolmetscher Behr wissen

- »Sie nehmen es aber ganz genau! Das ist doch lebenswichtig! Endlich weiß ich, wie ich es ausdrücken soll« waren einige der Zwischenrufe aus der Audienz und da es keine richtigen Fragen gab, setzte Dolmetscher Behr den Vortrag fort

- »Punkt 4: Treffpunkt: Es kann sein, dass die Gruppe sich erst kurz vor der Abreise am Flughafen trifft. Daher: Treffpunkt vor der Abreise ist ›Ortangabe‹. Der Dolmetscher wird gebeten, sich dort am ›Datum/Uhrzeit‹ einzufinden. Sonst entsprechend abändern oder ausklammern. Fragen?« wollte Dolmetscher Behr wissen

- »Sonnenklar!« klang es fast im Chor aus der Audienz und da es keine Fragen gab, setzte Dolmetscher Behr den Vortrag fort

- »Punkt 5: Briefing: Hier gibt man an, ob es ein Briefing vor Beginn der Tätigkeit/Abflug am Datum ›xx‹ in genau Anschrift ›xx‹ vorgesehen ist. Fragen?« wollte Dolmetscher Behr wissen

- »Was ist ein Briefing« meldete sich ein zaghafte Stimme aus der Audienz

- »Eine Art Vorgespräch mit letzten Instruktionen, manchmal auch Aufgabenstellung für die Beauftragten« antwortete Dolmetscher Behr und da es keine weiteren Fragen gab, setzte er den Vortrag fort

- »Punkt 6: Wer leitet?: Zur Vermeidung von Kompetenzstreitigkeiten empfiehlt es sich, den Leiter der ›Delegation/Gruppe‹ schriftlich anzugeben. Mit den Zusatz: ›Der Leiter allein gibt dem Dolmetscher die Anweisungen vor den Verhandlungen/Konferenzen/Seminar‹. Fragen?« wollte Dolmetscher Behr wissen

- »Wenn ich das vor drei Monaten gewusst hätte, hätte ich mir viel Ärger erspart« erklang aus der Audienz

- »Und ich erst!« sekundierte sofort eine andere Stimme

- »Sauber!« sagte eine andere Stimme aus der Audienz und da es keine Fragen gab, setzte Dolmetscher Behr den Vortrag fort

- »Punkt 7: Honorar: Für seine Tätigkeit an ›x‹ Tagen erhält der Dolmetscher

a) ein Honorar in Höhe von DM ›Betrag xx‹ je Tag für Dolmetschtage ›xx‹ = Betrag ›xx‹ DM

b) ein Tagegeld in Höhe von DM ›Betrag xx‹ für Dolmetschtage ›xx‹, An- und Abreisetage ›xx‹ etc. = Betrag ›xx‹ DM (auch wenn der Auftraggeber alle Kosten übernimmt)

c) für Hin- und Rückreise mind. einen ganzen Tagessatz in Höhe von DM ›Betrag xx‹ = Betrag ›xx‹ DM

d) Zwischensumme = Betrag ›xx‹ DM

e) zuzüglich ges. USt = Betrag ›xx‹ DM

f) Rechnungsbetrag = Betrag ›xx‹ DM. Fragen?« wollte Dolmetscher Behr wissen

- »Können Sie uns verraten, wie hoch die Tagessätze sind, die Sie verlangen?« fragten mehrere Teilnehmer

- »Nein! Ich kann euch aber einen Rahmen geben: Konferenzdolmetscher verlangen in der Regel zwischen 1.500 und 2.400 Mark pro 6-Stundentag

- »Nach Adam Riese sind es zwischen 250 und 400 Mark pro Stunde!« rechnete einer hoch und in der Audienz rumorte es kräftig

- »Vom Gericht kriegen wir nicht mal die Hälfte des Mindestsatzes und haben nur Ärger mit der Kostenstelle, bis wir endlich unser Geld kriegen!« sagte eine sehr verärgerte Stimme aus der Audienz, die die volle Zustimmung erhielt

- »Wie ist es mit dem Tagegeld? Ist das vergleichbar mit den theoretischen Verpflegungskosten, die wir vom Gericht nie bekommen?« wurde aus der Audienz gefragt

- »Nein, dies ist unabhängig von der Verpflegungskosten, die man eigentlich gegenüber dem Finanzamt bei einer Abwesenheit von mehr als x Stunden geltend macht« antwortete Dolmetscher Behr

- »Und wie hoch ist der Satz?« war die einhellige Frage aus der Audienz

- »In der Regel um die 100 Mark« antwortete Dolmetscher Behr

- »Mein Gott! 100 Mark extra! Bei Kost und Logis! Wir sind arme Schweine!« und ähnliche Wortmeldungen ertönten aus der Audienz

- »Und wie ist es mit dem Tagessatz für die Hin- und Rückreise?« wollte jemand aus der Audienz wissen

- »Der Tag für die Hinreise ist für europäische Strecken halb verloren, daher berechnen wir in der Regel einen ganzen Tag für Hin- und Rückreise. Für Einsätze in Übersee können wir 2 Tagessätze berechnen« antwortete Dolmetscher Behr und im Saal rumorte es gewaltig

- »Solche Sätze und Ansprüche sind beneidenswert« war der meist gehörte Satz in der Audienz

- »Wir können jetzt und in der anschließenden Pause diskutieren« sagte Dolmetscher Behr und da es viele Fragen gab, wurde vor der Pause und in der Pause ausgiebig über Geld diskutiert, dann setzte er den Vortrag fort

- »Punkt 8: Sonstige Nebenkosten: Hier kann stehen: Der Auftraggeber übernimmt alle Kosten für ›Flug/Transport/Transfer/Sonstiges‹ vom ›Heimatflughafen‹ zum ›Zielflughafen, Hotel und Verhandlungsorten‹ und zurück. Ferner ›der Auftraggeber übernimmt alle für die Zeit des Auftrags entstehenden Kosten, wie für Verpflegung. Der Dolmetscher erbringt in diesem Zusammenhang keine Vorleistungen‹. Fragen?« wollte Dolmetscher Behr wissen

- »Der Zusatz mit der Vorleistung ist gut!« ertönte ein Zwischenruf voller Überzeugung aus der Audienz

- »Haben Sie nie Vorleistungen erbracht?« fragte eine ungläubige Stimme aus der Audienz

- »Bei Stammkunden mache ich schon eine Ausnahme, aber immer daran denken, Belege ausstellen lassen und vorlegen, sonst haben sie schlechte Karten!« antwortete Dolmetscher Behr und nachdem einige Fragen zur vollen Zufriedenheit der Audienz beantwortet worden waren, setzte er den Vortrag fort

- »Punkt 9: Zahlungsmodalitäten: Nur bei Reisen in Ländern mit Devisenbeschränkungen muss man auf die Legalität/Transferierbarkeit der in DM erhaltenen Beträge achten, wenn der Auftraggeber keine deutsche Firma ist.

Sonst sind die üblichen Formulierungen einzutragen:

›Die Beträge sind ohne Abzug zahlbar.‹

›Die Tagegelder werden dem Dolmetscher bei seiner Ankunft bar bezahlt.‹

›Die übrigen Beträge sind am vorletzten Tag der vertraglichen Verpflichtung des Dolmetschers fällig.‹

Oder auch bei Stammkunden: ›Der Auftraggeber überweist den Endsummenbetrag aus Ziffernummer xx in DM auf folgendes Konto des Dolmetschers: Bankverbindung xx bis zum Datum xx‹. Fragen?« wollte Dolmetscher Behr wissen

- »Das gibt es doch nicht, Sie kriegen Ihr Geld nicht erst nach Monaten« meldete sich ein Stimme voller Neid aus der Audienz

- »Kann man tatsächlich Zahlung ohne Abzug vereinbaren?« wollte eine Stimme aus der Audienz wissen

- »Natürlich! Wenn der Vertrag unterschrieben ist, gilt das so« erklärte Dolmetscher Behr

- »Keine Kostenstelle, die dazwischen funkt« rief eine Stimme auf

- »Das unterstreiche ich jetzt ganz rot!« sagte eine anders Stimme aus der Audienz

- »Wie ist es mit den Ländern mit Devisenbeschränkungen?« wollte ein Teilnehmer wissen

- »Es ist schon vorgekommen, dass Kollegen in solche Länder auftragsbedingt gefahren sind und da der Auftraggeber keine frei transferierbare Mark hatte, sie am Flughafen festgehalten wurden, bis alles geklärt wurde. Zum Glück, denn sonst würden sie immer noch im Gefängnis sitzen« erklärte Dolmetscher Behr und nachdem weitere Fragen beantwortet worden waren, setzte er den Vortrag fort

- »Punkt 10: Unterlagen: ›Der Auftraggeber übersendet dem Dolmetscher sobald wie möglich einen vollständigen Satz aller einschlägigen Unterlagen Arbeitsprogramm/Tagesordnung/Protokolle der letzten Sitzungen/Berichte/Referate/Anträge/Sonstiges in allen Sprachen in die und aus denen der Dolmetscher laut Ziffer xx arbeitet, um ihm seine Einarbeitung in das Fachgebiet und seiner Terminologie zu ermöglichen‹. Fragen?« wollte Dolmetscher Behr wissen

- »Kriegen sie alle Unterlagen zugeschickt?« wollte eine ungläubige Stimme aus der Audienz wissen

- »Ja! Und manchmal sind es wirklich viele Unterlagen!« antwortete Dolmetscher Behr und setzte den Vortrag fort

- »Punkt 11: Schriftsätze: ›Von sämtlichen Schriftstücke und Manuskripten, die im Verlauf der Tagungen verlesen werden, erhält der Dolmetscher spätestens am Vortag eine Kopie, die bis einschließlich Verlesung und Behandlung des Schriftstückes oder Manuskriptes oder Punktes ihm verbleibt. Anderenfalls ist der Dolmetscher von seiner Leistungspflicht entbunden‹. Fragen?« wollte Dolmetscher Behr wissen

- »Ist das schon vorgekommen?« wollte eine Stimme aus der Audienz wissen

- »Ja! Und meine Kollegen und ich haben uns stur geweigert zu dolmetschen! Es waren sechs Kabinen mit je zwei Dolmetschern« antwortete Dolmetscher Behr, diesmal etwas ausführlicherer als sonst, um den Teilnehmern die Angst vor so einem Schritt zu nehmen

- »Und Sie haben trotzdem Ihr Geld gekriegt?« fragten mehrere Teilnehmer

- »Ja!« antwortete Dolmetscher Behr knapp, was in der Audienz Bewunderung hervorrief und er setzte den Vortrag fort

- »Punkt 12: Verzicht auf Dienste: Für den Fall, dass der Auftraggeber auf die Dienste des Dolmetschers verzichtet:

Option a) ›Verzichtet der Auftraggeber auf die Dienste des Dolmetschers zu der in diesem Vertrag vereinbarten Zeit oder unter der darin festgelegten Bedingungen, so hat der Dolmetscher Anspruch auf seine Honorare gemäß Ziffernummer xx sowie

Anspruch auf Erstattung der ihm nachweislich entstandenen Kosten‹.

oder Option b) ›Sollte der Auftraggeber aus irgendwelchen Gründen auf die vereinbarten Dienstleistungen verzichten, so ist dessen ungeachtet das volle Honorar fällig und sofort einforderbar‹. Fragen?« wollte Dolmetscher Behr wissen

- »Das heißt, wenn der Auftrag annulliert wird, kriegen Sie das vereinbarte Geld trotzdem?« fragte eine sehr skeptische Teilnehmerin

- »Ja!« antwortete Dolmetscher Behr

- »Ich habe in diesem Zusammenhang etwas von Vertragsstrafe gehört. Was halten Sie davon?« fragte eine andere Stimme aus der Audienz

- »Vertragsstrafe ist etwas feines, gilt aber nicht in allen Ländern, wo wir arbeiten. Ich würde die Finger davon lassen!« antwortete Dolmetscher Behr und setzte den Vortrag fort

- »Punkt 13: Höhere Gewalt: ›Für den Fall, dass dem Dolmetscher nicht möglich ist, seine Leistung ganz oder teilweise zu erbringen: Behält der Dolmetscher Anspruch auf Erstattung der ihm nachweislich entstandenen Kosten sowie auf die Honorare nach Ziffernummer xx‹. Fragen?« wollte Dolmetscher Behr wissen

- »Was ist höhere Gewalt?« fragte jemand aus der Audienz

- »Nach Gabler Wirtschaftslexikon ist dies ein von außen kommendes, unvorhersehbares und außergewöhnliches Ereignis, das auch durch äußerst, nach Lage der Sache vom Betroffenen zu erwartende Sorgfalt nicht verhütet werden kann« zitierte ein Teilnehmer aus der Audienz, der offensichtlich das Lexikon in der Aktentasche hatte

- »Naturkatastrophen, Streiks usw.« klärte ein weiterer Teilnehmer aus der Audienz auf und nachdem der Punkt ausreichend beantwortet worden war, setzte Dolmetscher Behr den Vortrag fort

- »Punkt 14: Vertretung: ›Für den Fall, dass der Dolmetscher aus stichhaltigen Gründen Erkrankung/Unfall/Ähnliches an der Erfüllung des Vertrages verhindert ist, so hat der Dolmetscher nach besten Kräften und soweit ihm das billigerweise zuzumuten ist, dafür zu sorgen, dass ein Fachkollege ihn Vertritt‹. Fragen?« wollte Dolmetscher Behr wissen

- »Ist das wichtig?« fragte jemand aus der Audienz

- »Natürlich, denn dann ist schriftlich fixiert, was zu tun ist, wenn jemand erkrankt usw.« antwortete Dolmetscher Behr und setzte den Vortrag fort

- »Punkt 15: Haftung: ›Der Dolmetscher arbeitet nach bestem Wissen und Gewissen, eine darüber hinausgehende Verpflichtung übernimmt er nicht. Jegliche Haftung bleibt gegenüber dem Auftraggeber und Dritten auf die Hälfte des in Ziffernummer xx ausgewiesenen Honorarbetrages für die Dolmetschtage als Gesamthaftungssumme beschränkt. In diesem Fall liegt die Beweislast beim Auftraggeber‹. Fragen?« wollte Dolmetscher Behr wissen

- »Ist das nicht gesetzlich geregelt?« fragte jemand aus der Audienz

- »Die gesetzliche Regelung kann manchmal unvorteilhaft für den Dolmetscher sein, daher ist es empfehlenswert, eine vertraglich fixierte Regelung zu treffen, um das Risiko für den Dolmetscher zu minimieren. Wir unterbrechen jetzt bis 14 Uhr für eine Mittagspause. sie können Ihre Sachen im Saal lassen, denn wir werden ihn über die Pause abschließen« sagte Dolmetscher Behr und alle gingen Richtung Stadthaus, nachdem Dolmetscher Behr den Saal ordnungsgemäß abgeschlossen hatte.

In der Pause wurde heftig diskutiert und die Gerichtsdolmetscher konnten nicht verstehen, dass sie zu eigentlich untragbaren Konditionen für die Gerichte arbeiteten. Der Glaube an das ZSEG wurde dabei verloren. Um 14 Uhr wurde das Seminar fortgesetzt

- »Meine Damen und Herren, wir setzen das Seminar fort, nachdem Sie sich in der Mittagspause gestärkt und den Frust abreagiert haben. Wir hatten Punkt 15 beendet, also machen wir mit Punkt 16 weiter: Schweigepflicht: ›Der Dolmetscher unterliegt der strikten Schweigepflicht und jegliche Informationen, die dem Dolmetscher im Verlauf von nicht-öffentlichen Sitzungen zur Kenntnis gelangen, sind streng vertraulich zu behandeln. Der Auftraggeber kann den Dolmetscher von seiner Schweigepflicht entbinden‹. Fragen?« wollte Dolmetscher Behr wissen

- »Wann kann oder muss der Auftraggeber den Dolmetscher von seiner Schweigepflicht befreien?« wollte eine Frauenstimme aus der Audienz wissen

- »Wenn der Dolmetscher bei einer gerichtlichen Untersuchung oder Ähnlichem aussagen muss, zum Beispiel« antwortete Dolmetscher Behr

- »Wie ist es, wenn Sachverhalte einer nicht-öffentlichen Sitzung veröffentlich worden sind?« wollte ein Teilnehmer aus der Audienz wissen

- »Dann gelten sie nicht mehr als nicht-öffentliche Sitzungen, aber vorher empfehle ich dringend einen Anwalt zu konsultieren« klärte Dolmetscher Behr auf und setzte den Vortrag fort

- »Punkt 17: Sauftour: ›Die Tätigkeit des Dolmetschers ist in Ziffernummer xx festgelegt und der Dolmetscher ist nicht verpflichtet, bei touristischen Anlässen oder gesellschaftlichen Veranstaltungen zu dolmetschen‹. Fragen?« wollte Dolmetscher Behr wissen

- »Jetzt verstehe ich!« sagte eine Stimme, die gerade kapiert hatte wie es mit den Bienen ist

- »Muss man das angeben?« fragte eine weltfremde Stimme

- »In jedem Fall, denn sonst müssen Sie die Teilnehmer einer Konferenz bei einer Nachttour durch die Lokale begleiten und finden keine ausreichende Nachtruhe« merkte Dolmetscher Behr an

- »Habe ich schon gemacht und es war schrecklich für mich als Frau! Stellt es euch mal vor, in einem Night Club als Frau bis tief in die Nacht dolmetschen! Punkt 17 hätte mich damals gerettet, wenn ich ihn gekannt hätte!« sagte eine

Teilnehmerin als gebranntes Kind, bevor Dolmetscher Behr den Vortrag fortsetzte

- »Punkt 18: Aufzeichnung: ›Die Dolmetscherleistung ist ausschließlich zur sofortigen Anhörung bestimmt. Die Aufzeichnung der Dolmetscherleistung ist ohne vorherige Zustimmung des Dolmetschers unzulässig‹. Fragen?« wollte Dolmetscher Behr wissen

- »Das ist doch selbstverständlich!« merkte eine Stimme aus der Audienz an

- »Wenn Dolmetscher Behr das sagt, wird wohl bitter nötig sein!« erwiderte eine andere Stimme aus der Audienz

- »Es ist schon vorgekommen, dass unerlaubte Aufnahmen über Radio ausgestrahlt wurden. Ein Kollege hat einen sehr langwierigen Prozess deswegen geführt und nach Jahren Recht bekommen. Die verantwortliche Firma ist aber kurz darauf Pleite gegangen und der Kollege hat kein Geld bekommen. Außer Spesen nichts gewesen!« erzählte Dolmetscher Behr aus dem Nähkästchen, bevor er den Vortrag fortsetzte

- »Punkt 19: Urheberrechte: ›Die Urheberrechte des Dolmetschers bleiben vorbehalten‹. Fragen?« wollte Dolmetscher Behr wissen

- »Können Sie uns das erklären?« fragte ein Teilnehmer aus der Audienz

- »Die vom Dolmetscher erbrachte Übertragung in eine andere Sprache ist urheberrechtlich geschützt und darf nicht einfach ausgeschlachtet werden« erklärte Dolmetscher Behr salopp, bevor der Vortrag fortgesetzt wurde

- »Punkt 20: Unbefugte Aufnahme: ›Der Auftraggeber haftet für unbefugte Aufnahme durch Dritte‹. Fragen?« wollte Dolmetscher Behr wissen

- »Ist dies eine zusätzliche Absicherung zu Punkt 19? fragte ein Teilnehmer aus der Audienz

- »Ganz recht! Wenn derjenige, der das Urheberrecht verletzt hat, nicht dingfest gemacht werden kann, hält man sich schamlos an den Auftraggeber. Den kennt man ja!« antwortete Dolmetscher Behr und setzte den Vortrag fort

- »Punkt 21: Filme, Dias: Hier gibt man an, ob und unter welchen Voraussetzungen Tonfilme, Dias oder Sonstiges während der Tagung vorgeführt werden. Fragen?« wollte Dolmetscher Behr wissen

- »Sie geben hier alle technische Einzelheiten für eine Vorführung an?« wagte eine Stimme aus der Audienz zu fragen

- »Genau! Und glauben Sie mir, dies ist manchmal bitter nötig. Also keine falsche Scham und Gas geben! Der Dolmetscher kann nicht optimal arbeiten, wenn die Projektionswand nicht sichtbar ist oder wenn keine freie Mikrophonleitung zur Verfügung steht usw.« sagte Dolmetscher Behr, bevor der Vortrag fortgesetzt wurde

- »Punkt 22: Arbeitszeit: Hier kann jeder Dolmetscher bestimmen, wie viele Stunden er am Stück arbeiten möchte. Üblicherweise sind es 2-3 Stunden am Vormittag und 3-4 Stunden am Nachmittag. Es gibt so viele Varianten wie Dolmetscher. Die höchste Stundenzahl pro Tag von 6 Stunden sollte aber nie überschritten werden. Fragen?« wollte Dolmetscher Behr wissen

- »Damit ich das richtig verstehe, Sie arbeiten nie länger als 6 Stunden am Tag?« wollte ein Teilnehmer aus der Audienz wissen

- »Richtig, wobei die Stunde von 55 Minuten zu verstehen ist« antwortete Dolmetscher Behr

- »Wieso?«

- »Pinkelpause, ich meine die 5 Minuten pro Stunde« antwortete Dolmetscher Behr

- »Mensch! Sie müssen eine schwache Blase haben!« merkte ein Teilnehmer an und erntete schallendes Gelächter, was die Stimmung im Saal weiter lockerte und dann setzte Dolmetscher Behr den Vortrag fort

- » Punkt 23: Fremde Dolmetscher: Man sollte stets darauf drängen, dass ohne Zustimmung des Dolmetschers keine fremden Dolmetscher eingesetzt werden dürfen. Fragen?« wollte Dolmetscher Behr wissen

- »Verstehe ich nicht, bitte erklären!« sagte eine Stimme aus der Audienz

- »Stellen Sie es sich vor, Sie haben alles geplant und auf einmal kommt ein Teilnehmer und bringt seine eigenen Dolmetscher, die in unsere Anlage wollen… das ergibt Chaos hoch zehn! Wir dulden keine fremden Dolmetscher in unseren Anlagen. Punkt!« antwortete Dolmetscher Behr kategorisch, bevor das Seminar für eine letzte Pause unterbrochen wurde

- »Machen wir hier Pause? Ich muss dringend pinkeln!« klagte eine Frauenstimme aus der Audienz, die mit voller Absicht das Wort pinkeln in den Mund nahm und für Erheiterung in der Runde sorgte

- »Ja, wir machen jetzt Pause, bevor ein Unglück passiert« sagte Dolmetscher Behr und alle gingen vergnügt in die Pause.

Der Vortrag wurde nach der Pause planmäßig fortgesetzt

- » Meine Damen und Herren, wir setzen das Seminar fort. Wir hatten Punkt 23 beendet, also machen wir mit Punkt 24 weiter: Arbeitsplatz: Es empfiehlt sich schriftlich zu fixieren, dass der Arbeitsplatz des Dolmetschers so beschaffen sein muss, dass eine direkte Sicht auf den Redner/Projektionswand/Sonstiges möglich ist. Fragen?« wollte Dolmetscher Behr wissen

- »Das deckt sich mit dem Punkt Vorführungen von Filmen usw., richtig?« fragte eine Stimme aus der Audienz

- »Richtig!« war die kurze Antwort von Dolmetscher Behr

- »Das ist alles einleuchtend, man muss nur schon einmal in den Brunnen gefallen sein, um diese Schlitzohrigkeit zu entwickeln« sagte eine Stimme voller Anerkennung aus der Audienz, bevor der Vortrag fortgesetzt wurde

- »Punkt 25: Simultananlage?: Hier muss festgelegt werden, ob eine Simultananlage eingesetzt wird. Fragen?« wollte Dolmetscher Behr wissen

- »Ist das nicht immer der Fall?« wollte eine Stimme aus der Audienz wissen

- »In der Regel ist es so, zum Beispiel bei einer multilingualen Konferenz, aber nicht immer. Daher empfiehlt es sich, dies schriftlich zu fixieren. Auf die Simultananlagen kommen wir später nochmals zu sprechen« sagte Dolmetscher Behr und da es keine Fragen mehr gab, wurde der Vortrag fortgesetzt

- »Punkt 26: Gerichtsstand: Üblicherweise nach HGB, mit dem Zusatz: ›Sollte der Auftraggeber keine ladungsfähige Anschrift besitzen, so gilt als Gerichtsstand für beide Parteien der berufliche Wohnsitz des Dolmetschers‹.

In der Wahl des anzuwendenden Rechts ist man auch ziemlich frei bei ausländischen Kunden.

Man kann auch alle Streitigkeiten aus dem Vertrag nach den Bestimmungen des Schlichtungsverfahrens der Schlichtungs-Schiedsordnung der Züricher Handelskammer beilegen und falls das Schlichtungsverfahren fehlschlägt, vereinbart man, den Streitfall dem Schiedsgericht der Züricher Handelskammer zur endgültigen Entscheidung, entsprechend der genannten Schlichtungs- und Schiedsordnung vorzulegen.

Achtung: Manche Länder verbieten diese Klausel ausdrücklich! Fragen?« wollte Dolmetscher Behr wissen

- »Was ist besser?« wollte eine Teilnehmerin aus der Audienz wissen

- »Es gibt kein Patentrezept. Jeder muss das für sich selbst entscheiden« antwortete Dolmetscher Behr

- »Was ist der Unterschied?« wollte eine Stimme aus der Audienz wissen

- »Die Gerichte sind Organe eines Landes, Schiedsgericht ist privat. Dort wird schneller entschieden« skizzierte Dolmetscher Behr die Unterschiede

- »Sie sagten, manche Länder verbieten diese Klausel?« wollte eine Stimme aus der Audienz wissen

- »Ja, zum Beispiel viele Länder aus Lateinamerika. Also vorher gründlich informieren!« erläuterte Dolmetscher Behr, bevor der Vortrag fortgesetzt wurde

- »Punkt 27: Salvator: Hier ist die salvatorische Klausel gemeint, nicht das Bier: ›Sollte eine Klausel dieses Vertrags rechtsunwirksam sein, so berührt dies nicht die Wirksamkeit der übrigen Klauseln‹. Fragen?« wollte Dolmetscher Behr wissen

- »Verstehe ich nicht! Erklären!« wollten mehrere Stimmen aus der Audienz wissen

- »In manchen Ländern ist es so, dass, wenn eine Klausel unwirksam ist, der ganze Vertrag unwirksam wird… es sei denn, man hat die salvatorische Klausel eingebaut, die einem rettet, daher der Ausdruck« erklärte Dolmetscher Behr, bevor der Vortrag fortgesetzt wurde

- »Punkt 28: Bestandteile: Hier gibt man an: ›Der Vertrag besteht aus Seitenzahl xx und Anhang Nummer xx bis xx. Er wird aus Termingründen nur durch Fax bestätigt und am Datum xx in Ort xx unterzeichnet‹. Fragen?« wollte Dolmetscher Behr wissen

- »Ist ein Fax bindend?« wollte eine Stimme aus der Audienz wissen

- »Nach derzeitiger Rechtslage, ja! Man kann den Vertrag normal aufsetzen und direkt unterschreiben, wenn Auftraggeber und Dolmetscher an Ort und Stelle sind. Aber für den Fall, dass der Dolmetscher in Deutschland und der Auftraggeber in Argentinien sitzen, zum Beispiel, kann man dies per Fax aus Zeitgründen erledigen« antwortete Dolmetscher Behr, bevor der Vortrag fortgesetzt wurde

- »Punkt 29: Unterzeichnung: Man lässt genug Platz für die Unterschrift und Stempel des Auftraggebers und des Dolmetschers und fügt hinzu jeweils Ort ›xx‹ und Datum ›xx‹. Fragen?« wollte Dolmetscher Behr wissen

- »Alles einleuchtend! Klare Sache!« und ähnliche Äußerungen wurden zum Besten gegeben, bevor der Vortrag fortgesetzt wurde

- »Punkt 30: Mehrere Dolmetscher: Sollten mehrere Dolmetscher eingesetzt werden, ist es sinnvoll, alle Einzelheiten im Vertrag festzuhalten, denn sonst könnten leicht chaotische Zustände entstehen, zum Beispiel:

Welche Konferenzsprachen sind vorgesehen.

Zahl der Räume, in denen simultan und/oder konsekutiv gedolmetscht wird.

Gesamtzahl der Dolmetscher, die eingesetzt werden.

Was man dolmetschen soll (konsekutiv/simultan/ Sprachenpaar/Sprachrichtung).

Wie groß die eigene Dolmetschergruppe ist.

Wer der koordinierende Dolmetscher ist. Der Verbindungsdolmetscher zwischen Auftraggeber und Dolmetschern wird auch Vertrauensdolmetscher oder beratender Dolmetscher oder ConsultingDolmetscher usw. genannt.

Anschrift der Tagungsräume.

Wann man dort sein muss.

Genaue Anschrift und Uhrzeit für das Briefing.

Wer für die Anlage verantwortlich ist.

Wer Auftraggeber und Veranstalter sind. Fragen?« wollte Dolmetscher Behr wissen

- »Was macht der koordinierende Dolmetscher genau?« fragte eine Stimme aus der Audienz

- »Er übernimmt die Planung der Konferenz in Sachen Dolmetscherteam« antwortete Dolmetscher Behr

- »Ist das nötig?« wollte eine Stimme aus der Audienz wissen

- »Bei zwei Arbeitssprachen ist dies kein großes Problem, aber wenn Sie 6 Kabinen und 4 Konferenzsprachen haben, wir es schon unübersichtlich, denn manchmal muss man auch Relaislösungen bedenken« antwortete Dolmetscher Behr

- »Wie berechnet man in solchen Fällen den Bedarf?« wollte eine Stimme aus der Audienz wissen

- »Nach Tabellen und Erfahrung« war die schlichte Antwort von Dolmetscher Behr

- »Was sind Relaislösungen?« wollte eine andere Stimme aus der Audienz wissen

- »Wenn eine Sprache in eine Konferenzsprache 1 übertragen wird und dann von Konferenzsprache 1 in eine andere Konferenzsprache 2. Zum Beispiel, Konferenzsprachen sind in einer Konferenz Deutsch und Spanisch, ein Teilnehmer spricht aber Französisch. Ein Dolmetscher kann Französisch und Spanisch. Dann überträgt er aus dem Französische ins Spanische und ein anderer Kollege überträgt aus dem Spanischen ins

Deutsche. Man erspart sich auch eine Kabine« erklärte Dolmetscher Behr

- »Und warum hat man nicht Französisch auch als Konferenzsprache eingesetzt?« wollte eine Stimme aus der Audienz wissen

- »Dies ist hauptsächlich eine Kostengründefrage, die der Veranstalter entscheidet« erklärte Dolmetscher Behr

- »Und was kriegt der koordinierende Dolmetscher dafür?« fragte noch eine andere Stimme aus der Audienz

- »In der Regel einen oder zwei Tagessätze, je nach dem…« antwortete Dolmetscher Behr und packte seine Unterlagen zusammen, da er seinen Vortrag beendet hatte

- »Das Seminar war wirklich anstrengend, hat sich aber gelohnt« sagte eine Stimme aus der Audienz, der vielfältig zugestimmt wurde

- »Wir konnten das Seminar in der vorgesehenen Zeit zu Ende führen, dafür bedanke ich mich bei allen Teilnehmern, die mit Leib und Seele dabei waren. Denken Sie bitte daran, dass das Seminar nur Textvorschläge macht. Wenn Sie sich absichern wollen, legen Sie den Vorvertrag einem Anwalt zur Überprüfung vor! Ich wünsche Ihnen einen schönen Restnachmittag und machen Sie es gut!« sagte Dolmetscher Behr und die Teilnehmer gingen hoch zufrieden und mit viel Material nach Hause.

Das Internet-Forum erfreute sich einer zunehmenden Beliebtheit unter den Sprachenmittlern. Man tauschte über diesen Kanal Erfahrungen und Formulierungen in Sachen Dolmetschermustervertrag aus. Einen Schwerpunkt bildeten jedoch die Geschäftsbeziehungen zu den Gerichten. Nach zahlreichen Beschwerden kristallisierte es sich heraus, dass die Wurzel aller Übel die Kostenstellen waren. Renitente Kostenstellen wurden namentlich genannt und langsam aber sicher liefen ihnen die Sprachenmittler davon.

Nachricht von Dolmetscher Pietri über das Internet-Forum ›lingfo‹ vom 28. September 1995, 18:36:06, betreffend Landgericht Tatzenheim:

170

-»Habe in den letzten Tagen erbitterte Kämpfe mit Herrn Rabe, Kostenstelle Tatzenheimer Landgericht wegen Zahlungsverzug geführt. Weiß jemand welche, die nächst höhere Instanz ist?«

Rückmeldung von Dolmetscherin Schmitt vom 28. September 1995, 19:05:38, betreffend Landgericht Tatzenheim:

-»Die Richter sind es nicht, du kannst dich nur an den Landgerichtspräsidenten wenden und hoffen, dass er auf dein Anliegen eingeht«

Rückmeldung von Dolmetscher Simon vom 28, September 1995, 19:17-27, betreffend Landgericht Tatzenheim:

-»Ich habe es schon beim Verwaltungsgericht vergeblich versucht. Sie haben mein Schreiben an das Landgericht weitergeleitet, bzw. zurückgeleitet. Ich würde dem Vorschlag der Kollegin Schmitt folgen und beim Landgerichtspräsidenten versuchen...«

Nachricht von Dolmetscher Pietri vom 5. Oktober 1995, 18:03.14, betreffend Landgericht Tatzenheim:

-»Der Landgerichtspräsident hat geantwortet, wäscht seine Hände in Unschuld und verweist auf das ZSEG!«

Rückmeldung von Dolmetscher Zitt vom 5. Oktober 1995, 19:34:26, betreffend Landgericht Tatzenheim:

-»Das ist ja ein schlechter Witz. Im ZSEG steht eben nichts über Zahlungsziel«

Rückmeldung von Dolmetscher Wenzel vom 5. Oktober 1995, 19:58:35, betreffend Landgericht Tatzenheim:

-»Nicht locker lassen. Rabe das Leben schwer machen. Zahlungsziel ist Zahlungsziel, auch nach dem BGB. Frag mal, ob das BGB auch für die Kostenstelle gilt... So weit ich mich erinnere, hat Kollegin Lahn erzählt, dass sie von den Gerichten am Mittelrhein und Umgebung ihr Geld stets frist- und termingerecht erhalten hat und das immer innerhalb 14 Tagen, wie in den Rechnungen der Kollegin stehen würde«

Rückmeldung von Dolmetscher Hetzel vom 5. Oktober 1995, 20:36:24, betreffend Landgericht Tatzenheim:

- »Ab jetzt erscheint in meinen Rechnungen der Zusatz: zahlbar vor dem so und so [konkretes Datum]. Das verdanke ich euch!«

Rückmeldung von Dolmetscherin Blanchet vom 6. Oktober 1995, 10:04:35, betreffend Landgericht Tatzenheim:

- »Ich verfahre ab sofort wie Kollege Hetzel und schreibe das konkrete Zahlungsziel auf jeder Rechnung«

Nachricht von Dolmetscher Pietri vom Donnerstag, 19. Oktober 1995, 17:03:24, betreffend Landgericht Tatzenheim:

- »Mein Gott! Habe am Montag meine Kontoauszüge überprüft und festgestellt, dass die Kostenstelle Tatzenheim mir eine Rechnung doppelt überwiesen hat, dafür hat sie zwei überfällige Rechnung ganz vergessen. Diesmal habe ich an den Landgerichtspräsidenten geschrieben, den Fall geschildert, meine Rechnungen mit Fälligkeitsdatum aufgelistet und Vermerk, ob bezahlt oder noch offen, und einen Verrechnungsscheck über den zuviel überwiesenen Betrag beigefügt. Was für eine Blamage für die Kostenstelle! Diesmal müssen sie reagieren! Ich halte euch auf dem Laufenden«

Rückmeldung von Dolmetscherin Treiber vom 19. Oktober 1995, 17:10:32, betreffend Landgericht Tatzenheim:

- »Weihnachten und Ostern fallen dieses Jahr für dich zusammen! Nicht locker lassen! Ich halte dir die Daumen!«

Rückmeldung von Dolmetscher Oesterlein vom 19. Oktober 1995, 17:17:04, betreffend Landgericht Tatzenheim:

- »Geschieht ihnen recht! Lass dich nicht ins Bockhorn jagen! Alle Trümpfe sind in deiner Hand«

Rückmeldung von Dolmetscherin Wolynski vom 19. Oktober 1995, 17:29:18, Betreffend Landgericht Tatzenheim:

- »Bin gespannt, wann und wie sie sich melden werden«

Nachricht von Dolmetscher Twist vom 20. Oktober 1995, 14:32:21, betreffend Amtsgericht von Lausheim

- »Nach einem erbitterten Korrespondenzkampf mit dem Amtsgericht von Lausheim wurde der überfällige Betrag meiner Rechnung von Juni, um die Fahrtzeiten gekürzt, heute auf mein Konto überwiesen. Die zwischenzeitlich vielen Anfragen desselben Gerichts wurden von mir dankend abgelehnt, da ich leider stets anderweitige Verpflichtungen bereits angenommen hatte«

Rückmeldung von Dolmetscherin Haid vom 20. Oktober 1995, 15:12.14, betreffend Amtsgericht von Lausheim

- »Komisch, bei mir häuften sich die Anfragen dieses Amtsgerichts seit Juli. Da ich aber von Juli bis Oktober Fortbildungskurse zu dolmetschen hatte, konnte ich keinen Termin zusagen und im Nachhinein bin ich froh, dass dieser Kelch an mir vorbei ging«

Rückmeldung von Dolmetscherin Egert vom 20. Oktober 1995, 15:33.18, betreffend Amtsgericht von Lausheim

- »Die haben es auch bei mir versucht und ich hatte Glück, dass ich keine Termine frei hatte, wirklich, und deshalb ablehnen musste«

Rückmeldung von Dolmetscher Sülaj vom 21. Oktober 1995, 15:33.18, betreffend Amtsgericht von Lausheim

- »Bei unserem Stammtisch von gestern habe ich das Thema angesprochen und dabei festgestellt, dass alle Kollegen vor Ort seit April diese Jahres nicht mehr für die Gerichte von Lausheim arbeiten. Ich hatte Glück, dass ich keine freien Termine mehr hatte, wenn sie bei mir anklopften. Aufträge aus der Privatwirtschaft sind allemal lukrativerer!«

Bis zum 28. Oktober gab es im Forum eine Flut von Rückmeldungen in Sachen Gerichte von Lausheim. Alle mit dem gleichen ablehnenden Tenor. Die Gerichte von Lausheim sahen sich gezwungen, mit nicht beeidigten Dolmetschern zu arbeiten, um den Betrieb mehr schlecht als recht weiter führen zu können.

Am Freitag, 3. November 1995, bestellte der Landgerichtspräsident von Tatzenheim Justizsekretär Hannes Fahnrich zu sich. Bei der Unterredung war auch der Landgerichtsvizepräsident anwesend, der den Vorgang auf Anweisung des Landgerichtspräsidenten am Vortag bereits bearbeitet und Handlungsbedarf festgestellt hatte

- »Was können Sie uns zu den Abrechnungen von Dolmetscher Pietri sagen?« fragte der Landgerichtspräsident, nachdem sie den Vorgang ohne letztes Schreiben von Dolmetscher Pietri Justizsekretär Hannes Fahnrich zur Stellungnahme vorgelegt hatten, der schon von schlechten Vorahnungen geplagt war, als er den Namen Pietri hörte

- »Die Dolmetscher bearbeitet Justizinspektor Rabe« versuchte Justizsekretär Hannes Fahnrich sich sauber zu waschen, auch wenn er wusste, dass dies in solchen Fällen wenig hilft und er ganz allein für das Tun und Lassen von Justizinspektor Udo Rabe Rede und Antwort stehen musste

- »Wir haben dieses Schreiben vom Dolmetscher Pietri erhalten, was sagen Sie dazu?« fragte der Landgerichtspräsident und der Landgerichtsvizepräsident übergab ihm Kopie des besagten Schreibens von Dolmetscher Pietri, das Justizsekretär Hannes Fahnrich sehr genau unter die Lupe nahm und dabei von einer Ohnmacht in die andere fiel, weil Dolmetscher Pietri im Vorgang einen dicken Hund entdeckt und sich dummerweise direkt an den Landgerichtspräsidenten gewandt hatte

- »Mein Gott! ein Betrag wurde zweimal überwiesen und zwei Rechnung sind noch offen« stellte Justizsekretär Hannes Fahnrich heuchlerisch fest, denn er selbst hatte den Zahlungsverzug nach gleichem Muster wie bei den Sachverständigen veranlasst, nachdem er das Schreiben durchgelesen und es mit der Akte verglichen hatte, wobei er versuchte, so viel Zeit herauszuschinden wie nur möglich

- »Ganz recht! Was bedenken Sie zu tun?« wollte der Landgerichtspräsident wissen, der ungeduldig wirkte und viel sagende Blicke mit dem Landgerichtsvizepräsidenten tauschte

- »Den Fehler sofort korrigieren, die offene Rechnungen nach Verrechnung zur Zahlung sofort anweisen, an Dolmetscher Pietri den Scheck zurückschicken und den Vorgang abschließen« sagte Justizsekretär Hannes Fahnrich, der ziemlich verärgert über den dummen Fehler von Justizinspektor Udo Rabe war, aber noch mehr über die Tatsache, dass der Fehler ans Tageslicht gekommen war

- »Dann tun Sie es sofort! Vergessen Sie nicht, sich bei Dolmetscher Pietri zu entschuldigen und für sein vorbildliches

174

Verhalten zu bedanken. Das ist unverzeihlich und darf bei uns nicht nochmals vorkommen!« sagte der Landgerichtspräsident und wies zur Tür hin, was Justizsekretär Hannes Fahnrich veranlasste, die ganzen Unterlagen in Windeseile zusammenzupacken und in sein Büro zu flüchten.

Unterwegs konnte sich Justizsekretär Hannes Fahnrich etwas beruhigen und eine passende Strategie zu Recht legen. Er dachte, Justizinspektor Udo Rabe sofort zu sich bestellen, ihm die Leviten ordentlich zu lesen und das Weitere zu veranlassen

- »Fahnrich, Herr Rabe komme Sie sofort in mein Büro!« sagte Justizsekretär Hannes Fahnrich am Telefon, als Justizinspektor Udo Rabe sich am anderen Ende gemeldet hatte

- »Bin schon unterwegs!« sagte Justizinspektor Udo Rabe, legte auf und eilte zu seinem Chef, der ihn mit einem sehr roten Kopf erwartete

- »Sie bearbeiten die Abrechnungen von Dolmetscher Pietri« sagte Justizsekretär Hannes Fahnrich zur Begrüßung in einem normalen Ton, der im Gegensatz zu seinem immer noch sehr roten Kopf stand

- »Ganz recht!« erwiderte Justizinspektor Udo Rabe ganz brav mit bestem Gewissen und sich keiner Schuld bewusst

- »Informieren Sie mich über den aktuellen Stand!« verlangte Justizsekretär Hannes Fahnrich und die Farbe seines Kopfes wechselte blitzschnell von rot zu weiß, was Justizinspektor Udo Rabe als schlechtes Zeichen deutete

- »Von acht eingereichten Rechnungen haben wir sechs abgeschlossen und überwiesen. Zwei Rechnungen sind noch in Bearbeitung. Bei den sechs abgeschlossenen und überwiesenen Rechnungen gab es leider keine Beanstandungen zu vermelden, da es sich hierbei nur um kurze Einsätze von jeweils zwei bis drei Stunden wegen Zeugenaussagen vor Gericht handelt. Bei den zwei Rechnungen in Bearbeitung, werden wir Berichtigungen vornehmen, da die Pausen nicht abgezogen wurden« berichtete Justizinspektor Rabe ganz knapp über den aktuellen Stand der Bearbeitung

- »Sind Sie sicher, dass Sie nur die Rechnungsbeträge für sechs Rechnungen überwiesen haben« wollte Justizsekretär Hannes Fahnrich ganz genau wissen

- »Selbstverständlich! Ganz Sicher!« sagte Justizinspektor Udo Rabe, der die ganze Aufregung zunächst nicht verstehen konnte

- »Und warum hat Dolmetscher Pietri einen Rechnungsbetrag zweimal überwiesen bekommen?« sagte Justizsekretär Hannes Fahnrich und überreichte ihm Kopie des Schreiben von Dolmetscher Pietri an den Landgerichtspräsidenten, was Justizinspektor Udo Rabe maßlos ärgerte

- »Wieso schreibt Dolmetscher Pietri den Landgerichtspräsidenten direkt an? Er hätte sich an mich wenden können und wir hätten den technischen Fehler schnell und unbürokratisch gelöst« wagte Justizinspektor Udo Rabe zu sagen, was ihm eine schlechte Ausgangslage verschaffte

- »Tat er nicht und jetzt haben wir den Salat! Sie arbeiten den Vorgang heute und morgen durch und erstatten mir morgen Bericht und machen Sie diesmal keinen Fehler!« sagte Justizsekretär Hannes Fahnrich, der sich der Tragweite des Vorfalls bewusst war

- »Morgen ist doch Samstag!« erwiderte Justizinspektor Udo Rabe, der an dem Samstag vorhatte, mit der Familie einkaufen zu gehen

- »Ja und! sie machen morgen mit mir Überstunden!« befahl Justizsekretär Hannes Fahnrich, der fest entschlossen war, Justizinspektor Udo Rabe ins sinkende Boot mitzunehmen

- »Zu Befehl!« sagte Justizinspektor Udo Rabe, der mit dem Schreiben von Dolmetscher Pietri das Weite in seinem Büro suchte.

Justizinspektor Udo Rabe unterrichtete seine Sachbearbeiter, las ihnen die Leviten ordentlich und setzte sie auf den Fall an, bis Klarheit über den Fehler herrschte. Sie kamen am Samstag zu dem Schluss, dass es eine sonnenklare Angelegenheit war, die durch einen Stromaussetzer am Rechner verursacht

176

worden war. Der Fehler war in letzter Zeit nach dem letzten Update oft aufgetreten und in den Reparaturprotokollen dokumentiert. Justizinspektor Udo Rabe erstattete seinem Vorgesetzten Bericht und erhielt neue Instruktionen

- »Sie schreiben Dolmetscher Pietri an, korrigieren sofort den Fehler, weisen die offene Rechnungen nach Verrechnung zur Zahlung sofort an, schicken den Scheck an Dolmetscher Pietri zurück, entschuldigen Sie sich bei Dolmetscher Pietri und bedanken sich bei ihm für sein vorbildliches Verhalten« sagte Justizsekretär Hannes Fahnrich.

Justizinspektor Udo Rabe ging ins sein Büro und machte sich mit seinen Subalternen sofort an die Arbeit. Nach Verrechnung der offenen Rechnungsbeträge mit dem zuviel überwiesenen Betrag wurde ein Schreiben aufgesetzt, in dem die Kostenstelle sich für den technischen Fehler in aller Form entschuldigte und für das vorbildliche Verhalten von Dolmetscher Pietri bedankte. Der aktuellen Verrechnungsbeleg und der Verrechungsscheck wurden dem Schreiben beigefügt und an der Poststelle abgegeben. Kopie des Schreibens wurde von einem seiner Sachbearbeiter an Justizsekretär Hannes Fahnrich persönlich überbracht und alle konnten um 15 Uhr endlich Feierabend machen.

Am Dienstag, 7. November 1995, gab es große Unterredung im Büro des Landgerichtspräsidenten mit negativen Folgen für Justizinspektor Udo Rabe, der sich vom Rückschlag nicht mehr erholte, bis er am Freitag, 10. November 1995, im Büro zusammenbrach. Der gerufene Notarzt wies ihn sofort ins Krankenhaus ein und dort wurde eine Dekompensation diagnostisiert und eine sofortige Auszeit wegen psychischer Überlastung verordnet, die einen Aufenthalt in einem Sanatorium mit anschließender Reha notwendig machte.

Kapitel 5

Die Unterlassung

Nachricht von Dolmetscher Pietri über das Internet-Forum ›lingfo‹ vom Dienstag, 7. November 1995, 17:23:34, betreffend Landgericht Tatzenheim:

- »Habe Schreiben von der Kostenstelle des Landgerichts Tatzenheim mit Entschuldigung und Avis der Überweisung für den offenen Betrag erhalten. Ganz doucement, behutsam und fein... nicht wieder zu erkennen! Die Gutschrift ist heute auf meinem Konto erfolgt. Über den automatischen Verzug gemäß BGB und über die verstrichene Frist für Einwendungen auf meinen Rechnungen haben sie natürlich kein Wort verloren.

Bei den letzten zwei offenen Rechnungen für mehrere Verhandlungstage gab es Unterbrechungen und die Pausen wurden von der Kostenstelle natürlich abgezogen. Da ich in den Pausen nachweislich dolmetschen musste, werde ich dagegen vorgehen. Vorsorglich hatte ich mir einen Vordruck zu Recht gezimmert. Darin habe ich angegeben, dass die Pausen vom Richter angeordnet wurden, damit sich Anwalt und Mandant mit Hilfe des Dolmetschers besprechen konnten und habe jede Unterbrechung vom Richter und Anwalt unterzeichnen lassen. Kopie dieses Protokolls schicke ich heute noch dem Landgerichspräsidenten mit der Bitte um Berichtigung und Weiterveranlassung zu«

Rückmeldung von Dolmetscherin Treiber vom 7. November 1995, 17:32:54, betreffend Landgericht Tatzenheim:

- »Mein lieber Mann! Du bist aber ein gebranntes Kind und mit allen Wassern gewaschen. Die Idee mit dem Vordruck ist

178

ausgezeichnet. Ich habe mir sofort einen Vordruck nach deinem Muster erstellt, den ich bei Bedarf verwenden werde, wenn du nichts dagegen hast. Kann mir jemand die BGB-Stelle mit dem automatischen Verzug nennen? Die mir bekannten Gerichte pfeifen auf Fristen für Einwendungen auf unseren Rechnungen«

Rückmeldung von Dolmetscher Oesterlein vom 7. November 1995, 18:12:24, betreffend Landgericht Tatzenheim:

- »Endlich eine gute Nachricht! Das wird eine harte Nuss für die Kostenstelle sein! Der automatische Verzug ist im BGB §284 nachzulesen. Kollegin Treiber hat recht mit ihrer Anmerkung zur Frist für Einwendungen, leider!«

Rückmeldung von Dolmetscherin Wolynski vom 7. November 1995, 18:21:35, Betreffend Landgericht Tatzenheim:

- »Die haben sich aber Zeit gelassen! Ich habe mir auch einen Vordruck für solche Fälle nach deinem Muster erstellt, den ich ab sofort einsetzen werde, Die werden nächstes Mal Augen machen!«

Es erfolgten weitere Gratulationsrückmeldungen von den Forumteilnehmern.

Das Schreiben vom Dolmetscher Pietri landete bereits am 9. November auf dem Tisch der Landgerichtspräsidenten und es wurde unverzüglich an den Landgerichtsvizepräsidenten zur Bearbeitung weitergeleitet, der die Richtigkeit des Vorgangs am selben Tag feststellte und vortrug.

Am Freitag, 10. November 1995, bestellte der Landgerichtspräsident von Tatzenheim Justizsekretär Hannes Fahnrich ganz früh erneut zu sich. Bei der Unterredung war auch der Landgerichtsvizepräsident anwesend, der den Vorgang am Vortag bearbeitet hatte

- »Wir haben Rückmeldung vom Dolmetscher Pietri erhalten. Er legt Einspruch gegen den Pausenabzug ein und anhand seiner Protokollunterlagen hat er nachweislich in den Pausen gedolmetscht. Somit können die Pausen nicht zum Abzug gebracht werden« sagte der Landgerichtpräsident, als Justizsekretär Hannes Fahnrich gerade ins Zimmer kam und verlegen Platz auf den ihm zugewiesenen Stuhl nahm

- »Das kann nicht sein! Pausen werden immer abgezogen!« erwiderte Justizsekretär Hannes Fahnrich ganz bürokratisch und ungläubig in der Vorsehung kommender Phantom-Schmerzen in der linken Schädeldecke seines Kopfes

- »Dolmetscher Pietri hat sich jede Unterbrechung vom Richter und Anwalt bestätigen lassen. Darin hat er angegeben, dass die Pausen vom Richter angeordnet wurden, damit sich Anwalt und Mandant mit Hilfe des Dolmetschers besprechen konnten und zusätzlich hat er jede Unterbrechung vom Richter und Anwalt unterzeichnen lassen« erklärte der Landgerichsvizepräsident in aller Ruhe den Sachverhalt und übergab Justizsekretär Hannes Fahnrich den Vorgang, der fassungslos zur Kenntnis nahm, dass seine Abteilung dieses Mal mit den eigenen Waffen geschlagen worden war

- »Oh! Er kann tatsächlich nachweisen, dass er in den Pausen zwischen Anwalt und Mandanten auf richterlicher Anordnung gedolmetscht hat. Dann werden wir dies entsprechend berichtigen« sagte Justizsekretär Hannes Fahnrich scheinheilig, nachdem er den Vorgang durchgelesen und Dolmetscher Pietri ob seiner Dreistigkeit tausend Mal verflucht und sich in die Träume des Selbstmitleids vertieft hatte

- »Bitte veranlassen Sie alles Weitere!« sagte der Landgerichtspräsident und wies auf die Tür hin, die der Landgerichtsvizepräsident für ihn öffnete. Ein klares Zeichen für Justizsekretär Hannes Fahnrich, dass die Unterredung tatsächlich beendet war.

Einmal in seinem Büro, bestellte er Justizinspektor Rabe zu sich, während er sich fragte, warum ihm die himmlische Tröstung in der undankbaren, bürokratischen Welt versagt bleibt

- »Dolmetscher Pietri hat sich wieder beim Landgerichtspräsidenten gemeldet und legt Einspruch gegen den Pausenabzug ein« fasste Justizsekretär Hannes Fahnrich den von oben nach unten mit erdrückendem Druck weitergeleiteten Nachrichtenstrom zusammen, der an die verhärtete Kruste der Bürokratie gekettet bleibt

180

- »Er hat dies nicht zu entscheiden!« wagte Justizinspektor Rabe über das Wesen seiner perversen Seele in den Grenzen seiner Intelligenz zu klagen

- »Ich fürchte, er hat diesmal bessere Karten als wir« stellte Justizsekretär Hannes Fahnrich lapidar im fatalistischen Kampf gegen den verhassten Zufall fest

- »Wieso?« wollte Justizinspektor Rabe wissen, auch wenn er sicher war, dass die Antwort ihm nicht gefallen würde, da der Landgerichtspräsident sich bereits auf die Seite des Dolmetscher gestellt hatte, was Justizinspektor Rabe als Hochverrat einstufte

- »Dolmetscher Pietri hat sich jede Unterbrechung vom Richter und Anwalt bestätigen lassen. Darin hat er angegeben, dass die Pausen vom Richter angeordnet wurden, damit sich Anwalt und Mandant mit Hilfe des Dolmetschers besprechen konnten und zusätzlich hat er jede Unterbrechung vom Richter und Anwalt unterzeichnen lassen« erläuterte Justizsekretär Hannes Fahnrich die Falle, aus der die Kostenstelle beim besten Willen nicht mehr herauskonnte

- »Das gibt es nicht!« empörte sich Justizinspektor Rabe und sein Blutdruck erreichte astronomische Werte, während sein Kopf ganz weiß wurde und dies nicht vor Neid

- »Doch und der Landgerichtspräsident hat Berichtigung im Sinne vom Dolmetscher Pietri angeordnet« setzte Justizsekretär Hannes Fahnrich noch eins drauf, was Justizinspektor Rabe entsetzlich ärgerte

- »Man kann hier nicht vernünftig arbeiten, wenn einem ständig in die Suppe gespuckt wird« beklagte sich bitterlich Justizinspektor Rabe, der die große, weite Welt seines Mikrokosmos nicht mehr verstand

- »»Bitte veranlassen Sie alles Weitere!« beendete Justizsekretär Hannes Fahnrich seine Ausführungen und wies Justizinspektor Rabe zur Tür hin. Ein klares Zeichen für Justizinspektor Rabe, dass die Unterredung tatsächlich beendet war und die Justizsekretär Hannes Fahnrich die Machtgefühle vermittelte, die er zuvor bei der Unterredung mit dem Landgerichtspräsidenten an dieser Stelle bei sich vermisst hatte.

Die Anordnung wurde bürokratisch korrekt nach unten weitergegeben und da sich keiner die Finger verbrennen wollte, wurde der Vorgang in Windeseile nach den Protokollunterlagen von Dolmetscher Pietri berichtigt und vor der Mittagspause abgeschlossen.

Als die Sachbearbeiter von Justizinspektor Rabe ihn zu Tisch holen wollte, entdeckten sie ihn ohnmächtig auf dem Boden in seinem Büro, wo er zusammengebrochen war und nicht mehr ansprechbar war

- »Mittagspause! Mein Gott! Herr Rabe! Hören Sie mich?« sagte Frau Laugwitz, als sie und Frau Cieplowski das Büro von Justizinspektor Rabe betraten und ihn auf dem Boden vorfanden, nachdem sie angeklopft und keine Antwort erhalten hatten

- »Ich glaube, er ist ohnmächtig, was machen wir?« fragte Frau Cieplowski ziemlich ratlos und fast so bewegungslos wie Justizinspektor Rabe auf dem Boden

- »Rufen Sie den Notarzt sofort! Ich kümmere mich um ihn… er ist bewusstlos und ist nicht ansprechbar… er atmet aber… die Atemwege sind frei… ich versuche ihn jetzt in die stabile Seitenlage zu bringen…« spulte Frau Laugwitz die Erste-Hilfe-Maßnahmen automatische ab, die sie in der Fahrschule vor einem Monat gelernt hatte, während Frau Cieplowski mit dem Notruf telefonierte und als Frau Laugwitz Justizinspektor Rabe in die stabile Seitenlage gebracht hatte, befahl sie weiter

- »Wir müssen noch dem Pförtner Bescheid geben!« und Frau Cieplowski verständigte den Pförtner telefonisch, der sofort mit dem Erste-Hilfe-Kasten herbeigeeilt kam.

Fünf Minuten später war der Notarzt vor der Tür, denn die Einsatzzentrale des Notdienstes war nur um die Ecke, der Krankenwagen kam etwas später an und Justizinspektor Rabe wurde medizinische reanimiert, versorgt, stabilisiert und transportfähig gemacht

- »Der Patient ist jetzt stabil... wir bringen ihn ins Krankenhaus... bitte verständigen Sie seine Angehörige« sagte der Notarzt auf dem Weg zum Krankenwagen mit dem Patienten auf der Krankenbahre, der wieder ansprechbar war, während im Gerichtsgebäude die Nachricht die Runde machte und einige Mitarbeiter die Flure im geschäftlichen Treiben bevölkerten. Manche Mitarbeiter haben aber nichts vom Geschehen mitbekommen, da die meisten sich in der Mittagspause außer Haus befanden.

Der Pförtner übernahm die Aufgabe Frau Rabe anzurufen und zu informieren. Frau Cieplowski und Frau Laugwitz war der Hunger vergangen und wurden von den noch im Büro befindlichen Mitarbeitern rührend umsorgt.

Nachricht von Dolmetscher Pietri vom Dienstag, 14. November 1995, 16:15:26 im Forum, betreffend Landgericht Tatzenheim:

- »Habe Nachricht vom Tatzenheimer Gericht erhalten. Sie bestätigen die Richtigkeit meiner Einwendungen und der geschuldete Restbetrag ist gestern bereits auf meinem Konto gutgeschrieben«

Rückmeldung von Dolmetscherin Treiber vom 14. November 1995, 16:38:41, betreffend Landgericht Tatzenheim:

- »Unmöglich! Zuerst traktieren sie einem und dann kuschen sie, wenn Befehl von oben kommt! Ich arbeite jetzt nur noch mit deinem Vordruck in der Hand, wenn ich mich herablasse, für die Justiz zu arbeiten. In der Privatwirtschaft wird man besser behandelt und die Vergütung ist allemal lukrativer«

Rückmeldung von Dolmetscherin Wolynski vom 14. November 1995, 17:01:32, Betreffend Landgericht Tatzenheim:

- »Meine Rede! Ich wusste nicht, dass dein Vordruck eine Wunderwaffe ist. Ich verwende ihn ab sofort immer beim Gericht«

Rückmeldung von Dolmetscher Oesterlein vom 14. November 1995, 17:12:49, betreffend Landgericht Tatzenheim:

- »Stell dir vor, es ist Krieg und keiner geht hin!«

Es entwickelte sich ein reger Gedankenaustausch zum Thema im Forum, der von zahlreichen Glückwünschen von den Forumteilnehmern begleitet wurde. Viele enttäuschte Dolmetscher überlegten ernsthaft, ob sie die Tätigkeiten für Gerichte ganz einstellen.

Telefonat vom Donnerstag, 16. November 1995, 10:15h von Dolmetscher Gaetano mit Justizinspektor Rack:

- »Rack« sprach Justizinspektor Rack in die Muschel

- »Gaetano, Dolmetscher für Spanisch, ich sollte mich bei Herrn Rabe melden« meldete sich eine männliche Stimme am anderen Ende der Leitung

- »Richtig, Herr Rabe ist plötzlich erkrankt und ich habe sein Referat übernommen. Bleiben Sie bitte daran, ich suche den Vorgang… ah ja, da habe ich Ihren Vorgang schon… da wir Ihre Dienste oft in Anspruch nehmen, es sind ja schon zahlreiche Termine vorgemerkt, möchten wir eine Rahmenvereinbarung mit Ihnen treffen« versuchte Justizinspektor Rack sein Anliegen schmackhaft vorzutragen

- »Bevor ich mit Ihnen eine Rahmenvereinbarung treffe, müssen Sie die noch offenen und überfälligen Rechnungen 206 und 227 begleichen« erwiderte unbeeindruckt Dolmetscher Gaetano

- »Ich werde die Rechnungsbeträge noch heute überweisen, wir können uns aber schon jetzt bezüglich eines Rahmenvertrags verständigen« versuchte wieder Justizinspektor Rack Fuß zu fassen

- »Nein, nicht vorab, wenn das Geld auf meinem Konto gutgeschrieben ist, verhandeln wir weiter. Ich rufe Sie dann an« sagte Dolmetscher Gaetano und legte auf.

- »Eine harte Nuss dieser Dolmetscher Gaetano« dachte Justizinspektor Rack und setzte seine Arbeit bis 17 Uhr fort. Dann fuhr er nach Hause zurück und fand den für ihn ordentlich gedeckten Tisch fürs Abendessen. Er brauchte nur sein Abendessen in der Mikrowelle warm zu machen. Seine Frau hatte dienstags und donnerstags wie immer Chor und kam erst nach 22

Uhr zurück, da sie mit ihrer Freundin Gisela anschließend nach der Probe für nicht mehr als 10 Mark etwas trinken ging.

Justizinspektor Rack wunderte sich auf dem Weg nach Hause über die solide Argumentation des Gerichtsdolmetschers Gaetano in Sachen Vergütungsgesetz, er konnte nicht wissen, dass die Dolmetscher aus dem beruflichen Umfeld von Dolmetscher Gaetano sich seit dem Jahr 1990 mit den Vergütungen für Gerichtsdolmetscher im Detail befassten. Damals hatte der Altpräsident des Berufsverbandes sie kontaktiert und um Mitarbeit bei der Ausarbeitung von Vorschlägen für die Novelle des Vergütungsgesetzes gebeten. Was die Dolmetscher gerne sofort taten.

Der Altpräsident des Bundesverbandes, Martin Moll, leistete seit 1988 mit seinen unbezahlbaren Kontakten zu den Parlamentariern im Bundestag und im Europaparlament ausgezeichnete Lobbyarbeit für den Verband, bis ein neuer Verbandspräsident anfing, Martin Moll systematisch über Kürzungen seines Spesenkontos auszutrocknen. Zu der Zeit hatte die Gruppe um Martin Moll einen ersten gelungenen Entwurf für die Novelle ausgearbeitet und dem Justizministerium zur Überprüfung vorgelegt. Dann zog sich Martin Moll gezwungenermaßen aus dieser Bühne zurück und die Lobbyarbeit versandete. Es gab keine Instanz im Berufsverband mehr, die die Gegenvorschläge der Justiz erfolgreich hätte bekämpfen können. So setzte sich die Justiz mit ihrem verwässerten Entwurf durch und die Novelle trat in dieser Version im Jahre 1992 in Kraft. Alle Gerichtsdolmetscher waren mit dem Ergebnis tot unglücklich und auf besagten Präsidenten nicht gut zu sprechen, denn er hatte ihnen damit einen Bärendienst erwiesen. Sie konnten aber gut verstehen, dass Martin Moll nicht mehr für den Verband zur Verfügung stand.

Nachricht von Dolmetscher Gaetano vom Donnerstag, 16. November 1995, 12:38:34h im Forum, betreffend Landgericht Tatzenheim:

- »Habe gerade mit der Kostenstelle telefoniert und dabei zur Kenntnis genommen, dass sie mit mir einen Rahmenvertrag abschließen möchten. Weiß jemand was davon?

Die Begründung lautet: Da das Gericht meine Dienste oft in Anspruch nimmt, es sind ja schon zahlreiche Termine vorgemerkt, möchten die Kostenstelle eine Rahmenvereinbarung mit mir treffen, wie im Gesetz vorgesehen, wie sie ganz harmlos sagten...«

Rückmeldung von Dolmetscher Zappe vom Donnerstag, 16. November 1995, 12:56:12h im Forum, betreffend Landgericht Tatzenheim:

- »Nachtigal ick hör dir trapsen... ich würde nicht darauf eingehen, denn die Kollegen, die sich in der Hoffnung auf mehr Arbeit darauf eingelassen haben, bereuen dies und verfluchen die Kostenstelle. Im ZSEG findet man in diesem Zusammenhang nur eine KANN-Vorschrift«

Rückmeldung von Dolmetscherin Karger vom Donnerstag, 16. November 1995, 12:59:13h im Forum, betreffend Landgericht Tatzenheim:

- »Wie Kollege Zappe richtig angemerkt hat, ist dies nur eine Kann-Vorschrift, auf die wir nicht eingehen müssen. Einem unserer Kollegen aus dem Saarland wurde vom Innenministerium Rheinland-Pfalz, zuständig für Polizei und Staatsanwaltschaft, ein neuer Rahmenvertrag für Dolmetschen und Übersetzen mit noch schlechteren Bedingungen angeboten. Was er kategorisch abgelehnt hat. Drei weitere Kollegen berichteten mir, dass ihnen kürzlich von verschiedenen Gerichten ähnliche Rahmenverträge angeboten worden sind. Es scheint System dahinter zu stecken. Damit wir im Landesverband uns ein besseres Bild machen und dies auch mit den Referentinnen und Referenten für das Gerichtsdolmetschen und Urkundenübersetzen in den anderen Bundesländern und auf Bundesebene besprechen können, bereiten wir eine Umfrage, die allen Mitgliedern in Kürze zugehen wird. Wir hoffen auf zahlreiche Rückmeldungen«

Rückmeldung von Dolmetscher Behr vom Donnerstag, 16. November 1995, 15:54:32h im Forum, betreffend Landgericht Tatzenheim:

- »Ich möchte Sie bitten, sich die Zeit zu nehmen und die von Kollegin Karger erwähnte Umfrage zu beantworten«

Rückmeldung von Dolmetscher Zappe vom Donnerstag, 16. November 1995, 16:09:24h im Forum, betreffend Landgericht Tatzenheim:

- »Ich mache bei der Umfrage auf jedem Fall mit! In der Privatwirtschaft arbeite ich seit langem mit Mahnbescheiden, aber wie ist es mit den Behörden, speziell mit der Justiz, die über sich selbst entscheidet?«

Rückmeldung von Dolmetscherin Schunk vom Donnerstag, 16. November 1995, 17:12:36h im Forum, betreffend Landgericht Tatzenheim:

- »Das mit dem Mahnbescheid ist ja richtig und nachvollziehbar. Ich arbeite nicht mehr für die Behörden, würde aber gerne wissen, ob der Weg des Mahnbescheids bei Behörden etwas bringt«

Rückmeldung von Dolmetscher Kapp vom Donnerstag, 16. November 1995, 17:18:38h im Forum, betreffend Landgericht Tatzenheim:

- »Ich arbeite nur für Kunden, die meine Preise akzeptieren. Die Behörden zahlen viel zu wenig. Was machst du aber, wenn sich eine Behörde ewig Zeit lässt mit der Bezahlung, also länger als dein Zahlungsziel und länger als die gesetzliche Frist? Lässt du denen auch einen Mahnbescheid zukommen? Diese Frage ist ernst gemeint«

Rückmeldung von Dolmetscher Elschner vom Donnerstag, 16. November 1995, 17:18:39h im Forum betreffend Landgericht Tatzenheim:

- »Bedauerlicherweise lassen viele Kollegen beim Thema Zahlungsverzug zu viel Toleranz walten, was dazu führt, dass man als pünktlichkeitsbewusster Lieferant schon mal als ›pedantisch‹ bezeichnet oder empört gefragt wird ›Warum schreiben Sie eine Zahlungserinnerung? Die Rechnung war doch erst vor 2 Wochen fällig!‹. Ist mir alles als Übersetzer schon passiert. Als Dolmetscher nicht, da ich stets COD arbeite. Man stelle sich nur vor, ein Übersetzer liefert nur 2 Tage zu spät, von Wochen oder gar Monaten ganz zu schweigen. Ob eine Agentur in diesem Fall dieselbe Toleranz an den Tag legt, die sie von ihren Lieferanten erwartet? Nein, denn vor dem Endkunden hat man Respekt, vor uns oftmals nicht. Und viele von uns sorgen dafür, dass das auch so bleibt«

Rückmeldung von Dolmetscherin Krammer vom Donnerstag, 16. November 1995, 17:18:41h im Forum betreffend Landgericht Tatzenheim:

- » Angemahnt werden soll, egal ob mit der Mahnung oder dem Mahnbescheid, aber nicht nur der Rechnungsbetrag als solcher, sondern (aufgrund des Zahlungsverzugs gem. BGB) zusätzlich noch die Verzugspauschale (BGB) sowie die Verzugszinsen (BGB)«

Rückmeldung von Dolmetscher Greiner vom Donnerstag, 16. November 1995, 17:23:06h im Forum, betreffend Landgericht Tatzenheim:

- »Das habe ich nie gewagt, weil ich davon ausgehe, dass dies bei Behörden keinen Sinn hat. Kann man überhaupt einen Mahnbescheid gegen ein Gericht erwirken?«.

Es gab zahlreiche Wortmeldungen mit ähnlichem Inhalt und Justizinspektor Rack konnte keinen Blumentopf bei den Dolmetschern mit seinem Anliegen gewinnen. Die Fronten waren verhärtet und die Dolmetscher kämpften mit allen zulässigen Mitteln gegen die Kostenstellen der Gerichte im Einzugsgebiet.

Die Umfrage wurde am 20. November gestartet und die Rückmeldungen kamen zahlreich und noch bis Ende des Monats, so dass der Landesverband dies am 5. Dezember 1995 beim Treffen der Landesverbände vortragen konnte. Es wurde ein Ausschuss gebildet, der dem Bundesvorstand regelmäßig Bericht erstattete und weitere Strategien zum Leidwesen der Kostenstellen vorschlug.

Es wurde festgestellt, dass die Zahl der Dolmetscher, die einen Rahmenvertrag mit den Behörden geschlossen hatten, ziemlich gering war. Daraufhin wurde die Empfehlung ausgegeben, keinen Rahmenvertrag mit den Behörden zu schließen und stets Rechtsmittel gegen alle Entscheidungen gegen die Interessen der Dolmetscher einzulegen. Womit die Arbeit der Tatzenheimer Kostenstelle ziemlich lahm gelegt wurde.

Besprechung vom Mittwoch, 13. Dezember 1995, im Dienstzimmer von Justizsekretär Hannes Fahnrich mit Justizinspektor Heiko Rack

- »Haben Sie sich schon in das Dolmetscher-Referat eingearbeitet?« fragte Justizsekretär Hannes Fahnrich, als Justizinspektor Rack das Zimmer betrat; Justizsekretär Hannes Fahnrich wies dann mit der Hand auf einen Stuhl hin, der seinem niedrigeren Rang in der Klassenstruktur des nicht vorhandenen Beamtentums entsprach

- »Ja, das Problem ist nur, dass die Dolmetscher uns mit ihren Einwendungen zu viel Zeit kosten« sagte Justizinspektor Rack und nahm auf dem zugewiesenen Stuhl Platz, der sich unangenehm kalt und hart anfühlte

- »Erklären Sie!« verlangte Justizsekretär Hannes Fahnrich nach konkreten Einzelheiten und legte sich mit der linken Hand ein leeres Blatt Papier auf der Schreibunterlage seines Schreibtisches zurecht, während er mit der rechten Hand einen Kugelschreiber aus der Ablage holte, während er bei diesem Vorgang die kläglichen Figur genau beobachtete, die Justizinspektor Rack auf seinem Stuhl abgab

- »Als erstes sitzen sie uns im Nacken, wenn wir ihre knappen Zahlungsfristen um einen einzigen Tag überschreiten und drohen sogar mit Mahnungen und Mahnbescheiden. Dann haben sie stets Einwände zu unseren Kürzungen und legen entsprechende Belege für die meisten Pausen und Unterbrechungen während der Sitzungen vor, die Richter und Anwälte zu berechnungsfähigen Pausen und Unterbrechungen erklären. Schließlich belegen sie mit Verkehrsmeldungen den zeitlichen Mehraufwand für die Hin- und Rückfahrt und gegebenenfalls sogar für die zusätzlich gefahrenen Kilometer. Dies alles, wenn wir glauben, den Vorgang definitiv abgeschlossen zu haben, was für uns stets Mehraufwand bedeutet. Wir können in unserer Arbeit nicht zügig vorankommen« beklagte Justizinspektor Rack die derzeitige Situation in seiner Kostenstelle, während er sich in dem Stuhl auf der Suche nach einer erträglicheren Sitzposition herumrekelte wobei er sich nach Kräften bemühte, sich keine Blöße in seiner unbequemen Sitzposition zu geben

- »Und wie ist dabei die Frequenzquote?« wollte Justizsekretär Hannes Fahnrich ganz genau wissen und ließ seinen Blick über die Regale an der gegenüberliegenden Wand schweifen, die er versucht war, als eine Leinwand zu betrachten

- »Fast hundertprozentig, leider!« antwortete Justizinspektor Rack fatalistisch und sank den Blick zu seinen Füßen, die parallel zueinander in Habachtstellung standen

- »Kann man das nicht schneller abwickeln?« überlegte Justizsekretär Hannes Fahnrich undiplomatisch laut und sah ein, dass die Dolmetscher die Geduld der Kostenstelle systematisch auf die Probe stellten

- »Nein, da sie stets auf unseren Bescheid warten, bis sie ihre Einwendungen und Einwendungsbelege vorlegen« erklärte Justizinspektor Rack die niederträchtige Vorgehensweise der Dolmetscher, die offensichtlich darauf angelegt hatten, die Kostenstelle lahm zu legen

- »Sie müssen wesentlich schneller abwickeln!« beschloss rhetorisch Justizsekretär Hannes Fahnrich und sah seinen Untergebenen mitleidig an

- »Nicht möglich, weil wir nicht wissen, was sie jedes Mal vorbringen werden. Wir können nur sicher sein, dass sie immer etwas vorzubringen haben, was berücksichtigungsfähig ist« erläuterte Justizinspektor Rack die verzwickte Lage, in der sich die Kostenstelle befand und sein Gesichtausdruck passte ganz genau zu seiner Antwort

- »Tun dies alle Dolmetscher?« wollte Justizsekretär Hannes Fahnrich ungläubig wissen, was offensichtlich war und für ihn an Majestätsbeleidigung grenzte

- »Ganz recht! Man könnte meinen, sie hätten sich abgesprochen« fasste Justizinspektor Rack seinen Verdacht in Sachen Dolmetscher zusammen

- »Versuchen Sie mit ihnen klar zu kommen und halten Sie mich auf dem Laufenden« sagte Justizsekretär Hannes Fahnrich und wies zur Tür hin, was Justizinspektor Rack veranlasste, aufzustehen und seine Habachtstellung in Marschschritt zu verlassen.

Justizinspektor Rack überlegte auf dem Weg in sein Büro vergeblich, wie er das Rätsel lösen sollte. Dort angekommen atmete er auf und begann mit seiner Arbeit, als das Telefon klingelte

- »Rack« meldete er sich geschäftsmäßig, nachdem er den Hörer abgenommen und ein Stoßgebet in Windeseile hervorgestoßen hatte, damit der Anrufer kein Dolmetscher sei

- »Hullmann, Dolmetscher für Englisch...« meldete sich am anderen Ende der Leitung zum großen Bedauern von Justizinspektor Rack

- »Aktenzeichen?« fragte Justizinspektor Rack geschäftsmäßig, der dabei das Wort Stoßgebet in seine ursprüngliche lateinische Form ›iaculatorium‹ übersetzte und von ›iaculatorium‹ zurück ins Deutsche ›Pfeil‹ übertrug und sich dabei genüsslich vorstellte, Dolmetscher Hullmann im ganzen Körper mit Pfeilen zu beschießen und zu treffen, nachdem sein Stoßgebet nicht erhört worden war

- »20 KLs 413 Ps 50381« war die umgehende Antwort vom Dolmetscher Hullmann, der von den mordlüsternen Gedanken von Justizinspektor Rack nichts ahnte

- »Habe ich, worum geht es?« wollte Justizinspektor Rack von ihm wissen, auch wenn er wusste, dass Dolmetscher Hullmann in Sachen Zahlungsverzug anrief

- »Von fünf ausgestellten Rechnungen ist bis heute nur eine Rechnung mit Verspätung überwiesen worden« versuchte Dolmetscher Hullmann sachlich zu bleiben und er hatte alles frisch in Gedächtnis, was er mit seinem Kollegen am Vorabend im Forum ausgiebig ausdiskutiert hatte

- »Die Rechnungen müssen vor Zahlungsanweisung noch überprüft werden« erwiderte Justizinspektor Rack in bester Beamtenunschuld

- »Was wollen Sie noch überprüfen? Stellen Sie sich vor, Sie würden Ihr Entgelt nicht am letzten Arbeitstag eines jeden Monats auf dem Konto haben, weil der Sachbearbeiter Ihre Lohnabrechnung noch nicht überprüfen konnte« erwiderte Dolmetscher Hullmann ganz locker und bedankte sich im Geiste beim Kollegen Gaetano für das schöne Beispiel

- »Das ist aber ganz was anders« merkte Justizinspektor Rack in der festen Überzeugung an, Dolmetscher Hullmann würde Äpfel mit Birnen in einem Topf werfen

- »Wieso? Der Richter hat auf der Ladung die Dauer des Einsatzes am Verhandlungtag vermerkt und die Fahrzeiten und Parkgebühren sind real angegeben. Das Zahlungsziel ist aber nicht eingehalten worden, dies ist eine Tatsache!« wandte Dolmetscher Hullmann ein und fühlte sich mit seinen Kollegen Simon, Gaetano, Twist, Pietri, Dahl, Hartl, Treiber, Oesterlein, Wolynski, Weinschenk, Holthaus, González und so weiter aus dem Forum einig, die in Tatzenheim ähnliche Gerichtserfahrungen gemacht hatten und mit welchen er sich regelmäßig austauschte

- »Die Rechnungen müssen noch überprüft werden und in diesem Zusammenhag weise ich darauf hin, dass die Belege für Parkgebühren im Original einzureichen sind« formulierte Justizinspektor Rack seinen vorigen Satz um, in der vagen Hoffnung Dolmetscher Hullmann aus dem Konzept zu bringen

- »Wollen Sie behaupten, ich würde versuchen, Sie mit den Parkgebühren zu betrügen?« sagte Dolmetscher Hullmann voller Empörung, während er sich Notizen fürs Dolmetscher-Forum und den Stammtisch am Donnerstag machte

- »Um Gottes Willen! Natürlich nicht, aber so sind eben die Vorschriften« entgegnete Justizinspektor Rack ganz unschuldig

- »Welche Vorschriften? Nennen Sie Ihre Quellen!« verlangte unmissverständlich Dolmetscher Hullmann und dachte dabei, alle Punkte nicht nur im Forum, sondern auch am

Dolmetscher-Stammtisch am kommenden Donnerstag vorzutragen

- »Die genaue Stelle habe ich nicht parat, aber so steht es in den Vorschriften« sagte verärgert Justizinspektor Rack, da Dolmetscher Hullmann ihn offensichtlich auf dem falschen Fuß erwischt hatte

- »Nicht im ZSEG und andere Vorschriften sind mir nicht bekannt« setzte Dolmetscher Hullmann genüsslich nach und ärgerte sich über die Tatsache, dass es nicht möglich war, für Dolmetschaufträge Dienstverträge mit den Gerichten wie mit allen anderen Kunden abzuschließen

- »Ich muss trotzdem die Rechnungen vor Zahlungsanweisung überprüfen« wiederholte nochmals Justizinspektor Rack

- »Aber nicht nach verstreichen des Zahlungsziels« unterstrich Dolmetscher Hullmann und bedauerte, dass die Zeiten vorbei waren, als das Geld sofort nach dem Einsatz für die volle Zeit des Einsatzes inklusive Pausen und Unterbrechungen und zuzüglich geschätzter Fahrzeit und Parkgebühren an der Gerichtskasse bar ausbezahlt wurde

- »Wie soll ich das bewältigen?« fragte rhetorisch Justizinspektor Rack

- »Das ist nicht mein Problem. Ihnen wurde entgegenkommenderweise eine Zahlungsfrist von 7 Tagen ab Rechnungsdatum eingeräumt, die Sie nicht eingehalten haben« erklärte klipp und klar Dolmetscher Hullmann

- »Ich habe das Protokoll angefordert und warte darauf, vorher kann ich nichts machen« versuchte Justizinspektor Rack vergeblich beim Dolmetscher Hullmann zu landen

- »Meine Bank lässt sich nicht darauf ein und stellt mir für diese Beträge Verzugszinsen automatisch in Rechnung« sagte Dolmetscher Hullmann am Rande seiner Zurückhaltung

- »Wie gesagt, ich muss erst mal prüfen« wollte Justizinspektor Rack Aufschub schinden

- »Wollen Sie behaupten, die gesetzlichen Bestimmungen zum automatischen Verzug gelten fürs Gericht nicht?« erwiderte Dolmetscher Hullmann immer noch mit sich selbst um Zurückhaltung ringend

- »Wo steht das?« wollte Justizinspektor Rack wissen, auch wenn er wusste, dass Dolmetscher Hullmann auf jeder Rechnung den Quellenhinweis für den automatischen Verzug angab

- »BGB § 284« war der kurze sachdienliche Hinweis vom Dolmetscher Hullmann, der später einige Male geändert und umnummeriert wurde. Dolmetscher Hullmann verlor langsam die Geduld

- »Werde ich prüfen« fügte trotzig Justizinspektor Rack hinzu

- »Tun Sie das, aber überweisen Sie die Beträge umgehend, sonst wende ich mich an Ihren Vorgesetzten« sagte Dolmetscher Hullmann und legte auf.

Justizinspektor Rack konnte mit seiner Leistung zufrieden sein, er hatte die Zahlungen 5, 4, 3 und 2 Woche erfolgreich verzögert und holte sich gleich telefonisch Rückendeckung bei seinem Vorgesetzten. Sie sind dann so verblieben, dass alle offenen Rechnungen bis auf die letzte Rechnung sofort überwiesen werden sollten. Die letzte Rechnung sollte erst nach Erhalt und Prüfung der Sitzungsprotokolle berichtigt und angewiesen werden, denn es gab in den Rechnungen immer etwas zu berichtigen. Er wies die Zahlungen an und lehnte sich zurück, als das Telefon wieder klingelte

- »Rack« meldete er sich geschäftsmäßig, nachdem er den Hörer abgenommen und erneut ein Stoßgebet in Windeseile hervorgestoßen hatte, damit der Anrufer nicht wieder ein Dolmetscher sei

- »Wolynski, Dolmetscherin für Polnisch…« meldete sich am anderen Ende der Leitung eine melodisch weibliche Stimme, die in sein Ohr wie ein Giftpfeil eindrang

- »Aktenzeichen?« fragte Justizinspektor Rack geschäftsmäßig, der Schlimmes erahnte, nachdem er den Eindruck gewonnen hatte, alle Heiligen hätten sich gegen ihn verschworen

- »29 KLs 427 Ps 50624« war die umgehende Antwort von Dolmetscherin Wolynski, die vom Gemütszustand von Justizinspektor Rack nach dem Pfeiltreffer nichts wusste

- »Habe ich, worum geht es?« wollte Justizinspektor Rack von ihr wissen, auch wenn er sich ziemlich sicher war, dass Dolmetscherin Wolynski auch in Sachen Zahlungsverzug anrief

- »Von drei ausgestellten Rechnungen, die sofort fällig und einforderbar sind, ist bis heute keine einzige Rechnung überwiesen worden« trug Dolmetscherin Wolynski sachlich gemäß der am Vorabend im Forum abgesprochenen Strategie vor und hoffte Justizinspektor Rack auf dem falschen Fuß zu erwischen

- »Die Rechnungen müssen vor Zahlungsanweisung noch überprüft werden« brachte Justizinspektor Rack seinen stereotypischen Spruch vor, mit dem er Zeugen und Sachverständigen erfolgreich einschüchterte

- »Dies ist eine unbegründete Verzögerung in der Auszahlung der zugestellten Rechnungen für bereits erbrachte Dolmetschleistungen und diese Verzögerung hat für mich eine unnötige finanzielle Belastung zur Folge« erläuterte Dolmetscherin Wolynski unmissverständlich den Sachverhalt, wie sie ihn schon am Vorabend vorbereitet hatte

- »Wieso? Was für eine finanzielle Belastung?« fragte Justizinspektor Rack ob der massiven Artillerie wie vor den Kopf geschlagen

- » Meine Bank lässt sich auf Ihre Argumentation bezüglich Überprüfung nicht ein und stellt mir für diese Beträge Verzugszinsen automatisch in Rechnung« setzte Dolmetscherin Wolynski mit Vorsatz noch eins darauf

- »Was haben wir damit zu tun?« fragte Justizinspektor Rack in einem wahnwitzigen Versuch, sich aus der Affäre zu ziehen

- »Sie sind der Verursacher! Nach dem Vermerk auf jeder meiner Rechnungen über die gesetzlichen Bestimmungen zum automatischen Verzug und das explizite Vorhandensein eines Zahlungsziels vor einem bestimmten Datum bin ich berechtigt, vom automatische Verzug Gebrauch zu machen und fordere von der Gerichtskasse Verzugszinsen« schoss Dolmetscherin Wolynski scharf vor dem Bug und gab ihm alle Zeit der Welt zu reagieren

- »Die begehrten Verzugzinsen sind nach den hiesigen Bestimmungen des ZSEG nicht erstattungsfähig« erwiderte Justizinspektor Rack nach einer langen Überlegungspause, in der er sein Gehirn auf der Suche nach einer guten Antwort vergeblich zermarterte

- »Nennen Sie mir die exakte Textstelle!« drängte Dolmetscherin Wolynski ihn ohne Skrupel in die Ecke, damit er sich eine strategische Blöße gäbe

- »ZSEG« antwortete Justizinspektor Rack in Ermangelung eines besseren Arguments auf der Verliererstraße

- »Dies ist keine exakte Quellenangabe, sondern nur ein Ausflucht ohne juristischen Bestand. Sie sind verpflichtet, Ross und Reiter zu nennen! Dies ist mein Verifikationsanspruch! Der vage Hinweis auf ein Gesetz reicht nicht aus!« strich Dolmetscherin Wolynski ihre Weisheit ganz dick auf und freute sich auf die vorausberechneten Züge bis zum Matt

- »Die genau Textstelle habe ich momentan nicht parat« erwiderte Justizinspektor Rack ziemlich verlegen in seinem Elfenbeinturm

- »Dann liefern Sie mir die exakte Quelle nach, aber liefern Sie!« verlangte Dolmetscherin Wolynski mit unbarmherziger Stimme, denn sie wusste, Justizinspektor Rack war nicht in der Lage die Textstelle zu benennen

- »Um Gottes Namen, können wir uns nicht darauf einigen, dass ich Ihnen alle offene Rechnungen bis auf die letzte sofort überweisen?« schlug verzweifelt Justizinspektor Rack vor und verfluchte alle Frauen mit Verstand

- »Entgegenkommenderweise und ohne Präjudiz willige ein, wenn das Geld schon morgen auf meinem Konto ist, sonst behalte ich mir weitere Schritte vor« sagte Dolmetscherin Wolynski nach einer strategischen Überlegungspause, die sie eigentlich nicht brauchte und legte auf.

Justizinspektor Rack sah sich in der Pflicht und erledigte die Kassenanweisung für Dolmetscherin Wolynski sofort nach dem Telefonat. Dolmetscherin Wolynski war nicht, wie sie klang. Unter ihrer melodisch weiblichen Stimme verbarg sie unendliche List, die Bürde ihrer langjährigen Berufserfahrung und den Zauber der polnischen Exotik. Dies alles verwirrte und verunsicherte Justizinspektor Rack sehr. Er hätte Dolmetscherin Wolynski am Liebsten an den Beinen gepackt und mit Schwung gegen die Außenwand des Gerichtsgebäudes geschmettert. Es folgten vier ähnliche Telefonate von Dolmetscherin Dahl, Dolmetscher Hartl, Dolmetscherin Treiber und Dolmetscherin Weinschenk, die den ganzen Arbeitstag von Justizinspektor Rack belegten, ihn weiter verunsicherten und das Fass zum Überlaufen brachten. Er verließ sein Büro in aufgewühlter Stimmung.

Auf dem Heimweg bedauerte Justizinspektor Rack sich selbst unendlich. Er ging zur Haltestelle, bestieg die Straßenbahn, als sie ankam und fuhr mit ihr bis nach der Brücke. Dann lief er den Rest des Heimweges zu Fuß. Er fühlte einen leichten Druck auf der Brust und kam zu der Überzeugung, dass er Dampf ablassen musste, um wieder normal zu werden. Der Spaziergang und die frische Luft taten ihm gut. Sonst wären in ihm Blut und Hass in kochenden Strömen zu Kopf gestiegen. Zuhause angekommen, verfuhr er nach der täglichen Routine.

Seine Frau Balthild hatte ihm nach dem Abendbrot die Einkaufsbelege und die Haushaltskasse vorschriftsmäßig zur Überprüfung vorgelegt. Bei der gründlichen Kontrolle hatte er dann einen Fehlbetrag von 50 Pfennig ausgemacht

- »Es fehlen 50 Pfennig in der Kasse, kannst du das erklären?« fragte ungeduldig Justizinspektor Rack und trommelte dabei mit den Fingern seiner linken Hand auf dem Tisch

- »Nein, entweder sind sie mir aus der Tasche gefallen oder man hat sich beim Wechselgeld zu meinen Ungunsten verrechnet« erwiderte Frau Rack mit besorgter Stimme aus der Fassade ihrer beunruhigten Gesichtszüge

- »Wie oft habe ich dir gesagt, dass du immer das Wechselgeld sofort nachzählen solltest!« antwortete

Justizinspektor Rack, nachdem er sein Glas mühevoll ausgetrunken hatte

- »Ich muss mich wohl beim Nachzählen vertan haben« wagte Balthild Rack anzumerken, als sie vom Tisch in ihrem vergeblichen Versuch aufstand, sich in Sicherheit von ihrem Mann zu bringen, der sie zielsicher mit seinem Armen gegen die Tischkante ausgestreckt anschaute

- »Letzten Freitag hat man dir auch eine falsche Münze angedreht und ich habe bereits Gnade vor Recht ergehen lassen« resümierte Justizinspektor Rack von der unerbittlichen Fatalität der sich anbahnenden Abfolge hin und her gerissen

- »Lieber Heiko, sei nicht zu streng zu mir und lasse wieder Gnade walten« flehte sie ihren Mann vergeblich um Gnade an

- »Nein, das kann ich beim besten Willen nicht durchgehen lassen, du weißt, was zu tun ist« erwiderte Justizinspektor Rack kategorisch unter der naiven Hülle des Bürokraten, dem man keine andere Wahl lässt

- »Bitte nicht bestrafen« bat Balthild unterwürfig und ohne List ihrem Mann gegenüber, der vorhatte, sie zu maßregeln, weil sie ihr arithmetisches Handwerk nicht beherrschte, was ihm ein Bedürfnis nach dem verkorksten Tag im Büro war

- »Du lässt mir keine andere Wahl, bringe mir meinen schwarzen breiten Gürtel aus meiner Nachtischschublade« befahl Justizinspektor Rack und zeigte Richtung seines Schlafzimmer, wo der verfluchte Nachttisch mit dem furchteinflößenden Gürtel sich befand

- »Bitte nicht, bitte, bitte!« sagte Balthild unterwürfig, als sie vom Schlafzimmer mit besagtem Gürtel in der Hand zurückkam, während sie alle Wege in sein Schlafzimmer in allen düsteren Windungen ihres Gehirns verfluchte

- »Ruhe! Rock hoch, Unterhose runter, Oberkörper auf den Tisch, wird es bald!« sagte Justizinspektor Rack, nahm ihr den Gürtel aus der Hand und prüfte die Funktionsbereitschaft des Gürtels in der Luft des Raumes, der ihn in den unermesslichen Regionen der sexuellen Erfüllung brachte

198

- »Bitte nicht!« sagte Balthild mit schluchzender Stimme, was ihn noch mehr anmachte und die Spannung überspannte

- »Sage, dass du Buße tun möchtest und bitte darum, dass ich dir dabei helfe« sagte Justizinspektor Rack und bezog eine günstige Position hinter seiner Frau für die Durchführung seines Vorhabens, während Blut und Saft in kochenden Strömen zu seinem Kopf stiegen

- »Confiteor... Confiteor... Confiteor...« sagte Balthild im Dialog mit ihrem Mann auf der Oberfläche der Fluten seiner schändlichen Hand, die kein Erbarmen kannte

- »Miseratur tui... Miseratur tui... Miseratur tui...« antwortete Justizinspektor Rack jeweils und schlug dabei jedes Mal dreimal auf dem frei liegenden und wollüstig wackelnden Hintern seiner Frau mit seinem Gürtel und seiner finster gerunzelten Stirn zu

- »Indulgentiam« schrie Balthild nach jedem Schlag leise und mit vor Schmerz verzerrtem Gesicht und wünschte sich dabei diesen Gürtel fort, fort und fort, für immer fort

- »Absolve Domine« sagte anschließend Justizinspektor Rack und gab ihr noch einmal drei Schläge an besagter Stelle, die dank der Gürtelbreite nur rot angelaufen war, wie seine von ewiger Schlaflosigkeit schmerzenden Augen

- »Mein Gott, meine Haut brennt wie Feuer« dachte Balthild und schmierte reichlich Feuchtigkeitscreme, die sie vorsorglich im Flur auf dem Weg in sein Schlafzimmer in die linke Schürzentasche eingesteckt hatte, auf der betroffnen Stelle, bevor sie sich wieder anzog und die Tafel in der Hoffnung aufhob, Heiko wurde seinen schrecklichen Weg zu ihrem leidenden Hintern nie wieder finden

- «Wenn du aufgepasst hättest, bräuchte ich nicht, dich zu gürteln« sagte Justizinspektor Rack und verpasste seinem Gürtel mit seiner eisernen Hand auch eine Portion Feuchtigkeitscreme und hob ihn anbetend kurz empor, bevor er ihn in der Schublade liebevoll ablegte.

Balthild traf am nächsten Morgen Gisela bei der Arbeit in der Praxis von Dr. Mey. Gisela merkte, dass bei ihrer

Busenfreundin etwas nicht stimmte, vermied jedoch sie während der Arbeitszeit danach zu fragen. Am Abend hatten sie sowieso Chorprobe und anschließend Gelegenheit ungestört zu reden

-»Treffen wir uns heute Abend wie immer im Gemeindezentrum vor der Chorprobe?« fragte Gisela während der Frühstückspause ganz beiläufig

- »Ja, wie immer« antwortete Balthild ziemlich erleichtert, dass Gisela keine indiskrete Frage gestellt hatte und sie unterhielten sich mit den Arbeitskolleginnen, wie sie es jeden Tag zu tun pflegten.

So trafen sie sich am Abend im Gemeindezentrum, wo sie mit den anderen Chormitgliedern ihr mitgebrachtes Abendbrot vor der Probe aßen. Balthild bemühte sich, ihre Schmerzen am Hintern zu verstecken und Gisela ging nicht darauf ein. Nach der Probe schlug Gisela vor, zum Adler zu gehen

- »Heute ist der Adler dran« sprach Gisela in bester Stimmung, nachdem sie sich von den anderen verabschiedet hatten

- »Richtig, auf zum Adler« sagte Balthild und sie schlenderten gemächlich zum Adler, auch wenn sie befürchten musste, dass Gisela etwas Anormales an ihr gemerkt hätte

- »In der Praxis wollte ich dich nicht darauf ansprechen, aber jetzt muss ich dich fragen, da wir ungestört reden können, tut dir dein Hintern weh?« fragte dann Gisela ganz direkt und schaute sie mit großen Augen an

- »Dir bleibt nichts verborgen!« merkte Balthild verlegen an, während sie überlegte, wie sie die unruhigen Phantasien Giselas zerstreuen könnte

- »Du hast meine Frage nicht beantwortet!« sagte Gisela ungeduldig, da sie nichts Gutes erahnte, vielleicht weil Balthild sich ungeschickt anstellte

- »Ja, ein bisschen« gab Balthild verschämt zu und bemühte sich dabei, normal zu laufen, was ihr nicht immer gelang

- »Du verhältst dich wie die Patienten in der Praxis, die nicht zugeben wollen, dass sie vom Partner geschlagen worden sind« sagte Gisela im Bewusstsein, dass jeder Fehler in diesem Kontext dem Opfer teuer zu stehen kommen kann

- »Ich möchte nicht darüber reden« sagte Balthild mit der sanften Stimme eines Märtyrers nach dem Martyrium und der Auferstehung

- »Du weißt aber, dass du mit mir jederzeit über alles reden kannst« unterstrich Gisela ihre Bereitschaft zu helfen

- »Ich weiß, dies war aber nur ein Ausrutscher« erwiderte Balthild mit dem sanften Blick ihrer ganzen Dankbarkeit, die wie ein Diamant leuchtete

- »Beim nächsten Mal stehst du mir aber Rede und Antwort!« sagte Gisela, als sie zum Adler angekommen waren und sie die Tür öffnete

- »Versprochen« sagte Balthild und sie betraten das Lokal, wo sie die üblichen Biere zum Durstlöschen nach der anstrengenden Chorprobe tranken.

Eine Woche später tauchte das Problem wieder auf und von nun an wiederholte sich das Geschehen jede Woche, da Heiko von den Dolmetschern auf Trab gehalten wurde und er sein Ausgleichsventil brauchte.

Am Dienstag, 23. Januar 1996, trafen sie sich wieder bei der Chorprobe

- »In der Praxis wollte ich dich nicht darauf ansprechen, aber jetzt muss ich dich fragen, hat der Heiko dich wieder geschlagen?« fragte Gisela, als sie das Gemeindehaus verließen und zum Riviera, einem ihrer Stammlokale gemächlich schlenderten, nachdem sie am Donnerstag mit dem Chor im Anker gewesen waren

- »Ja, es war aber meine Schuld, denn ich habe das Wechselgeld nicht richtig gezählt« fügte Balthild entschuldigend hinzu

- »Du spinnst, wenn du ihn schützest… er hat kein Recht, dich zu schlagen!« sagte Gisela nach einer Weile des Schweigens, als die Leuchtreklame vom Lokal Riviera zu sehen war, nachdem sie um die Ecke abgebogen hatten

- »Wieso? Mein Vater hat mich auch geschlagen und Mutter fand das völlig in Ordnung« sagte Balthild, als sie die Lokaltür öffnete und beide zielsicher zu ihrem Tisch gingen, der gerade frei geworden war

- »Bei dir ist Hopfen und Malz verloren« sagte Gisela und grüßte zusammen mit Balthild die Gäste, die den begehrten Tisch gerade verließen, wo sie Platz nahmen

- »Er ist ein guter Ehemann, hält das Geld zusammen und sorgt für die Familie« behauptete Balthild kategorisch, aber wenig überzeugend

- »Er ist ein Arschloch und das weißt du wohl, denn er übt wiederholte und systematische Gewalt aus, die dich in eine hierarchisch schwächere Lage versetzt« erklärte Gisela inbrünstig, als sie Balthild die Getränkekarte übereichte

- »Er ist ja schließlich Familienvorstand und er schlägt nicht zu fest… Bier oder Wein?« entschuldigte sie das Verhalten ihres Mannes und hoffte, dass Gisela sich diesmal für Bier entscheiden würde

- »Dies ist wohl das Letzte! Er schlägt nicht zu fest! Tatsache ist, er schlägt dich! Er nutzt die emotionale Bindung zwischen ihm und dir schamlos aus… heute trinke ich Bier!« erklärte sie die tatsächliche Situation und beide Damen bestellten je ein kleines Weißbier vom Fass

- »Er gibt mir ein Sicherheitsgefühl mit seiner Erziehung« erklärte Balthild, nachdem der Kellner die Getränke lässig serviert und sich diskret entfernt hatte

- »Es geht nicht um die Transformation deines Selbst oder so ein Quatsch und du bist keine geistige Athletin, die sich langsam steigernd zu Höchstleitungen im Bußritual anspornt. Deine körperlich Integrität wird durch die aggressive Handlung wiederholt verletzt und er nutzt das Machtgefälle zu dir« sagte Gisela und trank einen Schluck Bier, um ihrer Aussage mehr Gewicht zu verleihen

- »Nein, das stimmt nicht, denn es gibt kein Machtgefälle zwischen uns, er ist nur Familienvorstand, der weiß, was mir gut tut« sagte Balthild und prostete Gisela zu

- »Er hat ein solches Machtgefälle geschafft, um dich zu unterdrücken und du merkst das nicht mal« sagte Gisela und schaute resignierend tief in ihr Glas

- »Er ist nur korrekt und sucht nicht nach einer leistungsorientierten Quantifizierung der Buße« korrigierte Balthild mit trotziger Stimme und nippte weiter an ihr Glas, ohne wirklich etwas daraus zu trinken

- »Er ist gewalttätig und ich würde mich nicht wundern, wenn er im Amt ein richtiger Radfahrer wäre« überlegte Gisela laut und legte sich das Sitzkissen auf dem Stuhl zurecht

- »Er ist nur korrekt« wiederholte Balthild und machte Gisela mit den Sitzkissen nach, was für sie große Erleichterung brachte

- »Denk an die Fälle, die uns in der Praxissprechstunde begegnen« gab Gisela sachlich zu Protokoll, während sie das Lokal auf bekannte Gesichter überprüfte

- »Die sind etwas anders, es sind Konfliktverhalten, die sich auf eine konkrete Situation beziehen« plapperte Balthild einen Satz von Dr. Mey unreflektiert nach

- »Das erscheint zunächst so, aber später hat es sich immer herausgestellt, dass dahinter eine systematische Gewaltanwendung steckt, die die Frauen in eine hierarchisch schwächere Position versetzt« erklärte Gisela, ohne sich anmerken zu lassen, dass sie diesen Satz schon zu Hause vorbereitet hatte

- »Herr Dr. Mey hat uns immer wieder erklärt, dass eine einmalige Eskalation einer Meinungsverschiedenheit zwischen zwei ansonsten gleichstarken Partnern keine häusliche Gewalt ist« konterte Balthild in der vergeblichen Hoffnung, Steinbock Gisela aus dem Konzept bringen zu wollen

- »Du bist ja schlimmer als ein Winkeladvokat, wenn es um deinen Mann geht« erwiderte Gisela und trank dabei einen kleinen Schluck aus ihrem Glas

- »Ich habe doch recht!« war die erwartete Behauptung von Balthild, die unruhig von einer lädierten Hinterbacke auf die andere wechselte

- »Nein, du hast nicht recht! Es ist keine einmalige Eskalation, wenn er dich innerhalb einer Woche zweimal schlagt und es besteht eine emotionale Bindung zwischen deinem Gewalt ausübenden Mann und dir, dem Opfer, und diese Bindung wird nicht mit einer vorläufig räumlichen Trennung beendet« erklärte Gisela kategorisch und schaute sie mitleidig an, denn sie konnte davon ausgehen, dass Balthilds Hintern diesmal grenzwertig ausgereizt war

- »Es ist nur in der Wohnung passiert« versuchte Balthild unter tiefem Schmerz ihren Mann zu verteidigen

- »In den privaten Räumen eurer Wohnung da fühlt er sich stark und lässt dich das spüren« erklärte Gisela aus ihrer Kanzel weiter

- »Bei ihm fühle ich mich sicher« sagte Balthild nach kurzer Überlegung und suchte weiter nach einem triftigen Anlass, das Thema zu wechseln

- »Dadurch dass er deine körperliche Integrität wiederholt verletzt... das ist doch nicht dein Ernst« erwiderte Gisela mit einer Miene voller Sarkasmus

- »Was soll ich denn sonst machen? Du kennst den Verlauf solcher Fälle,...« sagte Balthild mit leiser Stimme

- »Was meinst du damit?« fragte Gisela etwas lauter und ungehalten, als sie aufstand und zur Toilette ging

- »Die Frau muss das Haus verlassen und sich in einem Frauenhaus verstecken, was bei mir allein daran scheitert, dass Heiko meine Arbeitsstelle kennt...« sagte Balthild auf Giselas Rückkehr von der Toilette

- »Einfach ist es nicht, aber wo ein Wille ist...« sagte Gisela mit tiefgründiger Überzeugung und ohne die Umgebung im Auge zu behalten

- »Nein, das kann ich nicht« sagte Balthild, als sie von einer männlichen Stimme aus dem Hintergrund unterbrochen wurden

- »Aber ich kann mich doch zu Ihnen setzen, wenn Sie keine Staatsgeheimnisse unter sich austauschen« sagte Wolfgang

Groß, ein Chormitglied, der aus dem Nichts auftauchte und auf den freien Stuhl fragend zeigte

- »Aber gewiss doch!« antwortete Gisela ganz automatisch und froh über die unerwartete Abwechslung

- »Die Mappe mit den Staatsgeheimnissen ist jetzt zu und wir freuen uns, Sie hier zu treffen, bitte setzen Sie sich zu uns« sagte Balthild und drehte dabei den Kopf etwas nach links, so dass sie ihn für einen kurzen Augenblick direkt in die Augen sehen konnte, als sie den Satz aussprach

- »Ich bin so frei!« sagte Wolfgang in ansteckend guter Stimmung und nahm Platz, bevor sie es sich anders überlegen konnten und legte seine Chor-Mappe auf den freien Stuhl zu den Mappen von Gisela und Balthild, nachdem Gisela dahin gedeutet hatte

- »Ich sehe Sie hier zum ersten Mal« sagte Gisela im neutralen Ton, während sie mit Balthild vorsichtig Blicke wechselte

- »Ich hatte hier jemand getroffen und als ich weggehen wollte, sah ich Sie« erläuterte Wolfgang mit entwaffnender Schlichtheit

- »Und so kamen Sie auf den dummen Gedanken, uns anzusprechen« ergänzte Balthild aus der Deckung ihrer Ecke

- »Ganz recht, Ihre Gläser sind fast leer, trinken Sie noch was mit mir? Ich möchte Sie zu einem Drink einladen« sagte Wolfgang und gab dem Kellner ein Zeichen

- »Wir haben noch eine halbe Stunde Zeit und ich nehme gerne Ihre Einladung an« sagte Gisela und leerte ihr Glas aus, das der Kellner wegnahm

- »Ich auch« ergänzte Balthild und gab dem Kellner ihr leeres Glas

- »Für mich bitte auch ein Bier« bestellte Wolfgang und der Kellner ging zur Theke, wo er die Bestellung abgab

- »Haben Sie sich schon einigermaßen hier eingelebt?« fragte Balthild, ohne den Eindruck erwecken zu wollen, sie sei zu neugierig

- »Danke der Nachfrage. Ich glaube ich brauche noch ein bisschen mehr Zeit, bis ich mich in der neuen Umgebung zurecht finde. Die Chormitglieder sind sehr nett zu mir und machen immer gute Vorschläge, wenn ich mich mit meinen Fragen an sie wende« sagte Wolfgang und schaute Balthild für einen kurzen Augenblick direkt in die Augen an, was sie unmerklich erröten ließ

- »Das werden Sie schon schaffen, nur Geduld« sagte Gisela und sie redeten zwanzig Minuten lang über alles möglich, bis Wolfgang sich verabschiedete

- »Es war nett mit Ihnen beiden zu plaudern und hoffe, dies bleibt kein einmaliges Ereignis« verkleidete Wolfgang geschickt seine Frage, als er aufstand und seine Mappe nahm

- »Ich hätte nichts dagegen, aber nur wenn wir getrennte Kasse machen« wandte Gisela in Windeseile ein, bevor Balthild was sagen konnte

- »Damit sich keiner verpflichtet fühlt« ergänzte Balthild und schaute Gisela treuherzig an, während sie Wolfgang die Hand schüttelte

- »Guter Vorschlag, bin sofort damit einverstanden« ergänzte Wolfgang und schaute sie beide mit klarem Blick an

- »Wie wäre es mit nächstem Dienstag nach der Probe?« hakte Gisela sofort nach und lachte ihn wie die Unschuld vom Lande an

- »Ja, Dienstag nach der Probe ist auch für mich gut« pflichtete Balthild ihr bei, denn dienstags nahm Heiko Schlaftabletten und ging logischerweise früh ins Bett, so dass er in der Regel schon schlief, wenn sie zurückkam

- »Dann sind wir für Dienstag nach der Probe verabredet, ich freue mich schon darauf und wünsche Ihnen einen guten Heimweg« sagte Wolfgang und verließ Gisela und Balthild mit halbleeren Gläsern im Lokal

- »Ein netter und unaufdringlicher Mann« sagte Balthild, als sie wieder unter sich waren und prostete Gisela zu

- »In der Tat und ich glaube, er fährt auf dich ab« sagte Gisela und prostete mit einem teuflischen Grinsen im Gesicht zurück

- »Du spinnst!« sagte Balthild und errötete ein wenig. Danach überlegten sie laut, was sie vom neuen Chormitglied wussten: er war ein paar Jahre älter als sie beide und vor kurzem Witwer geworden, er war nach Tatzenheim beruflich bedingt umgezogen, kannte dem Chorleiter, Andreas Wittfoth, aus der Studienzeit in Köln und lebte jetzt in der unmittelbaren Nachbarschaft im Viertel Handelsstadt. Sie tranken aus und gingen nach Hause. Balthild kam dort an und war froh, dass ihr Mann schon eingeschlafen war, wie sie erwartet hatte und zu hören war. So konnte sie sich in aller Ruhe in ihrem Schlafzimmer fürs Bett fertig machen. Sie träumte süß, aber am nächsten Morgen wusste sie nicht mehr, was sie geträumt hatte.

In der Folgezeit ergab sich Balthild ihrem Schicksal, das ihr nur zweimal in der Woche Linderung bei den Chorproben brachte. Heiko hingegen hatte mit den unbotmäßigen Dolmetschern zu kämpfen, die den ganzen Betrieb aufhielten und ihn dazu zwangen, sich regelmäßig Luft bei Balthild zu verschaffen.

Am Mittwoch, 23. Juni 1996, gab es große Aufregung im Gericht, da zwei Termine wegen fehlender Dolmetscher geplatzt waren. In der bürokratischen Logik der Behörde gab es aber keinen Zusammenhang zwischen den geplatzten Terminen und der Zahlungspraxis der Kostenstelle. Um den nächsten Termin zu retten, entschied die betroffene Kammer des Landgerichts, einen Dolmetscher aus Bremen nach langer Suche zu holen, der einzig verfügbare, um das Verfahren zu retten. Die Kostenstelle wurde angewiesen, die Mehrkosten inklusive Übernachtungen großzügig zu erstatten. Justizsekretär Hannes Fahnrich gab am Donnerstag, 24. Juni 1996, den Befehl weiter und Justizinspektor Rack tobte den ganzen Tag in seiner Ohnmacht.

Am Freitag, 25. Juni 1996, rief Dolmetscher Simon Justizinspektor Rack an und bestätigte den Eingang der letzten geschuldeten Zahlungen ohne Verzugszinsen

- »Ich bestätige den Eingang der Zahlungen. Es fehlen aber die Verzugszinsen« sagte Dolmetscher Simon geschäftsmäßig

- »Sie haben sie nicht in Rechnung gestellt« erwiderte Justizinspektor Rack im besten bürokratischen Ton, ohne darauf hinzuweisen, dass die Gerichtskasse freiwillig keine Verzugszinsen zahlte

- »Im BGB §284 ist die Rede von automatischem Verzug, dafür wird keine Rechnung gestellt, sie sind bei nicht Einhaltung der Zahlungsfrist automatisch fällig, daher automatischer Verzug« erläuterte Dolmetscher Simon mit viel Geduld und dachte an die lebhafte Diskussion zu diesem Punkt mit den Kollegen im Forum

- »Das ist mir aber neu« sagte Justizinspektor Rack ganz naiv und leidenschaftslos nach seiner Erregung wegen der Bestellung eines Dolmetschers aus Bremen mit Übernachtungs- und sonstigen Nebenkosten

- »Unkenntnis schützt nicht vor dem Gesetz und Sie sind ein gesetzestreuer Bürger oder?« deckte Dolmetscher Simon den ersten Widerspruch auf und war froh, dass ihm das Wort ›Unkenntnis‹ anstelle von ›Ignoranz‹ noch schnell eingefallen war und schob sofort eine erste Fangfrage nach

- »Ja natürlich, aber wir zahlen keine Verzugszinsen« erwiderte standhaft Justizinspektor Rack aus seinem Elfenbeinturm

- »Ich hatte Sie so verstanden, dass Sie eine Rechnung für die Verzugszinsen haben wollten« erklärte Dolmetscher Simon ganz bürokratisch und mit der vollen Absicht, Justizinspektor Rack in seiner Argumentation zu verunsichern

- »Das habe ich nicht gesagt. Ich sagte nur, dass wir keine Verzugszinsen zahlen« erwiderte Justizinspektor Rack ob der Hartnäckigkeit von Dolmetscher Simon ziemlich verzweifelt

- »Also gilt das Gesetz nicht fürs Gericht« wollte Dolmetscher Simon in bester Dialektik eines Wechselgesprächs zu Diensten der Wahrheitsfindung wissen

- »Nein, das habe ich nicht so gesagt« protestierte Justizinspektor Rack in seinem Streben nach Überwindung von Widersprüchen in seinem bürokratischen Denken

- »Aber gemeint. Wie dem auch sei, Sie können mir jetzt Ihren Vorschlag in Sachen Rahmenvertrag unterbreiten« sagte großzügig Dolmetscher Simon, nachdem er Justizinspektor Rack in einem weiteren Widerspruch zwischen Denken und Sein methodisch erwischt hatte

- »Wenn Sie dem Vertag zustimmen, können wir ab nächstem Monat monatlich abrechnen« stotterte Justizinspektor Rack, ziemlich genervt von der Kunst der Hegelschen Gesprächsführung des Dolmetschers Simon

- »Was habe ich davon?« wollte Dolmetscher Simon im Sinne von richtig angewandter Logik in der Unlogik der Verwaltung als selbst doppelsinnige Bestimmung wissen

- »Sie brauchen nur eine Rechnung im Monat zu schreiben« erwiderte brav Justizinspektor Rack und suchte vergeblich nach einem rettenden Strohhalm in dieser ihm fremden Umgebung, wo er sich selbst schlecht aufgehoben fühlte

- »Sie meinen, ich soll Ihnen einen zinslosen Kredit gewähren« übertrug Dolmetscher Simon in Klartext mit voller Absicht die verklausulierte Aussage von Justizinspektor Rack

- »Im Gesetz steht, dass man eine Rahmenvereinbarung bei häufiger Hinzuziehung eines Dolmetschers zu treffen hat« behauptete blauäugig Justizinspektor Rack wider besseres Wissen und hoffte, Dolmetscher Simon würde dies einfach als bare Münze hinnehmen

- »Nein! Das Gesetz, übrigens ZSEG ist der Name des Gesetzes, enthält nur eine Kann-Vorschrift in diesem Kontext. Ich muss mich nicht daran halten« erläuterte Dolmetscher Simon genüsslich seine Antithese, die schon im Begriff war, eine Synthese zu werden

- »Hierdurch würde der bürokratische Aufwand erheblich reduziert und die Übersetzungen fallen nicht unter der monatlichen Regelung. Sie sind sofort in Rechnung zu stellen« formulierte Justizinspektor Rack mehr schlecht als recht seine

Synthese ohne Rhythmus der Begriffe, die auch darauf abzielte, mögliche Doppelzahlungen wie bei seinem Vorgänger zu vermeiden

- »Das wäre noch schöner! Haben Sie noch mehr Überraschungen dieser Art?« wollte Dolmetscher Simon wissen

- »Nein, natürlich nicht. Die Abrechnung erfolgt jeweils am Ende des Monats« wagte Justizinspektor Rack in die Diskussion einzubringen

- »Das bedeutet, wenn ich einen einzigen Einsatz am Ersten eines bestimmten Monats habe, muss ich wohl bis Ende des Monat warten, um meine Rechnung zu schreiben und nochmals dreißig Tage warten, bis ich mein Geld kriege, wenn ich Glück habe. Sage ich doch, dies ist ein zinsloser Kredit für mindestens sechzig Tage« wandte Dolmetscher Simon empört als Darlegung der Grundsätze betriebswirtschaftlicher Rechnungssätze ein

- »Nein, das ist die übliche Verfahrensweise in der Justiz« versuchte Justizinspektor Rack sich aus der Falle in seiner negativen Dialektik herauszuwinden

- »Sie erwarten nicht im Ernst, dass ich darauf eingehe. Was haben Sie noch auf Lager? Wie wollen Sie die Minutenzahl handhaben?« setzte Dolmetscher Simon noch eins darauf, das wohl als Existenzfrage entgegengestellt schien

- »Die Minutenzahl wird für den jeweiligen Monat addiert. Nur die letzte angefangene Stunde wird nach ZSEG aufgerundet« erklärte Justizinspektor Rack wieder in seinem Element

- »Sie wollen mich, ohne mit dem Wimper zu zucken, über den Tisch ziehen. Bei der Abrechnung nach Verhandlungstag wird die letzte angefangene Stunde gemäß ZSEG aufgerundet. Bei Ihrem Modell wird die monatliche Minutenzahl zusammengerechnet und erst am Ende wird die letzte unvollständige Stunde aufgerundet« erklärte Dolmetscher Simon didaktisch ganz locker, was Justizinspektor Rack verschwieg

- »Sie verstehen das ganze falsch...« wandte Justizinspektor Rack in seiner für andere Menschen widersprüchlichen Argumentation ein

- »Nein, Sie verstehen das ganze falsch. Dolmetscher rechnen international nach Tagessätzen ab, nur beim Gericht müssen wir nach Stunden abrechnen, weil ein fachfremder Jurist, dies so bestimmt hat. Unser Berufsverband hat einen anderen Vorschlag bei der Vorbereitung der Gesetzesinitiative unterbreitet, den die Justiz nach Gutdünken zurecht gestutzt hat« erklärte Dolmetscher Simon, wie der Denkfehler entstanden war

- »Alle andere Dolmetscher haben der Vereinbarung zugestimmt« sagte Justizinspektor Rack, überzeugt, er würde nur Gutes tun und die Dolmetscher sollten dies gefälligst erkennen

- »Alle andere Dolmetscher? Können Sie Zahlen nennen? Was gehen mich die anderen Dolmetscher an, ich kann Ihre Behauptung ohnehin nicht nachprüfen, gebe aber zu Protokoll, dass einige mir namentlich bekannten Kollegen der gleichen Meinung wie ich sind. Wenn einer aus dem zehnten Stock durchs Fenster springt, müssen die anderen das nicht nachmachen« wandte Dolmetscher Simon ein

- »Also, hören Sie mal...« stotterte Justizinspektor Rack voller Empörung in die Muschel mit der Kälte der vollendeten Vorsicht eines Pfennigfuchsers

- »Nein, Sie hören zu. Würden Sie das Zahlungsziel strikt beachten?« fragte Dolmetscher Simon ganz konkret in seiner unbeirrbaren Logik

- »Ja natürlich, dreißig Tage kann ich sicher einhalten« sagte Justizinspektor Rack nach kurzer Überlegung inmitten seiner falschen Aufrichtigkeit, die eine verschwenderische Schenkung aufrichtig vorgaukelte

- »Der geschuldete Betrag ist sofort fällig und einforderbar. Entgegenkommenderweise räume ich Ihnen 7 Tage ein, also sieben Tage und keine dreißig Tage!« erklärte Dolmetscher Simon ganz genau sein Anliegen Richtung annehmbarer Dimensionen in der Betriebswirtschaft

- »Das ist ungewöhnlich und ich kann es nicht versprechen« antwortete sofort Justizinspektor Rack, was dafür sprach, dass ihm die Problematik des automatischen Zahlungsverzugs sehr wohl bekannt war und dass die Justiz absichtlich auf Zeit spielte und somit eigentlich als Strafe die härteste Folter auf Erden und blinde Verachtung im Weltall verdiente

- »Das ist nicht ungewöhnlich, sondern gesetzeskonform und alle meine Kunden akzeptieren mein Zahlungsziel. Nur Sie nicht, also können wir keine Vereinbarung treffen« beendete Dolmetscher Simon das Täuschungsgespräch der knappen Mittel.

Justizinspektor Rack verstand die Welt nicht mehr. Alle Dolmetscher liefen Sturm gegen die Zahlungspraxis seiner Gerichtskasse. Sie sollten dankbar dafür sein, dass sie so viel Geld vom Gericht kriegten, aber nein, Undank ist der Welten Lohn, dachte er. Wenn er gewusst hätte, dass die Dolmetscher sich regelmäßig unter sich austauschten und gemeinsame Strategien entwickelten, wäre er sicherlich ausgeflippt. So hat er einigermaßen zufrieden Feierabend gemacht und hoffte, seine Frau würde ihn nicht wieder dazu zwingen, zum Gürtel zu greifen, weil sie wieder etwas Falsches beim Einkaufen gemacht hatte, das nach Sühne verlangte, aber heute war es Freitag und er wollte sich endlich vom nervigen Bürostress erholen.

Heiko fuhr mit der Straßenbahn bis nach der Brücke. Dann lief er den Rest des Heimweges zu Fuß, wie er es in letzter Zeit zu tun pflegte. Er fühlte einen leichten Druck auf der Brust und kam zu der Überzeugung, dass er Dampf ablassen musste, um wieder normal zu werden. Der Spaziergang und die frische Luft taten ihm gut und gaukelten ihm vor, sein Körper wäre zur Normalität zurückgekehrt und er brauchte nicht Dampf abzulassen. Zuhause angekommen, verfuhr er nach der täglichen Routine.

Seine Frau Balthild hatte ihm nach dem Abendbrot die Einkaufsbelege und die Haushaltskasse vorschriftsmäßig zur Überprüfung vorgelegt. Bei der gründlichen Kontrolle hatte er dann eine unnötige Anschaffung ausgemacht, die nicht mit ihm abgesprochen war und die er somit nicht dulden konnte

- »Was ist das für eine Anschaffung?« fragte er und zeigte auf einen Kassenbeleg für einen elektrischen Toaster

- »Der Kassenbeleg für einen elektrischen Toaster, den ich heute gekauft habe, weil er günstig angeboten wurde« erläuterte Balthild in ihrer unendlichen Naivität, nicht ahnend, dass ihr Verhalten bei Heiko sehr schlecht ankam, weil er dadurch seine Autorität untergraben sah

- »Die Anschaffung habe ich nicht erlaubt und ich hasse Toaster, wie ich des Öfteren Kund getan habe« erklärte Heiko auf dem logischen Weg, die Palastrevolte im Keime zu ersticken, was ihm schon eine gewisse sexuelle Befriedigung im Vorfeld brachte

- »Ich mag aber Toastbrot zum Frühstück« erklärte Balthild ohne Hintergedanken, als bei ihr langsam der Groschen fiel, nachdem sie den Satz ausgesprochen hatte

- »Ich nicht! Dieses Ami-Zeug kommt mir nicht ins Haus!« verkündete Heiko in bester Feldherren Manier gegen aufmüpfige Hausfrauen ohne Verstand

- »Lieber Heiko, gönne mir die kleine Freude und sei nicht zu streng zu mir... lasse wieder Gnade walten« flehte sie ihren Mann vergeblich wie immer um Gnade an, was ihn stärker anmachte

- »Nein, das kann ich beim besten Willen nicht durchgehen lassen, du weißt, was zu tun ist« erwiderte Justizinspektor Rack kategorisch unter der naiven Hülle des Bürokraten, der gezwungen wird, diesen Weg zu gehen, weil man ihm keine andere Wahl lässt

- »Bitte nicht bestrafen« bat Balthild unterwürfig und ohne List ihrem Mann gegenüber, der vorhatte, sie zu maßregeln, weil sie seinen Willen nach diesem schlechten Tag im Büro nicht respektiert hatte

- »Du lässt mir keine andere Wahl, bringe mir meinen schwarzen breiten Gürtel aus meiner Nachtischschublade« befahl Justizinspektor Rack mit der festen Absicht, Balthilds Willen zu brechen und zeigte Richtung seines Schlafzimmer, wo der verfluchte Nachttisch mit dem furchteinflößenden Gürtel sich befand

- »Bitte nicht, bitte, bitte!« sagte Balthild unterwürfig, als sie vom Schlafzimmer mit besagtem Gürtel in der Hand zurückkam, während sie alle Wege in sein Schlafzimmer in allen düsteren Windungen ihres Gehirns verfluchte

- »Ruhe! Rock hoch, Unterhose runter, Oberkörper auf den Tisch, wird es bald!« sagte Justizinspektor Rack, nahm ihr den Gürtel aus der Hand und prüfte die Funktionsbereitschaft des Gürtels in der Luft des Raumes, der ihn in den unermesslichen Regionen der sexuellen Erfüllung brachte

- »Bitte nicht!« wiederholte Balthild mit schluchzender Stimme, was ihn noch mehr anmachte und die Spannung überspannte

- »Sage, dass du Buße tun möchtest und bitte darum, dass ich dir dabei helfe« sagte Justizinspektor Rack und bezog eine günstige Position hinter seiner Frau für die Durchführung seines Vorhabens, während Blut und Saft ihm in die Hose rutschten

- »Confiteor… Confiteor… Confiteor…« sagte Balthild im Dialog mit ihrem Mann auf der Oberfläche der Fluten seines schändlichen Gürtels, der auf der Suche nach Gerechtigkeit kein Erbarmen kannte

- »Miseratur tui… Miseratur tui… Miseratur tui…« antwortete Justizinspektor Rack jeweils und schlug dabei jedes Mal dreimal auf dem frei liegenden und wollüstig wackelnden Hintern seiner Frau mit seinem Gürtel und seiner finster gerunzelten Stirn zu

- »Indulgentiam« schrie Balthild nach jedem Schlag leise und mit vor Schmerz verzerrtem Gesicht und wünschte sich dabei diesen Gürtel fort, fort und fort, für immer fort

- »Absolve Domine« sagte anschließend Justizinspektor Rack und gab ihr noch einmal drei Schläge an besagter Stelle, die dank der Gürtelbreite nur rot angelaufen war, wie seine von ewiger Schlaflosigkeit schmerzenden Augen

- »Mein Gott, meine Haut brennt wie Feuer« dachte Balthild, bevor sie merkte, dass Heiko sie mit dem Tisch gegen die Wand drückte, so dass sie sich aus der missliche Lage nicht befreien konnte und dabei Heikos Glied spürte, das er in Windeseile aus der Hose herausgeholt hatte, das sich auf dem Weg in ihr Inneres befand. Etwas, dass Heiko nie vorher getan hatte

- «Wenn du nicht aufbegehrt hättest, bräuchte ich nicht, dich zu zähmen« sagte Heiko, während er sie mit beiden Händen in der Position festhielt, so dass sie sich nicht vor der Vergewaltigung abwehren konnte

- »Bitte Heiko, ich will das nicht und es tut mir weh« bat Balthild in ihrer verzweifelten Lage inständig, was Heiko aber nur mehr anmachte und ihr mehr Schmerzen bei der gewalttätigen Vergewaltigung im ganzen Körper bereitete und unendlichen Scham in ihrer Seele unauflöslich prägte

- »Schweige bis ich fertig bin« sagte er und sein Glied wurde plötzlich fest wie Stahl, was ihr noch mehr entsetzliche Schmerzen bereitete, während er anfing, furchterregende und entsetzliche Geräusche von sich zu geben und dabei zu Boden wie ein Kartoffelsack fiel. Ein unangenehmes Gefühl, das ihm in einen permanenten Angstzustand versetzte und ihr die ersehnte Freiheit brachte.

Erstaunlicherweise war Heiko bei klarem Verstand und konnte begreifen, dass er sich in diesem Zustand aufgrund des vorangehenden Herzinfarkts befand. Dieser außergewöhnliche Bewusstseinzustand, in dem alle im Leben erlebten Eindrücke innerhalb einer Sekunde an ihm vorbei zogen, war durch seinen Herzstillstand verursacht worden. Es war der Augenblick, in dem er für den Bruchteil einer Sekunde klinisch tot war. Dieser Zustand brachte ihm die Begegnung mit längst vergessenen Erlebnissen in seinem Leben in einer Phase, in der seine Gehirnfunktionen stark beeinträchtigt und deshalb allumfassend waren. Er war in der Lage, sein ganzes Leben in einem einzigen Augenblick zu überblicken. Er konnte kurzfristig den eigenen Körper verlassen und durchlebte eine außerkörperliche Erfahrung. Er registrierte die Szene von einer Position außerhalb seines eigenen Körpers, von einer Vogelperspektive. Für ihn gab es weder Zeit noch Distanz, alles war gleichzeitig und nicht überlagert. Er hätte tagelang über diese Lebensschau sprechen können, die keine messbare Zeiteinheit dauerte.

Nach dem Sauerstoffmangel traten starke Muskelzuckungen auf, die eine kräftige Ejakulation und leichtes Erbrechen verursachten, während seine Brust weiterhin die furchterregenden und entsetzlichen Geräusche ohne Unterlass produzierte. Er hatte Schmerzen im Brustkorb, die die Geräusche verursachten, sein Blick verriet Angst und Engegefühl und er litt weiter unter Atemnot und heftiger Todesangst. Diese Erfahrung war einzigartig und wurde von Heiko als Einheit erlebt, nicht als eine Reihe von unterschiedlichen, klar voneinander getrennten Einzelteilen.

Danach kam es zu einer Pseudo-Stabilisierung der körperlichen Funktionen. In dieser kurzen Übergangszeit von etwa einer Stunde erlitt Heiko massiv erhöhten Blutdruck, Schwitzen und Herzrasen als Zeichen einer Störung des vegetativen Nervensystems.

Er nahm eine Grenze wahr und erkannte, dass nach Überschreiten dieser Grenze keine Rückkehr in den eigenen Körper mehr möglich war.

Dann wurde er komatös und sah wie in einem Film Szenen aus seiner Jugend und aus der Zeit mit seinen Eltern. Er erlebte nochmals, wie sein Vater seine Mutter mit dem schwarzen breiten Gürtel aus Seehundleder wiederholt schlug. Er sah, wie seine Mutter dies alles als Gott gegeben hinnahm und wie er sich befürchtet hatte, als er das erste Mal mitkriegte, wie sein Vater seine Mutter wegen eines Fehlbetrags in der Haushaltskasse schlug. Er hatte sich bei dieser Gelegenheit bis zum Schlafzimmer seiner Eltern geschlichen und durch einen Spalt der angelehnten Tür hat er erlebt, wie die Zeremonie ablief. Er sah auch, wie seine Eltern bei dem Flugzeugunglück ums Leben kamen, als sie in den Urlaub fliegen wollten. Wie er auf einmal kurz vor Ende seiner Schule elternlos wurde und wie er sein Erbe antrat. Wie der schwarze breite Gürtel seines Vaters von ihm Besitz genommen

216

hatte, als er ihn aus der Nachttischschublade seines Vaters herausholte und in Händen hielt...

Die Schmerzen und die Geräusche nahmen ab, seine Augen fielen zu, das Engegefühl und die Wachheit verschwanden.

Balthild begriff intuitiv sofort die Situation, als sie nicht mehr festgehalten wurde, sich umdrehte und sah wie der ohnmächtige Körper Heikos als Folge der starken Muskelzuckungen aus Sauerstoffmangel ejakulierte, während seine Brust weiterhin die furchterregenden und entsetzlichen Geräusche ohne Unterlass produzierte. Er hatte offensichtlich Schmerzen im Brustkorb, die die Geräusche verursachten, sein Blick verriet Angst und Engegefühl und er litt unter Atemnot und wahrscheinlich Todesangst. Herzinfarkt verursacht durch anhaltenden Stress war ihre Blitz-Diagnose. Sie entschied keine rettenden Maßnahmen einzuleiten.

Balthild wusch sich gründlich ihre Genitalien und Heikos Erbrechen, schmierte sich reichlich Feuchtigkeitscreme auf dem Hintern und zog sich an. Dann transportierte sie Heiko mit Hilfe einer Fußmatte in sein Schlafzimmer, zog ihm seinen Schlafanzug an und legte seine Kleider ordentlich auf einem Stuhl ab, wie er das immer tat. Dann versuchte sie die Geräusche so gut wie möglich mit Kissen zu dämpfen, schaltete den Fernseher an und hielt Wache am Fuß des Bettes, bis der Geräuschpegel etwa um 22 Uhr fast verschwunden war. Heiko war bewusstlos, hatte eine blasse Gesichtsfarbe und sein Schweiß fühlte sich kalt an. Er lebte noch.

Es waren die typischen Symptome für einen Herzinfarkt, die ihr die ersehnte Freiheit bringen würden, wenn sie alles richtig machte. Sie wusste genau aus der Praxis, dass durch den Verschluss eines Herzkranzgefäßes die Herzmuskulatur schlagartig nicht mehr mit Sauerstoff versorgt wird und dass diese innerhalb weniger Stunden zugrunde geht, wenn keine rettenden Maßnahmen eingeleitet werden. Es galt also, abzuwarten, bis der Tod bei Heiko tatsächlich eintrat.

Um 24 Uhr war dann Ruhe im Karton. Sie arrangierte Heikos Körper ordentlich im Bett und kontrollierte seine schwache Atmung und seinen rhythmischen Puls. Dann schloss sie die Tür seines Schlafzimmers ab, machte sich fertig und ging ins Bett.

Sie schlief sofort ein und träumte befreit. Am nächsten Morgen stand sie wie üblich am Wochenende um 8 Uhr auf und bereitete das Frühstück. Sie genoss das Frühstück allein und weihte den Toaster gebührend ein, bevor sie nach Heiko schaute. Die Tür war noch abgeschlossen und unverzehrt. Heiko atmete nicht mehr. Balthild entschloss sich, Gisela und Dr. Mey in der Reihenfolge anzurufen und Bescheid zu geben

- »Servus Gisela, Heiko ist in der Nacht gestorben« sagte Balthild mit klarer Stimme am Telefon, nachdem sie entschieden hatte, keine trauende Witwe zu spielen

- »Servus Balthild. Woran ist er gestorben?« wollte Gisela sofort wissen, denn sie konnte nicht ausschließen, dass ein unnatürliches Ereignis dahinter stecken könnte, während sie Gustav signalisierte, still zu halten, als er von der Toilette zurück in die Küche kam, wo sie gerade nach dem Frühstückt saßen und Zeitung lasen

- »Herzinfarkt, würde ich sagen. Er lag tot im Bett, als ich ihn wie üblich zum Frühstück wecken wollte« berichtete Balthild geschäftsmäßig und unterstellte dabei, dass Gisela erleichtert über die natürliche Todesursache sein würde

- »Du musst sofort Dr. Mey anrufen und ihn bitten, den Totenschein auszustellen« sagte Gisela und Balthild spürte Giselas Erleichterung, als sie die mögliche Todesursache hörte

- »Hatte ich vor« sagte Balthild mit weiterhin klarer Stimme und scharfem Verstand, während sie die Nummer eines Bestattungsinstituts in der Nachbarschaft im Telefonbuch fand und aufschrieb, das ihr vom Namen her bekannt war

- »Ich bin in einer Stunde bei dir« sagte Gisela resolut und legte auf.

Gisela setzte Gustav anschließend nach dem Telefonat über die Neuigkeit in Kenntnis

218

- »Balthild hat mir gerade mitgeteilt, dass Ihr Mann in der Nacht verstorben ist« sagte Gisela zu Gustav, der die Lage sofort verstand

- »Wie wir seit der Hochzeit wissen, war Heiko in Wirklichkeit kein Umgang für Balthild« sagte Gustav, der sich nachhaltig an diese erste Begegnung mit Heiko erinnerte

- »Wir hatten dies damals richtig erkannt. Später hatte ich oft meine beste Freundin tränenüberströmt und von Heiko gedemütigt trösten müssen« verriet Gisela nach reiflicher Überlegung, was sie lange vor Gustav geheim gehalten hatte

- »Gut, dass du mir das nicht erzählt hast, denn sonst wäre ich sofort eingeschritten« erwiderte Gustav voller Zorn, auch wenn es ihm bewusst war, dass häusliche Gewalt zu der Zeit polizeilich nicht richtig erfasst wurde und gesetzlich kaum Spielraum zum Handeln hatte

- »Gerade deshalb habe ich dir das nicht erzählt. Monatelang hatte sie seine Gewalt in einer sinnlosen Unterwerfung ausgehalten, bis das Schicksal heute für sie das Problem löste« sagte Gisela mit sichtbarer Erleichterung und griff sanft nach Gustavs linker Hand mit ihrer rechten Hand

- »Wenn ich es richtig verstanden habe, als ich von der Toilette zurückkam, war die Todesursache Herzinfarkt« wollte Gustav seine Annahme absichern, während er Giselas Hand festhielt, die ihrerseits seine Hand rhythmisch drückte

- »Ja, wahrscheinlich Herzinfarkt« sagte Gisela und schaute ihn verständnisvoll an, kurz bevor sie synchron aufstanden und die Küche klar machten

- »Wir müssen sofort zu ihr!« sagte Gustav, als sie zum Badezimmer eilten, wo er mit seiner Rasur gewohnheitsmäßig anfing

- »Meine Rede! Wir machen uns sofort fertig und fahren zu ihr!« sagte Gisela, während sie ihrer Blase unüberhörbar Erleichterung verschaffte.

In der Zwischenzeit rief Balthild Dr. Mey an und als sie ihn an der Strippe hatte sagte sie

- »Herr Dr. Mey, ich habe ein Problem und brauche Ihre Hilfe« und bemühte sich neutral zu klingen, damit Herr Dr. Mey von einem natürlichen Ereignis ausging

- »Was ist ihr Problem?« fragte Dr. Mey, der sofort annahm, es wäre ein außergewöhnliches Ereignis, denn sonst würde sie ihn am Wochenende nicht anrufen

- »Mein Mann ist in der Nacht verstorben und möchte Sie bitten, den Totenschein auszustellen, wenn möglich« trug Balthild ihr Anliegen vor und bevor sie weiter sprechen konnte, unterbrach sie Dr. Mey

- »Ich bin in einer halben Stunde bei Ihnen« sagte er und machte sich sofort auf dem Weg zu ihr, denn er und seine Familie waren Frühaufsteher und hatten schon fertig gefrühstückt.

Balthild rief anschließend das Bestattungsinstitut an und stimmte sich mit dem Institut ab. Sie sollte das Institut anrufen, wenn der Totenschein ausgestellt worden sei. Dann würden sie die Leiche diskret abholen und die weitere Abwicklung übernehmen. Kurz darauf klingelten Gisela und Gustav an der Tür. Beide waren sehr besorgt um Balthild, aber auch erleichtert, dass Heiko Balthild nicht mehr quälen würde, als Dr. Mey ankam

- »Bitte berichten sie kurz, was passiert ist« sagte Dr. Mey, als er zum Schlafzimmer geleitet wurden, wo er mit der Untersuchung anfing

- »Wir sind gestern Abend ganz normal zu Bett gegangen und heute Morgen habe ich meinen Mann in seinem Schlafzimmer tot aufgefunden, als ich ihn zum Frühstück wecken wollte« berichtete Balthild ihre wohl überlegte Version des Geschehens

- »Sie haben getrennte Schlafzimmer?« wollte Dr. Mey wissen, als er seine Schreibunterlagen aus der Arbeitstasche herausholte

- »Richtig, mein Mann schnarcht laut und wir haben deshalb von Anfang an getrennte Schlafzimmer. Zusätzlich benutze ich Ohrenstöpsel, denn sonst habe ich keine Nachtruhe« erläuterte Balthild die übliche Routine

- »Wenn Sie Ohrenstopsel benutzen, sind Sie nicht in der Lage, verdächtige Geräusche in der Nacht wahrzunehmen... was mit Sicherheit der Fall war, als Ihr Mann den Herzinfarkt kriegte... sonst gibt es keine Anzeichen, die für eine unnatürliche Todesursache sprechen könnten... also natürliche Todesursache in Folge eines Herzinfarkts« fasste Dr. Mey zusammen, während er seinen Bericht schrieb und den Totenschein ausstellte

- »Darf ich mir die Woche frei nehmen?« fragte Balthild, als Dr. Mey seine Sachen packte und das Schlafzimmer verließ

- »Selbstverständlich... und Sie passen auf Ihre Freundin gut auf! Ich lasse Sie jetzt allein, aber wenn Sie Hilfe brauchen, melden Sie sich sofort bei mir!« sprach Dr. Mey zu Balthild und Gisela, als er sich von ihnen und Gustav verabschiedete.

Dann benachrichtigte Balthild vereinbarungsgemäß das Beerdigungsinstitut, das sich um alles Weitere kümmerte.

Personenverzeichnis

Name	Details
Dr. Albrecht	Allgemeinmediziner. Erster Arbeitgeber von Balthild in Eberfluss.
Dolmetscher Behr	Gruppenleier der Tatzenheimer Sprachenmittler und Konferenzdolmetscher für Deutsch, Englisch und Spanisch.
Dolmetscherin Dahl	Gerichtsdolmetscherin für Dänisch und Co-Moderatorin des lingfo-Forums.
Dr. Diehlmann	Internist. Zweiter Arbeitgeber von Balthild in Eberfluss.
Bruno Ehmer (1968 - 1993)	Bruno = Brustschutz, Bär. Große Liebe Balthilds. Geboren in Lusthafen. Berufsfahrer einer großen Firma in Lusthafen. Tödlicher Verkehrsunfall am Dienstag, 30. November 1993 im Dienst.
Hektor Ehmer (1967)	Hektor = Stärke gebend, Festigkeit, Halt. Brunos älterer Bruder. Geboren in Lusthafen.
Hannes Fahnrich	Vorgesetzter Justizsekretär von Justizinspektor Udo Rabe und Justizinspektor Heiko Rack in der Tatzenheimer Gerichtskostenstelle.
Dolmetscher Gaetano	Gerichtsdolmetscher für Spanisch und Vize-Gruppenleiter der Tatzenheimer Sprachenmittler.
Dolmetscher González	Gerichtsdolmetscher für Spanisch.

Name	Details
Dolmetscher Hartl	Gerichtsdolmetscher für Schwedisch und Co-Moderator des lingfo-Forums.
Dolmetscherin Holthaus	Gerichtsdolmetscherin für Japanisch und Co-Moderatorin des lingfo-Forums.
Dolmetscher Hullmann	Gerichtsdolmetscher für Französisch und Co-Moderator des lingfo-Forums.
Gisela Lehr Geb. Lobinger (1972)	Gisela = Die Vornehme, aus edlem Geschlecht. Balthilds Busenfreundin aus der Schule und Arbeitskollegin. Geboren in Beerkamp. Heirat mit Gustav Lehr am Freitag, 8. April 1994. Mitglied des Tatzenheimer Intakt-Chors.
Gustav Lehr (1969)	Gustav = Stütze und Stab der Goten im Kampf, Gottes Stütze. Ehemann von Gisela. Kaufmännischer Angestellter bei einer großen Versicherungsgesellschaft in Tatzenheim.
Professor Mast	Psychologischer Gerichtsgutachter.
Dr. Mey	Internist. Arbeitgeber von Gisela und Balthild in Tatzenheim.
Dolmetscher Oesterlein	Gerichtsdolmetscher für Finnisch und Co-Moderator des lingfo-Forums.
Dolmetscher Pietri	Gerichtsdolmetscher für Italienisch.
Udo Rabe	Justizinspektor in der Gerichtskostenstelle Tatzenheim. Kollege von Heiko Rack. Ursprünglich für die Dolmetscher zuständig.
Balthild Rack Geb. Tuchert (1972)	Balthild = Königin der Franken im 7 Jhd., kühne Kämpferin. Giselas Busenfreundin aus der Schule und Arbeitskollegin.

Name	Details
	Geboren in Beerkamp. Heirat mit Heiko Rack am Freitag, 18. November 1994. Mitglied des Tatzenheimer Intakt-Chors.
Heiko Rack (1970 - 1996)	Heiko = Der mächtige Landbeherrscher, der Überlegene, vom Gott Gesandter. Justizinspektor in der Gerichtskostenstelle Tatzenheim. Ursprünglich für Sachverständigen und Zeugen zuständig. Später wickelt er auch die Dolmetscher ab.
Wilhelmine Rust (1969)	Hektors Freundin. Geboren in Lusthafen.
Dolmetscher Simon	Gerichtsdolmetscher für Französisch. Zusammen mit Dolmetscher Twist Gründer des lingfo-Forums.
Dolmetscherin Treiber	Gerichtsdolmetscherin für Norwegisch und Co-Moderatorin des lingfo-Forums.
Dolmetscher Twist	Gerichtsdolmetscher für Englisch und Vize-Gruppenleiter der Tatzenheimer Sprachenmittler. Zusammen mit Dolmetscher Simon Gründer des lingfo-Forums.
Dolmetscherin Weinschenk	Gerichtsdolmetscherin für Türkisch und Co-Moderatorin des lingfo-Forums.
Andreas Wittfoth	Leiter des Intakt-Chors in Tatzenheim.
Dolmetscherin Wolynski	Gerichtsdolmetscherin für Polnisch und Co-Moderatorin des lingfo-Forums.